카페 바체프
cafe bachef

체스♠바둑 소설 Ⅲ

글 바체프

카페바체프 III

초판 1쇄: 2024년 12월 24일

발행일: 2024년 12월 30일

저자: 바체프

디자인: 예송 기획

발행처: 가다출판사

인쇄: 트윈벨 미디어

발행인: 배희선

등록번호: 226-95-04958

등록일자: 2009년 10월 23일

강원 강릉시 죽헌길 44번길 17-2

전화: (033)642-9362

ISBN: 978-89-964655-1-5

작가의 말

강릉에서 36년간 바둑학원을 운영했고,
10여 년은 바둑과 함께 체스도 가르쳤다.
오랜 세월 바둑에 관한 유물을, 체스를 가르치며 체스 유물을,
수집하여 관심 있는 분들께 보여드리고 싶었다.
바둑·체스 박물관으로 소장품 전시하고,
22.4월 카페 바체프·미니골프장을 오픈했다.
전시물에 관한 역사적인 사연들을 알게 된 후 바둑과 체스에
대해 사진과 글로 함께 보여드릴 수 있어서 너무 기쁘다.
이미 자전바둑소설 두 권을 냈다.
두 권은 36년간 학원을 운영하며 벌어진 일들이다.
카페바체프를 중심으로 벌어진 일과 그 전에 발생한 일에
대해 소설 형식으로 이번에는 바둑·체스 소설 시리즈로
출간하게 되었다.
자전뿐만 아니라 상상력을 동원하여 창작도 한몫했기에
저자명을 바체프로 바꿔본다.
바둑. 체스 골프 (바체프)를 더 강조하기 위하여,
2024년 12월 강릉에서 바체프

차례

1. 해리포터 체스 - 5

2. 사라진 체스 - 35

3. 발자취 따라가기 - 86

4. 돌 바둑판 & 돌 장기판 - 138

5. 에쓰쓰(S3) - 159

6. 훈수꾼 - 177

7. 눈치 싸움 - 213

8. 다섯별의 리그 - 261

9. 체스 필로소퍼 vs 앙리 - 303

10. 동서양의 지략 - 345

11. 용도가 다른 인공지능 - 374

12. 모순의 딜레마 - 393

1. 해리포터 체스

"호연아. 넌 해리포터 영화 시리즈를 다 봤다고 했지?"
나는 호기심과 기대가 충만한 아이를 바라보았다.
"네. 다 봤어요."
"우리 카페에 가장 다양하게 수집한 체스가 해리포터야."
"정말요? 빨리 전부 다 보고 싶어요."
"아까 설명한 루이스 체스맨 역시 고증을 통해 해리포터 시리즈에 나왔어. 그리고 악당들이 해리포터 삼총사를 못 지나가게 막으면서 체스를 둬서 이겨야만 보내준다는 장면이 나오잖아. 그때 주인공 셋이 어쩔 수 없이 생사를 걸고 두던 체스도 똑같은 모형으로 여기 전시되어 있어."
나는 설명하면서 아이를 해리포터 체스 앞으로 데리고 갔다.
"해리포터와 친구들이 악당들과 겨루며 주문 외울 때 사용하던 마법의 지팡이 종류가 보이지? 그리고 등장인물들을 소개하는 책자들이 각각 인물마다 한 권씩 쌓아놓고 있는 거도 보이지?"

"네. 이렇게 직접 보니까 신기해요."

"해리포터가 팀전으로 치르던 퀴디치 공중전에서의 수색꾼이 잡으면 이기는 볼 스니치도 있어."

"해리포터가 잡아서 자기편이 이기게 만든 그 벌 날개 같은 거 달린 공 말씀하시는 거죠?"

"맞아. 난 해리포터 시리즈를 보면서 참 많은 걸 생각했었는데, 넌 어떤 생각이 들었어?"

"현실에선 일어날 수 없지만, 상상으론 무엇이든 할 수 있다는 건 사람만의 무한한 존재가치라고 느꼈어요."

아이는 아이답지 않은 철학적 표현을 하고 있어서 나는 속으로 놀라워하고 있었다.

"우와. 내가 평소 알고 있던 호연보다 더 차원이 높은 표현도 할 줄 아네!"

"선생님. 전 한자도 꽤 높은 급수 시험을 통과했어요. 평소에 자랑하지 않아서 다들 모르겠지만요. 히히"

"그래? 호연이 대단하네. 사람이 밥을 먹을 때는 반찬거리가 필요하고, 술을 먹을 때는 안주거리가 필요하고, 글을 쓸 때는 애깃거리가 필요하지. 물론 글쓴이의 상상력은 필수로 앞에서 달려야 하는 거고. 작가의 상상 속 마법 세계에서 우리 나름대로 다시 여러 상상을 하면서 신비스러움을 찾을 수 있는 거야. 해리포터를 처음 쓸 때의 작가는 상당히 어려운 환경에서 글을 쓰고 있었어."

"정말 그랬어요? 음 그럼 현실 탈피용 상상이었나요?"

"현실 탈피용? 하하하. 호연이의 표현이 나름 재미있고 멋지네. 그러니까 작가가 괴로운 현실에서 벗어나고자 그런 마법 세계를 그리며 자기 위로를 했다는 거지?"

나는 다시 한번 깜짝 놀라며 아이 얼굴을 주시했다.

"네. 전 작가가 좋은 환경에서 즐거운 상상을 하면서… 대리만족이랄까 그런 느낌으로 글 쓰고 남에게 보여준 줄 알았어요. 그렇게 상상하고 생각하며 영화를 봤어요. 선생님께서 방금 어려운 환경에서 작가가 글을 썼다고 하셔서 문득 든 생각이에요. 특별히 별다른 뜻은 없어요."

호연이는 책을 많이 읽는 아이의 특징을 모두 갖추고 있었다.

"그럼 현실 탈피용이라는 단어는 어떻게 알았어?"

나는 아이에게 단어에 대해 하나 배우고 있는 느낌이었다.

-아이가 어려운 낱말을 사용하는 것이 신기한 일일까?
-아이가 신기한 듯 들여다보는 내가 현실감이 떨어질까?

카페 바체프·미니골프장 - 해리포터 체스

현실 탈피? 나는 아이에게 물으며 이런저런 상상에 들어갔다.
"선생님. 전 바둑공부도 열심히 하지만 틈나는 대로 책도 많이 읽어요. 책에는 현실 도피라는 표현은 자주 나와요. 현실 탈피도 그런 맥락이라고 느껴서 말한 거예요."
아이는 은근 우쭐하면서 의젓하게 말하고 있었다.
"우와. 그렇구나. 난 너를 무시하려는 게 절대 아니야. 단지 그런 표현을 어떻게 알았을까, 초등생은 그런 고급진 말을 어디서 배울까 그저 궁금했던 것뿐이야."
"현실 탈피란 말이 그렇게 멋지고 고급진 거예요?"
"도피란 도망간다는 거고, 탈피는 자리를 이탈한다는 뜻이잖아. 동물은 성장하기 위해 허물을 한번 벗는다는 의미도 들어있지.

사람은 현 상황에서 무언가의 깨달음 속에 한 경지 높여서 벗어난다는 의미도 담고 있는 거야."

"으흠. 나도 멋진 말을 할 줄 아는구나. 이제 빨리 해리포터를 더 설명해주세요. 선생님."

아이는 호기심과 기대로 눈빛이 반짝였다.

"J. K. 롤링은 해리포터를 쓴 필명이고 본명은 조앤 머리야. J.K.롤링이라는 필명도 1996년8월 출판사와 계약할 때 남자아이는 여자가 쓴 책을 읽지 않으려 할 것이라는 출판사 측의 요구에 따라 조앤을 감춘 거야. 나중에 유명해진 후에야 조앤 롤링이라고 했어."

"남자아이들의 독자층을 예상하고 여성스러운 본명을 못 쓰고 필명을 사용했다는 거잖아요? 선진국이라는 영국도 그런 생각을 한다는 게 신기하네요."

"출판사에서는 사회 분위기를 살핀 거지. 작가는 어릴 때부터 친구들과 마법사 놀이도 하고 그런 이야기도 직접 막 꾸며내며 성장했대. 어릴 때 이사도 자주 다녔는데 다니던 학교에서 만난 학생 중 등장인물들의 모티브가 되기도 했어."

"선생님. 해리포터에서 모티브가 정확히 무슨 뜻이죠?"

아이는 역시 단어 하나도 그냥 지나치지 않는다.

이 부근에서 아이에게 설명을 제대로 해주어야 한다.

해리포터 체스 - 라이트

"소설의 경우에는 작가가 작품을 표현하는 동기와 중심 사상이라고 할 수 있지. 다른 예술도 그와 비슷하고."

"작가가 어린 시절과 학창시절을 보내며 만난 친구들과 겪은 체험이나 친구들의 특이한 성격이 소설 해리포터의 등장인물에 들어있다는 뜻이죠?"

아이는 말이나 글의 맥락을 잘 짚어내며 묻는다.
나는 그런 아이의 얼굴을 잠깐 내려다보았다.
얼마 전 아이는 기승전결과 육하원칙을 묻고 대답할 때 의미를 즉석에서 똑소리 나게 말했었다.

-어린아이에게 바둑 지도를 하면서 바둑과 바둑 외적인 면에서 이렇게 영민한 아이를 만나는 주기가 따로 정해져 있을까?

문득 그런 물음, 그런 생각이 스친다.
바둑학원을 36년 운영하며 만난 아이 중 물 흐르듯 대화할 수 있는 아이는 불과 서너 명뿐이었다.
물론 원생 모두 깊이 있게 대화했다는 뜻은 아니다.
이것도 모르고 저것도 모른다고 한다면 소통 불능이다.
사물에 대한 궁금함도 없으며, 이것도 귀찮고 저것도 귀찮으며 눈앞의 재미만 찾는 아이와는 아예 대화의 자리조차도 있을 수 없다.

"그렇지. 특히 와이던 학교의 교직원 대다수는 해리포터 시리즈의 호그와트 마법사학교 교사들의 모티브가 되었다고 작가는 밝히고 있어. 작가는 영국의 엑시터대학에서 불문학과 고전학을 전공했어. 대학 생활 때 그 지역의 특수한 상황들을 보고 느낀 경험을 토대로 머글과 호그와트 귀족 집안의 대립 구도가 형성되었다고 해."

나는 영화 시리즈를 본 후, 작가와 영화의 탄생 배경에 대하여 인터넷으로 검색했다. 체스도 두 번이나 등장하여 궁금했다. 알아낸 자료를 중심으로 지금 사실적으로 설명하고 있었다.

"성장 과정의 특이한 경험도 중요하지만, 그런 경험을 근거로 상상 이상의 이야기를 전개해나가는 게 참 대단하네요."

아이는 영화 속 등장인물을 개별적으로 소개하는 책자를 유심히 다시 한번 들여다본다.

"호연아. 내가 중간은 좀 생략하고 설명해줄 테니까 잘 들어! 작가는 대학 졸업 후, 포르투갈로 건너가 영어교사로 재직하다 현지 기자와 결혼하여 첫 딸을 낳았지만 얼마 후 이혼하게 돼. 작가는 이 시기에 포르투갈의 코임브라대학에 간 적이 있는데, 학생들이 신입생 환영회 때 망토를 입는 장면을 보게 된 거야. 해리포터 영화 시리즈에서 학생과 마법사가 망토를 입는 부분은 여기서 힌트를 얻은 거래."

나도 아이도 영화를 봤기에 서로 대화가 되고 있었다.

아이는 영화만 본 상태이고, 나는 해리포터 체스를 구매한 후 여러 소품에 어떤 사연이 있는지, 검색한 상태였다.

해리포터 체스 - 해리포터

"선생님이 해주시는 설명을 들으면서 경험이 정말 중요하다는 걸 느끼고 있어요."
아이는 나와 눈을 한번 마주친다.
아이의 눈동자에는 상상이 들어있었다.
아이는 자신의 미래 행동을 예측하는 생각도 엿보였다.
나는 아이의 눈동자 속에 들어있는 미래를 믿고 싶었다.

해리포터 체스 - 헤르미온느 그레인저

"작가는 이혼하고 포르투갈을 떠나 스코틀랜드의 에든버러에서 아이와 한부모 가정으로 정착했어. 그 당시 제대로 된 수입이 없어서 주당 생활보조금이 한화로 약 10만 원 정도였는데, 그 돈으로 근근이 먹고살았어. 허름한 단칸방에서 둘이 생활하며 딸에게 줄 분유가 부족해 맹물만 준 적도 있었고, 본인은 굶는 날도 많았다고 나중에 밝혔어."

해리포터 체스 - 론 위즐리

나는 해리포터 영화보다 영화 탄생 배경이 된 작가의 생활상에 대하여 중점을 두고 설명해주고 있었다.

알바트로스처럼 비바람이 몰아치는 악천후에 날아갈 수 있는, 날아가기 위한 준비 작업을 말해주고 싶었다.

"태어난 지 얼마 안 된 어린아이를 유모차에 태우고 집 근처의 엘리펀트 하우스(Elephant House)라는 카페 구석 자리에서 글을 쓰기 시작한 거야. 예전부터 생각해온 아이디어를 상상하면서 해리포터와 마법사의 돌을 썼어. 그게 영화의 시리즈1이야. 불우하다 못해 비참한 나날이었는데 그런 시기를 아이와 함께 작가는 이를 악물고 잘 이겨낸 거야."

다 지난 후 성공 뒤에 말이 쉽지 그 어려운 처지를 상상만 해도 힘든 상황이 떠오른다.

나는 아이에게 그 부분을 강조하고 싶었다.

어려운 환경이더라도 포기하지 않는 불굴의 정신력을.

"이야. 어려운 처지에서 글을 마치고 성공했다는 내용이네요. 그렇죠. 선생님?"

이런 부분이 아이다운 순진한 행동이다.

"아니야. 작가가 글을 마쳤다고 바로 성공한 것이 아니었어. 조앤 롤링은 해리포터 시리즈 첫째 글을 완성하고도 출판사마다 이런저런 이유로 12번을 거절당해. 그러나 좌절하지 않고 13번째로 찾아간 소규모 출판사 블룸즈베리에서 책을 500부 출간한 후 대박을 친 거지."

"출판사마다 12번이나 거절당한 이유가 뭐예요. 선생님?"

"해리포터 책 첫 권인 마법사의 돌이 어린이가 등장하잖아. 그래서 애들이 읽기에는 너무 길다는 거야."

"그럴 수도 있겠어요. 주로 아이들이 주인공으로 등장하니까. 그럼 선생님. 작가가 구석 자리에 앉아서 글을 썼다는 그 동네의 작은 카페가 지금은 유명해졌겠네요?"

"당연하지. 전 세계적으로 유명한 명소가 되었지."

"선생님!"

아이가 살짝 장난기가 묻어나는 얼굴로 부른다.

"왜? 뭔 소리 하려고 웃음을 실실 흘리다 감추며 불러?"

"호호호 선생님도 해리포터 시리즈 때문에 세계적으로 유명해지려고 이 카페를 차리신 건 아니죠?"

아이가 묘한 웃음과 함께 말끝도 흐리고 있었다.

"왜? 넌 우리 카페가 세계적으로 유명해지면 안 되는 이유라도 있다고 생각해?"

나도 장난기가 묻어나는 말투가 되었다.

"히히히 그런 건 아니고 선생님이 오랫동안 운영하시던 학원을 그만두고 갑자기 카페를 차리셔서 궁금해서요."

아이는 아직도 웃고 있었다.

"카페를 갑자기 차린 게 아니야. 여기 전시품 중에는 30년이 넘는 것들도 많아. 내가 70년대 말부터 80년대 초에 공부하던 바둑책들은 40년이 넘었어. 오랜 기간 수집한 것들을 이젠 더 쌓아놓을 공간도 부족해서 더는 미룰 수가 없었어."

나는 변명처럼 그렇게 말하며 아이를 살펴보았다.

호연이는 바둑학원에서 더 공부하고 싶었을 것이다.

내가 미리 알려주긴 했지만, 막상 학원이 폐원하게 되자 아이는 방향타를 상실한 것과 다름없었다.

호연이가 주말에 경포호숫가에서 홀로 공부하는 모습을 보면서 나는 다른 원생보다 더 미안한 마음을 갖게 되었다.

그 부분이 늘 마음에 걸리기에 아이와 내가 시간이 되면 좀 더 잘해주고 싶을 뿐이다.

"히히히 그렇긴 해요. 제가 볼 때 학원에 바둑판이나 체스판이 자꾸 늘어나며 쌓이더라고요."

나의 상황을 이해하는 아이가 고마웠다.

"호연인 바둑을 초등학교 졸업 때까지라도 배우고 싶었는데, 내가 갑자기 학원을 접어서 너무 섭섭하다는 걸 나도 알아."

말로는 위안이 안 되는 줄 알면서도 짚고 넘어가고 싶었다.

"상황이 그렇게 되어서 어쩔 수 없잖아요. 선생님. 롤링 작가는 갑자기 글을 쓰고 싶어서 작은 카페 구석에서 어린아이와 함께 써야 하는 어려운 환경에도 해리포터를 쓴 건가요?"

아이는 다시 호기심이 움튼 곳으로 돌아왔다.

아이의 말에 주의를 기울이면 '갑자기' 라는 낱말도 늘어나고 있었다.

"해리포터의 마법 세계에 대한 글을 착상한 것은 엉뚱한 곳에서부터 비롯되었어. 조앤 롤링이 기차를 타고 가던 중 시골길 한가운데서 기차가 고장이 났대. 고장 난 기차 안에서 지루하게 기다리는 동안 상상의 날개가 훨훨 펼쳐진 거지. 내 생각으론 아마 마법이라면 고장 난 기차를 빨리 고칠 수 있었을 것이라는 상상부터 시작되었을 것 같아. 내가 작가한테 묻지도 않았지만 말이야. 너 실실거리는 웃음과 또 이상한 질문 하지 마!"
나는 아이의 쓸쓸한 듯한 기분을 떼주기 위해서 우스갯소리를 붙였는데 아이는 실실 웃고 있었다.
내가 미리 묘한 웃음을 머금고 다짐받았다.
"알았어요. 안 그럴 테니까 빨리 더 얘기해주세요."
아이도 입에 웃음을 베어 물고 있었다.
"호연이는 마법사의 돌에서 해리포터, 론 위즐리, 헤르미온느 그레인저 삼총사가 처음 만나는 곳이 어딘지 알아?"
"글쎄요… 기억나지 않아요."
"호그와트 급행열차 안이야. 상상의 시작이 마법사 세계 소설의 시작이 된 거야. 마법사의 돌의 호그와트 연회에서 나오는 수십 가지 요리들 모두 조앤 롤링이 그 당시 먹고 싶었던 것들이었다고 본인이 밝힌 적이 있어."
나는 아이에게 첫 배경에 대해 들려주며 나도 작가의 현실적인 상황과 영화 속의 첫 만남을 동시에 떠올려보았다.

작가는 글의 실마리를 그렇게 잡으며 시작했다.

"정말 작가의 상상이란 마법 같아요. 너무 재미있어서 쫓고 싶은데 전 상상이 안 돼요."

"지금의 넌 어려서 세상에 대한 경험이 부족해서 그럴 거야. 하지만 여러 종류의 책을 많이 읽으며 나름대로 막 상상이 춤을 추는 경우가 있지?"

"네. 맞아요. 어떻게 아셨어요?"

"누구나 책을 읽을 때는 다 그래. 너도 떠오르는 상상을 글로 기록하는 습관을 길러봐. 지금부터 대학을 졸업할 때까지 그렇게 하면 아마 조앤 롤링 버금가는 작가나 예술가가 될 수 있을 거야. 이건 내가 너에게 해주는 피드백이야."

"상상의 기록과 피드백이요?"

"그래. 조앤 롤링 작가도 해리포터 마법 시리즈에 대해 착상하고, 주변의 여러 사람에게 먼저 피드백을 구했어. 그런 후 기록도 하면서 역사적인 사실도 고증받으며 준비했던 거야."

아이는 내 얼굴과 해리포터 체스를 번갈아 보며 복잡한 표정을 짓고 있었다.

나는 그 표정을 재미있게 지켜보고 있었다.

"선생님. 제가 이렇게 말해도 되는지 모르겠지만, 만일 주변의 피드백이 없었다고 가정하면 자칫하면 해리포터 시리즈는 세상 밖으로 못 나올 뻔했네요."

아이는 긴장과 안도와 다행으로 변화되는 과정이 드러난다

"그렇지. 이건 잠깐 옆길로 새는 말인데, 그냥 들어."

나는 특별한 의미가 없으며 단지 옆길을 강조하였다.

"네. 알았어요. 그냥 듣기만 할게요. 히히."

"독일 베를린에 가면 여행하는 사람들이 즐겨 찾는 '훔볼트 대학교'가 있어. 너도 아는 아인슈타인 박사가 그 대학에서 약 10여 년간 교수로 재직하기도 했어. 그 대학의 계단을 오를 때 정면에 황금빛 돋을새김으로 새긴 글 때문에 의미를 아는 사람들은 감명을 받아. 말해줄까?"

"네. 듣고 싶어요."

"독일의 유명한 철학자 칼 마르크스가 한 말이야. 「세상의 철학자들이 수많은 말들을 쏟아내지만 정작 세상을 바꾸지는 못했다.」라고 쓰여 있어. 내가 읽은 여행기를 쓴 사람마다 약간의 해석 차이는 있지만 그런 의미가 담긴 글이야."

"철학하고 소설하고 다른 사람에게 전달하는 의미가 다르죠 선생님. 전 재미있고 쉽게 전달하며 감명 주는 건 동화나 소설이라고 생각해요."

아이는 생각 밖으로 단호하게 견해를 밝히고 있었다.

나는 아이의 말을 다시금 되새기고 있었다.
철학하고 소설하고 전달하려는 의미가 다르다고?
잠시 옆길로 샌 주제가 왜 하필 소설에서 철학이냐, 둔중하면서 예리하게 파고들었다.
예를 들어 비유하며 설명하려다 옆구리를 찔린 기분이었다.
아이가 잘 모르는 철학 얘기는 지금 낄 필요가 없다는 단호함을 내비치고 있었다.

"선생님. 사실 전 해리포터 책은 읽지 않았어요. 다만 영화 시리즈만 재미있게 본 거예요."

"책 좋아하는 사람은 책, 영화 좋아하는 사람은 영화, 어쨌든 해리포터를 아는 거잖아. 책 출간 약 4년 후에 영화가 만들어졌으니까 그동안 세계적으로 책을 많이 읽었겠지."

"좀 전에 철학자 얘기는 왜 하신 거예요?"

"내가 말하고자 하는 건 짧게 말하며 긴 울림을 주기도 하지. 해리포터의 호그와트 마법학교처럼 아이들이 7학년까지 7년간 공부하는 과정의 성장하는 모습을 길게 말하며 긴 울림을 준다는 거야. 길고 짧은 거, 장르나 뭐 그런 거 관계없이 좋은 글은 감명을 준다는 걸 말하려고 했던 거야."

"아, 이제 느낌이 팍 왔어요. 그러니까 짧은 철학적 명언이나 긴 소설의 글이나 전달하고자 하는 의미만 제대로 받아들이면 된다는 거죠? 철학이든 문학이든 따지지 말고."

"그렇지."

"선생님. 그럼 제가 선생님이 지금 저한테 전달하시고자 하는 큰 의미를 하나 말해볼까요?"

아이는 느닷없이 자신감이 넘치는 당돌함을 보였다.

"정말? 난 쉽게 설명해주려고 비유까지 가져오는 건데 진도는 왠지 자꾸 어렵게 나간다고 느끼는 중이거든."

"선생님은 철학이든 문학이든 상상이든 해리포터 체스를 그저 보기만 하지 말고 왜 그렇게 말하는지, 왜 만들었는지 그 안의 의미도 찾으라는 거잖아요! 맞죠?"

"빙고. 호연이 보기보다 대단한데. 맞췄으니까 저 밖에 있는 미니 골프 빙고 게임 한 판 하러 가자."

"선생님은 다른 사물을 은근히 엮어가는 기술이 뛰어나신 거 같아요. 체스에서 갑자기 미니 골프는 뭐에요?"

"그렇게 은근히 다른 걸 서로 엮는 것도 내 특별한 재능이야. 밥벌이기도 하고. 하하하. 바둑도 멀리서부터 가까운 부분까지 잘 엮어야 명국이 되는 거야."

나는 체스에 대해 머릿속으로 많은 암기를 했으니까 머리도 식힐 겸 신체 운동도 할 겸 밖으로 나가려고 했다.

"제가 하나 더 말할까요?"

"뭘? 호연이 말투가 은근히 겁나는데, 한번 말해봐."

"선생님이 쓰신 바둑에 관한 두 권의 책은 학원을 운영하며 벌어진 일들, 또 맞물린 다른 상황들을 정리한 글이라고 할 수 있잖아요. 그 속에서 아이들의 성장하는 모습과 사회 분위기를 바꾸어야 한다는 의미를 전달하려는 목적이 담겨 있고요. 지금 철학자의 한 줄 명언과 해리포터 소설은 경우가 다르지만, 세상의 인식을 바꾸었다는 걸 비유해서 저에게 설명하시려는 거잖아요. 이번에도 제 말이 맞죠?"

"호연이는 지금 바둑이 몇 단이야?"

"4단이요."

"그래? 바둑은 4단인데 눈치와 지혜는 아마 7단은 되겠는데."

"또 슬쩍 화제를 다른 곳으로 돌리지 마시고 빨리 제 얘기가 맞는지 틀리는지 대답해주세요. 그리고 바둑 선생님이 어떻게 소설처럼 글을 쓸 수 있는지도 말씀해주세요."

아이는 역시 예리하게 현실 속의 상황을 파악하며 맥락을 짚어내고 있었다. 해리포터 이야기와 해리포터 체스, 철학자의 명언까지 내가 두루 엮어 아이에게 전달하고자 하는 의미를 잘 알고 있었다. 그리고 평소 궁금하던 부분까지 끌어와 질문하며 나름대로 답을 얻고자 하였다.

"나는 오래전에 군 복무하기 전 산장 생활을 하면서 책을 많이 읽었어. 여름방학 때는 등산 온 수많은 대학생과 대화를 하면서 여러 갈래의 사상들도 들으며 토론할 수 있었지. 글은 그 글을 읽는 사람에게 의미가 잘 전달되도록 정리하려면 문학뿐만이 아니라 철학, 심리학, 교육학, 종교학 등 다방면의 지식도 필요한 법이야. 그런 바탕 위에 좋은 글이 나오는 거야. 그저 글을 쓰고 싶다고 하여 무작정 노력만 한다고 좋은 결과물이 나오지 않아. 해리포터를 쓴 롤링 작가도 여러 종류의 책을 골고루 섭렵했어. 역사적인 고증과 전통에 기반을 두고, 본인이 부족한 지식에 대해선 피드백도 받아가며 글을 써 내려가서 호평도 얻고 인기도 얻은 거야."

아이의 궁금함, 호기심을 한 방에 해결하려고 나의 경험과 작가 조앤 롤링의 경우를 길게 설명하였다.

"선생님이 쓰신 책에는 산장이 꽤 높은 곳에 있었다고 나오는데 거기까지 책을 짊어지고 가신 건가요?"

"그렇지. 나도 보고 싶은 책을 구해서 배낭에 넣고 올라갔지만, 산장에서 만난 지인들이 다시 올 때마다 여러 종류의 읽을만한 좋은 책을 선물로 한두 권씩 가져왔어."

"좋은 책이라면 주로 어떤 종류였어요?"

"방금 얘기한 대로 다양한 종류의 책들이지. 그중에는 본인이 다니는 대학교에서 출간하여 나에게 도움이 될만한 내용이라고 생각되면 서너 권씩 가져오기도 했지."

"그럼 그때부터 책도 읽고 글도 쓰시고요?"

"맞아. 내가 읽은 책에 대해서 대화하고 다른 사람들의 의견도 경청하며 토론한 내용을 기록하는 습관을 그때부터 가지게 된 거야."

나의 젊은 날 경험을 가감 없이 아이에게 말해주었다.

거기까지 응답이 이어진 후 아이는 잠시 말을 멈추고 생각에 잠기고 있었다.

남의 말을 진지하게 경청하며 이해하려고 노력하는 아이의 얼굴에는 순수함이 가득 들어있었다.

아이는 나에게 그런 모습을 보는 기쁨도 함께 누리게 만들었다.

"선생님. 제가 생각할 때 한 권의 책을 내려면 엄청난 끈기와 많은 경험과 상상력이 필요한데, 시리즈로 쓴 해리포터 작가는 그런 면에서 세계적인 끈기의 소유자인 것 같아요."

아이는 잠깐의 멈춤 뒤에 끈기를 꺼내 들었다.

"위대한 건 뭐든 하루아침에 이뤄지지 않아. 해리포터 시리즈가 세계적인 호응을 얻는 건 역사적인 면도 전통을 살려 그 밑바닥에 깔아놓았기 때문이야. 마법의 세계지만 지역에 따라 오래전 역사나 전통도 돋보이게 했지. 그게 눈에 보이든 보이지 않든. 작가가 본인이 부족하다고 느끼는 부분은 전문가에게 피드백을 구하며 고증에 따라 줄거리를 이끌었다는 거야."

"그런 거 같아요. 저도 체스를 배우고 있고, 영화 속 해리포터가 체스 두는 장면을 보았지만, 체스 기물의 색상에는 눈여겨보지 않았어요."

"우리와 같은 일반인에게 그건 지극히 당연한 영화감상법이야. 나도 아까 설명한 루이스 체스에 대해 궁금하던 부분을 검색하다가 알게 된 거야. 호응을 얻은 부분에 체스 말고 또 어떤 면이 전통을 따랐다고 생각되니, 호연아?"

너도 나에게 질문을 하고 나의 답을 얻었다.

그러므로 너도 알아낸 것과 거기에 대한(어쩌면 상상에 대한) 너의 느낌도 말해보라는 의도가 깔려 있었다.

"아이들끼리도 학교 안팎에서 선과 악을 다투기도 하잖아요. 주인공 삼총사가 악의 무리를 물리칠 때는 주변에서 눈에 띄게 돕기도 하고요. 아무도 눈치 못 채게 도움을 주기도 하지요. 그런 구도가 선과 악의 대립 속에 결국 선이 이긴다는 줄거리가 전통이라고 생각해요. 히히히 제가 너무 한심한 길로 빠졌나요. 선생님?"

아이는 괜히 미안한 기색을 하고 있었다.
동화나 소설, 위인전 등의 내용 속에서는 선이 악을 이긴다는, 낡아빠진 얘기를 별다른 느낌 없이 꺼낸 것에 대해 스스로 자책하는 분위기를 띠고 있었다.

"아니야. 나는 그것도 하나의 좋은 느낌이라고 생각해. 삶과 죽음, 위험한 모험 속에 나와 얽힌 내 주변 인물들. 나를 위해 죽어 줄 수 있는 해리포터 엄마 같은 가족이 있었기 때문에 결국 악당과 범죄자를 처단할 수 있었지. 자기희생으로 사회의 인식을 이끌기도 하고 바꾸기도 한 것이 여러모로 좋은 평을 얻었다고 생각해."

선과 악이 대립하는 구도에서 늘 선이 이긴다는 결말이 낡은 것처럼 느끼는 아이에게 나는 조금 더 깊게 이해시키고 싶었다.
"히히 그럼 바둑으로 치면 언제든 상황에 따라 본인이 사석이 되어 줄 수도 있다는 자기희생적 암시를 나타냈기 때문에 세계적으로 사회의 호응을 얻은 거네요?"
아이는 해리포터 내용을 바둑의 한 부분에 비유하고 있었다.
시리즈물을 재미있게 시청했지만 특별한 느낌을 얻어 간직하지 못한 데 대한 마음이 들어있었다.

"호연이는 아까 철학보다 동화나 소설이 훨씬 쉽게 감명을 준다고 했지?"

"네. 그건 제 생각이에요."

"해리포터 내용도 삶과 죽음의 의미를 철학적인 관점에서 바라보며 마법 세계를 통해 일상적으로 풀어낸 거야. 전체를 조금씩 압축하면 우리가 직면한 일상적인 모습들이지. 호연이는 한자를 공부해서 높은 급수를 공인받았다고 했지?"

"네. 해리포터하고 한자하고도 어떤 연관이 있어요?"

"생각하기에 따라 있다고도 할 수 있고, 없다고도 할 수 있지. 고사성어나 사자성어는 의미를 압축한 거잖아?"

"그렇지요……?"

"고사성어 하나의 의미를 순 우리 말로 풀어 쓰면 길고도 아름답게 표현할 수도 있어. 그 의미를 찾기 위해 길고 긴 이야기를 현실과 상상을 오가며 할 수도 있는 거야."

이렇게 말하며 아이의 눈치를 살폈다.

특정한 고사성어 하나를 풀어서 우리 말로 설명해야 아이가 잘 알아들을까, 아주 잠깐 고민했다.

"선생님. 늘… 히히 늘 그런 건 아니지만 가끔 선생님 말씀은 알 듯하면서도 이해가 잘 안 되는 부분이 있어요."

아이는 자신만의 생각의 바다를 헤엄치는 얼굴을 하고 있었다.
아이한테는 그럴 수도 있을 것이다.
내가 무언가 설명하는 도중에 아, 애가 과연 이 말뜻을 잘 이해하고 넘어갈 수 있을까 하는 느낌이 오면, 갑자기 말이 어려워졌다가 쉽게 말했다가 오락가락한 적도 있었다.
사물을 파악하려면 좀 더 깊이 있게 알고 있어야 이해할 부분을 아이의 나이를 고려하지 않고 설명하려고 한 부분도 분명 있다.

-아이는 나중 언젠가는 내가 낸 책 속의 바둑에 대한 부정적인 장면에 대해 날카롭게 물어올 것이다.
-학원을 거쳐 간 선배들이 겪었던 불행한 과거의 일들에 대해.

나는 책 한 권을 내기 위해 약 3권 분량을 2권으로 압축했다.
다시 가제본하여 여러 계통의 지인들에게 두루 피드백을 얻고자 한 적이 있었다.
바둑계에 종사하는 이들은 바둑에 대해 독자들이 부정적인 시각으로 바라볼 수 있는 부분은 삭제해달라고 부탁하기도 했다.
내가 어떤 부정적인 부분을 넣은 것은 바둑인으로서 보는 눈과 느끼는 감정은 고통도 따르겠지만, 다신 그런 일들이 일어나지 말아야 한다는 일념뿐이었다.

어떤 분은 만날 때마다 소견을 종이에 적어주기도 했다.
내가 낸 책의 일정 부분은 삭감하며 피드백에 따르기도 했다.

-내가 해리포터 체스를 알기 위해 새삼스럽게 시리즈물을 모두 영화로 보면서 느낀 점을 아이에게 솔직히 말할 수 있을까?

사람과 식물의 대화 - 22년 4월 작고한 이외수 작가님의 2017년 5월 출간한 장편소설 "보복대행전문주식회사" 주인공은 모든 식물과의 대화가 가능했던 채널러다.
'채널러'는 일종의 교신자로 인간이 아닌 다른 존재와 의식을 소통할 수 있는 인격체를 지칭한다.
의식을 교환하거나 소통하는 행위를 채널링이라고 한다.

이외수 작가님의 소설에 앞서 95년 3월에 출간한 김하인 작가님의 장편소설 "왕목"도 그러한 예의 소설이다.
주인공 중 한 명인 한국의 과학자가 개발한 식물과의 대화를 통해 멸종할 위험에 처해 있던 소나무 군락은 스스로 그 해법을 찾게 되고, 사건을 마무리 할 수 있게 된다.
소나무를 위협하는 적들에게서 소나무 스스로 생명을 지키라는 메시지를 보내는, 사람과 소나무가 소통한다는 이야기였다.

-만약 소설처럼 될 수만 있다면?
-음모를 꾸미고 남을 음해하여 자기의 이익을 챙기다가 그것이 사건화되면 오리발 내미는 놈을 옆에서 듣고 있던 화초가 증언할 수 있다면, 법에 의거 하여 엄벌할 수 있을 것이다.

소설 같은 상상이지만 그러고 싶다. 나는.
법으로 해결이 안 되면 저 해리포터의 라이트가 들고 있는 마법 해머로 그야말로 뒤통수를 한방 치고 싶다는 생각이 들었었다.
세 치 혀로 남의 뒤통수를 치면 마법사의 해머로 진짜 뒤통수를 맞을 수 있다는 걸 알게 해주고 싶었다.

-내가 사는 지역에서 그런 짓을 일삼는 교주와 추종자들까지 저 해리포터가 들고 있는 라이트의 해머가 작렬하여 참한 심성이 되게 할 수는 없을까?
-마법 같은 일이 현실에서도, 아아 상상만 해도 통쾌하지만, 현실에선 그러지 못해 퍽 아쉽지만.
-마법사처럼 그러지 못하면 언젠가는 과학자들이 사람과 들꽃이 교감할 수 있는 그런 장치나 그런 심성을 지니게 할 수 있을까?
-나만 이런 상상을 할까?
-참 수많은 사람이 나와 유사한 상상을 하면서 세상을 살아가지

않을까 나는 상상해본다.

-인간은 환경의 지배를 받지만, 때론 인간이 환경을 지배할 수도 있고, 마법 같은 일이 벌어질 수도 있다.

-이런 나만의 생각들을 아이에게도 말할 수 있을까!

-늘 듣기 좋은 말, 남을 배려하라는 말, 아름답고 멋있게 치장한 말만 들려주는 내가 순진무구한 아이가 충격을 받을 수도 있는 말을 과연 할 수 있을까?

아이가 잠시 생각에 잠겨 있을 때 난 해리포터를 감상할 때의 상상이 띄엄띄엄 떠올랐다. 혼자 쓴웃음을 지어본다.

내가 아이가 될 수 없듯 아이도 나의 무거운 생각을 모두 읽지는 못할 것이다.

나는 아이와 끊임없이 대화를 나누며 서서히 바둑이나 체스에 들어있는 승패 위의 정신을 전달할 수 있을 것으로 생각한다.

승패를 가르는 경기에서 이기려는 마음은 반드시 꼭 필요하다.

그러나 그 겨루는 과정도 매우 중요하다.

승패가 결정 난 후의 격려와 칭찬, 마음가짐이 겨루기 과정을 거쳐 가며 울분만 남느냐, 지혜로 승화하느냐의 갈림이 된다.

나는 벌써 똑같은 말을 세 번 네 번 하고 있다는 걸 느낀다.

패배하면서 배운 게 남는 것하고 분한 감정만 남는 것하고 다르다는 말을 하고 싶은 것이었다.

"호연아. 오늘 해리포터 체스에 관한 얘기는 여기까지만 할까? 내가 너무 어려운 말을 꺼내 들어서 네가 좀 혼란스러운 것 같은데 어때?"
아이는 아이대로 나는 나대로 조금 긴 상상 속에서 빠져나오며 내가 먼저 아이에게 제안했다.
불행하게 지나온 과거가 불현듯 떠올라 아이와 더는 순수하게 대화가 이뤄질 것 같지 않았다.
아이도 대화가 길어지며 이해와 정리가 제대로 안 되고 있다는 느낌이었다.
"네. 선생님. 해리포터 체스와 작가에 관한 얘기는 충분히 들었다는 생각이에요. 저도 오늘은 그만 가볼게요."
아이는 지식이 넘쳐서 혼란스러운 것보다 넘치기 직전에 첨삭을 통해 정리하려는 얼굴이었다. 그건 나만의 상상과 느낌이겠지만 그러길 바라는 나의 마음이 그 생각에 들어있었다.
"오늘도 혼자 걸어가려고?"
"네. 선생님. 걸어가면서 설명 들은 내용을 정리해보려고요."
카페를 나가는 아이의 얼굴엔 많은 생각이 들어있었다.

2. 사라진 체스

술집 〈leave〉

궁금증과 의혹만 한 아름 던져 놓은 채 자리를 벗어났던 서연.
서연은 아르바이트생이 출근하고 나서야 그들의 자리로 돌아와 다시 온전하게 앉을 수 있었다.
서연은 기정과 다은이 서로 말은 아끼고 있었지만, 서로 몹시 그리워했다는 건 분위기로 느낄 수 있었다.
서연이 아는 1년 선배인 기정과 영하는 유학 때에도 그리 말을 많이 하는 편이 아니었다.
운동을 같이하던 사이도 아니었고, 그렇게 친한 편도 아니었다.
주변 인물 때문에 알게 되어 그저 술자리에서 가끔 만나는 미국 대학의 1년 선배였다.

저 둘은 늘 붙어 다니면서 술을 그리 즐기는 편은 아니었으나, 술자리에서 따로 놀며 분위기를 어색하게 만들지는 않았다.
둘의 체격이 그리 크지 않았지만, 내뿜는 기운으로 그저 듬직한 선배의 위상이었다고 기억된다.
술자리 대화 중 다소 어려움에 직면한 모국 유학생 얘기를 들으면 기꺼이 도움을 주려고 하던 훈훈한 기억도 있었다.
서연을 잘 따르는 여고 후배 둘과의 사이도 잘 알고 있었다.

"서연. 바쁜데 미안하지만 하나만 묻자."
기정이 정말 고맙기도 하고 미안하기도 한 기색이었다.
"선배. 그렇게 말하지 마세요. 편하게 얼굴 보며 만나고 즐겁게 술 먹으며 재밌게 얘기하다 헤어지고 싶어서 이 술집을 낸 건데 바쁜 건 뭐고 미안한 건 또 뭐예요."
서연이 평소처럼 유쾌한 목소리에 두 손으로 요란하게 손사래 치면서까지 호들갑을 떨었다.
지금 이 분위기가 얼마나 좋은 데 그런 쓸데없는 소릴 지껄이냐 하는, 그런 과장된 모습이기도 했다.
미안한 건 선배가 아니라 본의 아니게 나다, 하는 몸짓이었다.
"그럼 아까 하던 얘길 자세히 해봐."
기정도 서연의 모습에 웃음을 보냈다.

역시 얼굴을 마주 대하는 사람을 편하게 만드는 재능이 있어, 기정은 서연에게 그런 느낌을 받고 있었다.
"아까…? 아, 체스 얘기?"
체스만 사라졌다는 손님 얘기인지 확인이 필요했다.

-오늘 주제는 체스인가?

서연은 체스를 둘 줄 몰랐다.
유학 생활을 포함하여 술집을 열기 전후로 술자리에서 이따금 체스 얘기가 나오면 듣고만 있을 수밖에 없었다.
대화자는 한결같이 체스를 둘 때와 체스 때문에 처했던 어떤 상황에 대해 재미있는 일화를 짤막하게 소개하며 침을 튀겼다.
각자 꺼낸 체스 한 토막은 격분하기도 하고, 통쾌하기도 하며 잠시 술자리에서 한바탕 소용돌이를 일으키고 지나갔다.
서연은 이런저런 체스의 재미있는 일화를 들으며 언제 꼭 배워봐야지 생각은 있었지만 배울 기회가 없었다.
술자리에 동석한 광적인 체스인과 웃고 즐기며 동참하려면 체스를 반드시 알아야만 대화 꽃을 피울 수 있는 술자리 분위기는 유학 생활 때 자주 있었다.
서연은 체스를 몰라 대화에 동참할 수 없어서 아쉽기만 했었다.

"그래. 아까 잠깐 체스 얘기하면서 후배 중 누군가의 체스가 사라졌다면서?"
기정이 상황을 되돌렸다.

-영하도 그리고 다은도 긴장하며 유심히 지켜보는 통에 그게 그렇게 큰 화제인가?

서연은 의아해하며 잠시 주변을 둘러보았다.
"불과 얼마 전 여기서도 술 마시다 체스 얘기가 나왔었어요. 그때 한 후배가 말끝에 체스가 없어졌다고 말했어요. 그 후배가 긴가민가하면서 말하다 그냥 흐지부지된 얘기인데…?"

-사라진 체스가 이 자리에서 화제나 관심거리가 되는 건가?

서연은 말하면서도 의문이 들었다.
그저 지나가는 말로 했을 뿐이었다.
서연은 분위기상 사랑하던 남녀가 속 끓이다 2년여만의 재회에 대한 속내가 슬금슬금 나와야 하는 것 아닌가 하는 눈치를 잠깐 살피게 되었다.
"우리가 궁금한 게 하나 있어서 관심을 보이는 거야. 아까도 부탁했지만, 그 후배와 연락해서 우리와 만나게 해주던가 아니면 잠깐 통화하게끔 연결해 줄 수 없을까?"
기정은 담담한 듯 묻고 있었다.
그러나 서연이 들여다본 기정의 살짝 취기 오르는 눈동자 속은 어떤 의혹으로 불길이 활활 타오르고 있었다.

-괜히 잘 알지도 못하는 체스 얘길 눈치 없이 꺼낸 건가?

서연은 이상하게 흐르는 분위기에 속으로 당황하고 있었다.
그저 스쳐 지나가는 체스 이야기로 꺼낸 한 마디가 큰 물줄기로 변해가는 느낌이었다.

"그래. 서연아 우리가 좀 궁금한 게 있는데, 그걸 확인하려고 하는 거야."
영하도 옆자리에서 부탁하고 있었다.
"아무리 궁금해도 그 얘길 꼭 지금 해야 하는 건가요?"
서연은 그게 더 궁금했다.
그 후배에게 연결하는 건 전화 한두 통으로 해결할 수 있으므로 어렵지 않았다.
망설인 건 지금 오해든 어쩌든 이 술집에서 일어난 일 때문에 틈이 벌어진 남녀가 오랜만에 다시 만난 자리에서 그렇게까지 할 필요가 있느냐는 것이었다.
서연의 물음에 기정, 영하, 다은 까지도 대답 없이 서연의 얼굴만 바라보고 있었다.
"알았어요. 두 선배의 얼굴을 보아하니 어떻든 그 부분의 진전 없이는 어떤 대화의 진전도 없을 것으로 판단되네요."
그렇게 말하는 서연은 웃고 있었다.
앞에 앉아 있는 다은도 서연을 쳐다보며 싱긋이 웃고 있었다.
서연은 이들 셋이 본인이 모르는 어떤 비밀 같은 내막을 감추고 있다는 느낌이 확 다가왔다.
"너무 기대는 하지 마세요. 괜히 실망하시게 만드는 건 아닌지 제가 걱정되네요."
서연은 그렇게 말하며 일어섰다.

-다은도 슬며시 웃는 모습을 보인다?
-어쩌면 비밀의 문을 여는 열쇠는 내가 쥐고 있는 걸까?

서연은 혼자 피식 웃으며 조용한 자리에 앉아 휴대전화를 꺼내 들었다.
통화는 간단하고 빠르게 두 사람과 한 번씩 두 통화로 끝냈다.

왠지 흐뭇한 미소가 서연의 입가에 걸려 있었다.
오후에서 저녁 무렵이라는 분위기로 바뀌면서 술집 〈leave〉는 손님들이 하나둘 모여들었다.
하나같이 시끄럽게 등장하고 있었다.
혼자 먼저 도착한 자도 본인이 만날 일행이 아니어도 아는 얼굴이 보이면 자리에 앉아 한두 잔의 술과 함께 어울릴 수 있는 곳이 여기였다.
기정과 영하, 그리고 다은은 자리에 앉아서도 서연이 분주하게 손님맞이 하는 소리를 듣고 있었다.

"어이구, 어쩐 일로 바쁘신 누님께서 저를 다 찾으시고."
너스레를 떨며 들어서는 손님의 목소리가 들렸다.
"어이구, 보고 싶을 때는 보고 싶다고 부르기도 해야지."
서연의 맞장구치는 목소리도 들려온다.
너스레를 떨던 둘의 목소리가 잠깐의 시간 속으로 사라졌다.
잠시 후 서연은 젊은 남자를 데리고 왔다.
"선배님들 안녕하세요? 김기찬 인사드립니다."
힘차게 자기 소개하는 기찬은 셋 다 처음 보는 얼굴이었다.
"기정 선배. 제 친구의 2년 후배인데, 프랑스에서 공부 마치고 얼마 전에 귀국했어요."

서연은 기찬에게 세 사람의 소개가 이어지며 분위기는 활기가 넘쳤다.

"서연. 우리가 아는 친구?"

기정은 곧바로 분실한 체스에 대한 주제로 들어가기 멋쩍어서 어떤 인연의 선후배인지 물꼬를 터 나갔다.

"미국에서 만난 술친구니까, 기정 선배나 영하 선배도 몇 번은 만났을 가능성은 있죠."

"그래? 누구지?"

"정연주, 라고 물리 전공한 대학 친구인데, 기찬한테 중학 2년 선배예요. 둘 다 여기서 우연히 만났어요."

"정연주? 물리? 그럼 허 교수님 강의 듣겠는데. 내 기억엔… 없는데, 넌 알겠어?"

기정의 기억 속엔 안 떠오르는 인물이었기에 영하에게 묻는다.

"나도 이미지가 기억에 없는데… 얼굴 보면 알려나?"

영하도 갸웃거리고 있었다.

"여하튼 오시라고 해서 죄송합니다."

기정이 미안함을 내비쳤다.

"아휴, 선배님들. 말씀 낮추시고 편하게 대해 주십시오. 제가 너무 불편합니다."

기찬은 자리에 앉으며 서로 편해지자고 했다.

"서연 친구의 후배라지만 아무리 그래도 초면에 어떻게… 다음부턴 그럴게요."

"자, 선배. 이제 본론으로 들어가 볼까요?"

서연은 초면의 어색하고 어수선한 분위기를 정리했다.

"아, 그럴까. 어디부터 시작해야 할까?"

기정은 영하를 쳐다보며 도움을 청했다.

"사실은 우리가 강릉의 체스 카페에 갔었어요."

영하가 드디어 체스를 꺼내 든다.

"우리나라에 그런 카페도 있어요?"

기찬이 놀라는 건 어쩌면 당연하다.

"예. 이제 오픈한 지 두어 달밖에 안 되어서 별로 알려지지 않았어요."

"저도 동해안으로 갈 일 있으면 구경하러 가야겠어요."

"네. 바둑과 체스 유물을 많이 전시해놓아 바둑인이나 체스인이라면 한 번쯤 가볼 만합니다."

영하는 여기까지 말하고 잠시 숨을 돌렸다.

이제 네가 말해!, 라며 가만히 듣고만 있던 기정에게 눈빛으로 강렬한 신호를 보냈다.

영하보다 말주변과 임기응변이 능한 기정에게 설명하라는 눈짓이었다.

-서연에게서 전해 들은 내용인데 말해도 될까?

서연이 가게에서 대화한 내용을 동네방네 다 떠든다는 느낌이 강할까 봐 영하는 더 말하지 못하고 있었다.

"그럼, 말을 돌리지 않고 말하겠습니다."
기정은 맞은편에 앉아서 기찬에게 맥주를 따르며 말했다.
"아, 네. 말씀하십시오."
"저희도 카페 주인과 대화하다가 들은 얘깁니다. 그분은 세계 여러 나라의 체스를 수집했는데, 아직 스위스풍의 체스는 수집하지 못했다고 아쉬워했습니다."
기정은 여기서 말을 멈추고 맥주를 천천히 들이켰다.

-돌리지 않고 말한다면서 왜 저렇게 말하지.
-아무 연관도 없는 선생님을 왜 끌어들일까?

영하는 기정의 화법에서 의아함을 느끼고 있었다.
본인보다 사회적으로는 사리분별력이 뛰어난 기정의 발언이라 가만히 듣고만 있을 수밖에 없었다.

"스위스풍이요? 혹시 스위스 복식, 상징 등으로 제작된 체스를 말씀하시는 건가요?"

기찬은 즉각 반응을 보였다.

"네. 맞습니다. 스위스 특유의 분위기가 풍기는 체스를 말하는 겁니다. 이를테면 빨간색의 열십자 형태를 갖추었다든가 하는."

기정은 스위스풍의 특징까지도 구체적으로 말했다.

기정이 설명하지 않아도 세계적으로 여러 방면에서 스위스풍은 그 특징이 두드러진다.

"음. 제가 몇 달 전에 그런 풍의 체스를 구매한 적이 있었는데, 지금은 사라졌습니다만. 아까 누나한테 잠깐 얘긴 들었습니다. 대화 중 제 체스가 감쪽같이 사라졌다니까, 어떤 체스인지 궁금해하신다고요?"

기찬이 오히려 앞뒤 상황을 톡 까놓고 직설적으로 묻는다.

영하는 비로소 기정이 왜 그렇게 말했는지 알 것 같았다.

"네. 맞습니다. 사실 저희도 우연히 어떤 체스에 관해 이상한 얘길 듣던 터라 궁금해하던 참입니다. 혹시 소장하셨던 그 체스 사진은 없으시죠?"

기정은 이제 앞뒤 상황이나 체면 따위는 버린 지 오랜 사람처럼 저돌적이었다.

기찬을 이런 어색한 자리에서 빨리 해방되게 하는 방법일 수도 있었다.

그리고 또 한 가지. 기정은 영하와 같이 강릉 카페 바체프에서 십자군 전쟁 체스를 몇 점 감상할 수 있었다. 그 체스는 십자가 한가운데가 길게 내려간 교회를 상징하는 거였다.

지금 열십자(十)라고까지 말하며 스위스풍이라고 강조했지만, 혹 그런 십자군을 상징하는 표식 같은 것으로 착각하는 것은 아닌지 눈으로 직접 확인하고 싶었다.

"사진을 보여드리기 전에 그런 체스라는 걸 왜 확인하시려는 건지 좀 여쭤봐도 될까요?"

기찬은 본인의 의문을 먼저 풀고 싶어 했다.

"그건… 카페 사장님이 그런 풍의 체스가 좀 귀하다고 했어요. 구하기 힘들다고 말씀하시길래 어떤 체스인가 궁금했거든요. 그 카페에도 30여 나라에서 수집한 100여 종류의 체스가 전시되어 있는데, 그런 스위스풍의 체스는 없었어요."

기정은 말하면서 재빠른 두뇌 회전으로 둘러대고 있었다.

기찬은 기정의 얘길 들으며, 자신 앞의 술잔을 만지작거렸다. 무언가 골똘히 생각하고 있었다.

-그 체스가 그토록 구하기 힘들고 귀중한 체스인가?

이 술집에서 지나가는 말로 체스가 사라진 상황을 말한 게 잘한 건지 귀찮게 된 건지 아직 판단할 수 없었다.
"전 이 체스의 분위기가 마음에 들어서 구매했었습니다."
기찬은 주머니에서 휴대전화를 꺼내며 말하고 있었다.
기찬이 잠깐의 손동작으로 보여주는 휴대전화 액정의 사진 속 체스는 역시 기정도 영하도 한 번도 본 적 없는 체스였다.
그건 십자가 문양의 십자군 체스가 아니었다.
익히 알려진 스위스풍 빨간색 열십자 문양의 체스였다.

-설마?

영하와 기정은 마주 앉아 있었다.
서로 체스 사진을 들여다보면서 그런 표정을 마주하고 있었다.
체스판 위에서 기물들이 진형을 갖춘 모양새였다.
열십자 문양이 틀림없었다.
둘은 아, 소리가 절로 나올 정도로 그 체스 기물들은 오뚝이를 닮은 배불뚝이 형태를 갖추고 있었다.
둘은 마주 보며 단 한 번의 빠른 눈빛을 교환했다.
번개 같은 찰나에 서로의 눈빛에서 불꽃이 점화되는 의미심장한 면을 서로 읽어낼 수 있었다.

기정과 영하는 빠른 눈빛 교환 뒤에 사진을 더 자세히 살펴보고 있었다.

-크기?
-그리고 무게?

둘의 뇌리에 스치는 낱말이었다.
사진 속 체스 기물은 눈으로 언뜻 보기에 작지는 않았다.
그러나 그다지 크다고 할 수도 없는 형체로 보였다.
강릉의 카페에서 100여 종류의 체스를 관람한 경험으로 미루어 중상위 정도의 크기였다.
둘은 눈짐작으로 무게를 재보려고 노력했으나 여의치 않았다.
"혹시… 아, 기찬 씨. 정말… 별스럽게 굴어서 죄송한데요. 혹시… 저 체스의 무게는 얼마나 나가는지 모르시죠? 무게가 궁금하지도 않으실 거고, 무게를 잴 도구도 없으실 테고 무게를… 재볼 필요도… 없으셨을 테니까요."
기정은 횡설수설하는 것처럼 좀 버벅거리며 묻고 있었다.
"그게 왜 궁금하신지는 모르지만, 체스판 무게와 기물 무게를 별도로 정확하게 알고 있습니다."
기찬은 별거 아니라는 듯 무게를 알고 있다고 했다.

-가격도 아닌, 크기도 아닌, 무게가 왜 궁금할까?

기찬은 체스 무게만 묻는 기정이 오히려 이상했다.
마주 보던 기정도 그렇지만 옆에 앉은 영하도 놀라는 눈치였다.
둘은 '무게를 안다고!' 라면서 크게 소리칠 것 같은 분위기를 동시에 연출하고 있었다.
앞의 기정은 분명 어깨를 표가 나게 들썩이는 움직임을 보였다.
이내 흥분을 가라앉히며 스스로 진정하려는 태도가 엿보였다.
언뜻 둘이 교환하는 눈빛도 예사롭지 않은 느낌을 주고 있다는 걸 기찬은 눈치챘지만, 모른 척 넘어갔다.

"체스 무게를 재 보셨습니까?"
기정의 빠른 질문에,
"아니요."
기찬 역시 빠르게 대답한다.
"네? 아니 그럼 어떻게 체스 무게를 아신다는 거죠?"
기정의 빠른 놀람이다.
"제가 무게를 재는 게 아니라 그런 국제적인 경매품은 무게를 표시해 놓습니다."
무언가를 읽어내려는 기찬은 담담하게 당연하다고 말한다.

"네? 아, 그럼 그 체스는 경매로 사셨습니까?"

이번엔 기찬 옆에 앉았던 영하가 놀라고 있었다.

"네. 우리나라엔 그런 체스를 판매하는 곳이 없습니다."

"그럼 그 체스는 어디서 경매하신 거죠?"

이번엔 맞은편의 기정이 물었다.

"미국 경매시장에서 경매로 낙찰받았습니다."

기찬은 옆의 영하와 앞의 기정이 번갈아 물어오자, 번갈아 쳐다보며 대답해야 했다.

"체스 무게가 얼마였나요?"

기정은 가격을 묻는 느낌으로 무게를 묻고 있었다.

"체스 기물은 약 4kg 정도였고, 체스판은 접는 판으로 약 2kg 정도였어요. 더 정확하게 아시고 싶으면 제가 집에 가서 알아보고 연락드리겠습니다."

"아, 아닙니다. 그 정도면 충분합니다."

영하가 얼른 그렇게 대답하며 기정과 다시 눈빛을 교환했다.

"그 쪽지 아직 가지고 있지?"

영하가 기정에게 나직이 묻는다.

"쪽지는 그때 버렸어. 휴대전화에 사진으로 보관 중이야."

이번엔 기정이 주머니에서 휴대전화를 꺼냈다.

"이거… 실례지만, 주소 좀 봐주시겠어요?"

기정은 휴대전화를 기찬에게 들이밀며 확인을 부탁했다.
기정의 휴대전화 액정엔 두 줄의 주소가 있었는데, 그중 하나가 분명 기찬의 집 주소가 확실했다.
다른 하나는 강원도 강릉의 어느 바둑학원이었다.
한 번에 주소 두 곳이 찍힌 사진을 보여줄 수밖에 없었다.
"헉. 아니 어떻게 제 주소가 여기에 있는 거죠?"
기찬은 진짜 놀라고 있었다.
옆의 영하, 앞의 기정과 다은을, 그리고 아직도 서 있는 서연을 차례대로 살펴보고 있었다.

기찬은 서연의 표정을 더 유심히 살피고 있었다.
그리고 서연도 어떤 내막인지 잘 모르는 표정이라 단정했다.

-이들은 다 알고 나만 모르는 것은?
-서연이 나에게 감춘 게 있는가?

이건, 내 체스가 사라진 사건은 그저 지나쳐가는 살랑바람 같은 한순간의 우연이 아니라는 생각이 들었다.
기찬은 자신도 모르는, 어떤 사건이 본인에게 일어나고 있다는 생각에 좀 섬뜩한 느낌이 끼쳐왔다.

-왜 체스의 무게는 자꾸 따지고 있으며, 둘은 오늘 처음 만나는 내 주소는 어떻게 알고 있을까?

서연은 줄곧 서서 그들의 대화를 귀 기울여 경청하고 있었다.
기찬의 체스는 기정과 영하가 궁금해하는 체스와 엮인 느낌?
서서히 핵심으로 들어가는 체스 이야기는 점입가경이었다.
"사실은 그 체스를 판매하는 과정에서 문제가 좀 생겼습니다. 경매 후 낙찰자에게 보낼 때 물건이 잘못 포장되었다고 듣고 있습니다."
기정은 솔직하게 아는 대로 털어놓았다.
"그럼 지금 보여주신 두 곳의 주소 중 한 곳으로 낙찰된 경매품이 잘못 포장되어 보내졌다는 건가요?"
"저희도 자세히는 모르지만 그렇게 추측하고 있습니다."
조금 곤혹스러워하는 기정을 대신하여 영하가 말했다.

-미국에서 경매로 낙찰받고 전달받은 물건인데, 한국인이 그런 상황과 내 주소까지 어떻게 알고 있는 건가?

기찬은 그것이 더 의문이었다.
"그럼 두 분은 그런 내막을 어떻게 아시나요?"

"저희도 우연히 들었을 뿐입니다. 그 내막을 알고 그걸 말해준 분한테 연락해서 우리가 추측한 게 맞는지 알아봐야 합니다."
영하는 그렇게 말하며 믿어 달라는 표정을 하고 있었다.

-누군가 내 집을, 나의 행동을 감시하고 있었다는 것이 아닌가!

기찬은 소름이 돋았다.
"여하튼 제가 구매하고 소장하던 체스가 감쪽같이 사라진 게 우연이 아니라 어떤 사건에 연루되었다는 건 확실한 거죠?"
기찬의 눈동자에 의혹이 가득했다.
"지금으로선 그렇다고 봐야 할 것 같습니다."
충격으로 좀 멍한 표정으로 앉아 있던 기찬은 맥주를 벌컥벌컥 들이켰다.

-누군가 나의 일거수일투족을 엿보고 있었다면?
-남에게 보이면 안 되는 행동은?

기찬은 본인의 일상을 되돌아보았다.
눈동자는 초점 없이 흔들리며 무언가 떠올리려고 애쓰고 있었지만, 생각만 이리저리 떠돌기만 했다.

"죄송한데… 하나 더 질문해도 될까요?"
기정은 기찬에겐 소름 끼치도록 섬뜩한 일이지만, 어쩔 수 없이 오늘 대화를 마무리 짓고자 했다.
보스 k가 알려준 주소에서 일어난 체스 도난 사건을 보스에게 전달하여 해결토록 하고 싶었다.

"네. 말씀하십시오."
"지금 기찬 씨가 거주하는 집이 일반 주택입니까?"
"네. 단독주택입니다."
"그럼 죄송한데, 누구랑 같이 사는지, 아니면 혼자 사는지 알려주실 수 있나요?"
"네. 귀국 후 저 혼자 작업실 겸 살고 있습니다."
"작업실이요? 어떤 작업실이죠?"
"전 조각을 전공하여 그런 작업을 하고 있습니다."
기정과 기찬은 빠르게 문답 형식으로 이어갔다.
"그 체스 사진을 제 휴대전화로 보내주실 수 있나요?"
"네. 보내드리죠. 번호 주세요."
기정과 기찬은 순식간에 일문일답으로 사진을 주고받기까지 해 버렸다.
"체스가 언제 사라졌는지 정확한 날짜를 알 수 있나요?"

"날짜는 정확히 모르지만 5월 말경이라고 생각됩니다."
"혹시 집에 cctv 같은 걸 설치하셨나요?"
"예. 현관 쪽에 설치했습니다."
"그럼 혹시 체스가 없어졌을 때 cctv나 차량블랙박스를 살펴본 적은 있나요?"
"아니요. 그냥 긴가민가하며 지내던 중입니다."
"뭘 긴가민가 한다는 거죠?"
"집에서 사라진 게 맞나, 누가 체스를 빌려 갔나, 내가 다른 곳에 가져갔었나 등으로 좀 혼란스러웠어요."
"그럼 지금은 어떤 판단이 서나요?"
기정은 조심스럽게 물었다.
"지금 대화 중 누군가 내 집에 침입하여 가져갔다고 확신하게 되었습니다. 분명 거실처럼 사용하던 곳에 놓아두고 있었어요. 방문객 중 체스를 둘 줄 알면 같이 두기도 하고 혼자 연구하기도 했었는데, 어느 날 갑자기 그 체스가 사라진 겁니다."
좀 어리둥절하던 기찬은 이제 머릿속으로 정리가 끝난 것처럼 확신하며 말하고 있었다.
"그럼 집에 가셔서 그 cctv와 차량 블랙박스를 자세히 살핀 후 혹시 불법 침입자가 찍혔으면 경찰에 신고하지 말고 저희에게 그 자료를 넘겨 주실 수 있나요?"

기정은 어려운 부탁을 하는 줄 안다.
어렵지만 내친김에 전모를 밝히려면 증거 자료가 필요했다.

-그 체스는 이미 한국을 빠져나가지 않았을까?

기정과 영하는 동시에 그런 추측을 하고 있었다.
그렇다면 국내에서 시끄럽게 할 필요 없이 보스 k에게 상황을 전달하면 국내외에서 비밀리에 조사할 것으로 사료 되었다.
거기에 만일 cctv 같은 곳에 담긴 자료가 있다면 보스는 자신감을 가지고 조사하리라 예상되었다.
어쩌면, 정말 어쩌면, 보스는 한국으로 좌천되기 전 자신의 팀이 조사하던 그 일과 맞물려 성과를 거둘 수도 있을 것이라는 예상도 가능했다.
"그건… 일단 집에 가서 조사해본 후 연락드리겠습니다."
기찬은 확답보다 나름의 조사가 우선이었다.
"알겠습니다. 무엇이 찍혔는지 일단 조사해봐야 하겠지요."

그날 사라진 체스에 대한 대화는 거기까지였다.
그들은 체스에 관한 화제를 안주로 한동안 술을 마셨다.
서연은 듣고만 있다가 가끔 궁금한 사항을 묻기만 했다.

내일부터라도 당장 낮에 체스를 배워야겠다는 다짐을 해본다.
기정, 영하, 다은, 기찬까지 심도 있는 체스 이야기를 하는데, 서연은 수박 겉핥기의 수준이었다.
그 수준임에도 체스 얘길 듣는데 이 밤이 새도록 얘기해도 다 못할 정도의 아쉬움과 통쾌함이 체스에서 넘쳐나고 있었다.
남자들이야 그렇다 쳐도 후배 다은도 체스에 대해 꽤 깊은 수준까지 대화가 가능한 것에 속으로 약간 시샘도 하고 있었다.

-유학 중 너무 술만 마셔대었나?!

서연은 문득 그런 자책도 살짝 하고 있었다.
늘 대화의 중심에서 주도하던 서연은 체스가 주 대화가 되므로 소외감도 살짝 밀려왔다.
체스는 단지 승패를 가르는 게임일 뿐인데, 무슨 낭만 타령에 심오한 철학이 산신령처럼 등장하고 있었다.
기찬은 작업이 힘들 때, 잘 풀리지 않을 때, 혹은 정신적인 휴식을 취할 때, 홀로 체스판 앞에 앉아 흑백을 번갈아 가며 두기도 했는데 그런 체스가 없어졌다고 아쉬워했다.
기정은 미미하더라도 극히 작은 단서라도 될 수 있는 자료를 넘겨준다면 멋진 체스를 기찬에게 선물하겠다고 약속했다.

물론 영하와 기찬은 국제적인 체스 경기에 대해서는 일절 발설하지 않고 흥미 위주의 경험만 늘어놓고 있었다.
그러면서 은근히 기찬의 체스에 대해 정보를 얻고 있었다.
술이 좋은 건 이럴 때 숨어있던 힘을 발휘한다는 것이다.
쓸데 있는 말, 쓸데없는 말, 그저 스치는 말 중에도 자각하거나, 듣고 있던 사람이 단서를 낚아챌 수도 있기 때문이다.

이튿날. 오후 5시경.
기정은 기찬에게서 연락을 받았다.
서울 외곽에 있는 기찬의 작업실 겸 주거지로 사용하는 단독주택의 현관 쪽 cctv에는 침입이나 이상 흔적이 없었다.
그런데 서연의 술집에 술 마시러 가던 날 저녁, 집에 주차해놓은 차량의 블랙박스에 뭔가 찍힌 게 있다고 했다.
"혼자 작업하며 사느라 지저분하지만, 제집으로 선배님들 한번 오시겠습니까? 아니면 제가 〈leave〉 술집으로 갈까요?"
기찬이 그들이 자신의 집으로 왔으면 좋겠다는 느낌을 강하게 전달하고 있었다.
"우리가 방문하겠습니다. 언제 가면 좋을까요?"
기정은 뛸 듯이 기쁜 음성을 억누르고 있었다.
기정은 현장을 살펴보는 것이 좋겠다는 생각이 들었다.

"선배님들 시간 나시는 대로 오십시오. 전 오늘도 좋고, 내일도 좋으니 차렷 자세로 기다리고 있겠습니다."
흔쾌하게 쏟아내는 기찬의 목소리였다.
특별한 일이 없으면 집에서 작업하며 지낸다고 덧붙인다.
기정은 다시 한번 생각했다.
서연의 주변 인물들은 한결같이 유쾌했다.
무언가 감추고, 무언가 노리는 음성적인 행태가 전혀 없었다.
하나같이 술친구들이라 그런가? 라는 짐작을 하도록 만들었다.
아마도 술 먹는 과정에서 친구들도 이래저래 수준에 맞게 추려졌을 것으로 상상하고 있었다.
서연의 자유분방한 술자리 분위기가 좋다고 느끼는 친구만 주변에 남았을 것이다.

-누구든 술을 산다면 기꺼이 먹고, 언제든 사고 싶다면 기꺼이 살 수 있는 재력과 정신적인 자유로움이 깃든 친구들.

기정과 영하는 다은의 차에 올라타 기찬의 집으로 향했다.
둘은 차가 없었지만 다은은 귀국 후 렌터카에서 한 달간 차량을 임대하여 자유롭게 움직이고 있었다.
셋은 기찬이 찍어준 주소로 차를 몰았다.

아직 퇴근 시간이 아니어서 다행히 차는 도로에서 막히지 않고 기찬의 집까지 도착할 수 있었다.
기찬의 작업실은 셋이 오면서 상상했던 시골집 같은 분위기가 아니라 훨씬 크고 좋아 보였다.
"주택이 아니라 저택 수준이잖아요!"
셋은 동시에 기찬에게 놀라움을 나타냈다.
미혼의 청년이 혼자 살기에는 너무 넓은 집이었다.
"하하하. 그렇습니까? 부모님이 기거하시던 집입니다.
두 분은 나이 들어 거두기 힘드시다고 아파트로 가셨어요.
제가 지난해 귀국하면서 작업실로 물려주셨어요. 하하하."
기찬은 열려있는 마음의 여유로움을 그대로 드러냈다.
"참 재미있는 건 그날 제 차가 대문 밖에 주차되어 있었다는 겁니다. 보통 때는 대문 안에 주차하거든요."
기찬이 방문객을 집안으로 안내하며 말하고 있었다.
"그날이라면…?"
기정은 정원에 세워진 조각작품을 보면서 따라가고 있었.
딱 한 점이었다.
"네. 제 차의 블랙박스에 무언가 찍은 날을 말하는 겁니다."
하얀색 석고상은 상체 중에서도 윗부분만 조각되어 있었다.
무엇인가 생각하는 모습이었다.

"그날의 정확한 날짜를 알 수 있을까요?"

기정은 묻고 난 후 서연의 술집에서도 똑같은 질문을 했다는 걸 생각해냈다.

기정은 기찬과 문답하면서 귀를 기울였다.

신경 한쪽은 조각상을 더욱 유심히 살피고 있었다.

기정이 눈을 떼지 않고 바라보며 생각할 때, 본인이 알고 있던 오귀스트 로댕의 '생각하는 사람' 하고 유사하지만 아니었다.

저 뜰에 있는 조각상만으로 판단하긴 어딘지 애매했다.

"그럼요. 당연히 날짜가 찍혔죠. 전 그날 차를 가져가려고 대문 밖으로 뺏다가 밖에서 잠시 왔다 갔다 했어요. 그러다 다시 집 어넣기 귀찮아서 그냥 대문밖에 주차해놓았어요. 그게 우연인지 필연인지 저도 지금 판단이 안 서네요."

기찬은 그날의 일이 우연이 아니라는 걸 강조하고 싶어 했다.

"평소에는 차를 몰고 다니시겠지요?"

기정이 그렇게 물을 때 즈음하여 뜰의 조각상은 이제 보이지 않게 되었다.

우리가 흔히 흉상(胸像)이라 부르는, 버스트(bust)라는 조각상은 좀 특이한 형상이었다.

로댕의 '생각하는 사람'은 오른손으로 턱을 괴고 팔꿈치는 왼쪽 허벅지 위에 올린 자세이다.

뜰의 조각은 왼손으로 턱을 괸 채 오른손은 쭉 뻗어 중지만 살짝 내려간 자세로 받침대 위에 있었다.

조각가가 뭔가 의도했는데, 기정은 알 듯도 하면서 모를 듯하여 그런 생각과 모습이 머릿속으로 따라오고 있었다.

"네. 차를 몰고 가서 술 마시면 귀가할 때는 대리운전하거든요. 그날은 프랑스에서 같이 유학하던 친구들 모임이었어요. 친한 친구 한 명이 호텔에서 지내다가 출국하기 때문에 같이 자기도 해요."

"아, 그래서 차를 두고 가셨나요?"

"네. 전에 한번 그 친구랑 술 먹고 호텔에서 자다가 차를 못 찾아서 애먹던 기억이 났는데, 다시 대문을 열고 주차하고 그러자니 귀찮아서 그냥 대문 옆 도로에 세워두고 갔어요. 작업하다 약속된 시간이 좀 늦었기도 했고요."

"아주 친한 친군가 봐요?"

"네. 하하하. 그 친구랑 술 먹으면 꼭 하는 게 있어요."

기찬은 무얼 생각하는지 크게 웃고 말했다.

그 바람에 방문객 셋은 움직임을 조심하고 있었다.

기찬의 다음 말을 잘 듣기 위해서였다.

"그 친구도 체스를 좋아해서 꼭 음주 대국을 했어요. 하하하. 뭐 특별한 내기는 아니고 자존심 대결인 거죠."

"그럼 기찬 씨는 그 친구를 만나러 갈 때 체스판을 꼭 갖고 가나요?"

"아닙니다. 그 친구가 접는 자석 체스판을 갖고 다닙니다."

"오호. 그 친구란 분도 체스를 어지간히 좋아하나 봐요."

"네. 지성인의 두뇌 게임으로는 체스가 최고라고 자부하는 친굽니다. 그 친구가 체스판을 안 가져오면 제가 차에 싣고 가기도 합니다."

"기찬 씨. 지금의 주제에서 좀 벗어난 얘긴데, 저 뜰의 버스트는 기찬 씨 작품인가요?"

기정은 대화가 갑자기 샛길로 빠지지만 어쩔 수 없이 궁금증을 풀기로 했다.

"네. 저의 귀국 첫 작품입니다. 기정 선배님은 그새 눈여겨 보셨네요. 하하하."

"네. 들어오면서부터 줄곧 눈여겨 봤는데 저 형태가 어디선가 본 듯도 한데 생각이 날 듯 안 나서 묻는 겁니다. 물론 로댕의 '생각하는 사람'은 아닐 테지요?"

기정은 아닌 줄 알면서 그렇게 묻는다.

"하하하. 로댕의 생각하는 사람은 아니지만, 그 작품에서 제가 영감을 얻어 만든 작품입니다. 기정 선배의 상상을 자극하면서 알 듯 모를 듯 하시는 것도 이해합니다. 하하하."

기찬은 유쾌하게 웃고 또 웃는다.

"기찬 씨. 그럼 비웃지 마십시오. 혹시 체스를 둘 때 생각하는 모습이며, 계시기를 누르는 동작을 표현한 겁니까?"

"오우. 기정 선배님의 상상력은 정말 대단하시네요. 지금 그걸 가르쳐드리려고 했는데, 시간에 쫓기며 체스 한 수 두고 계시기를 누르는 동작입니다."

"이야. 그런 작품이 뜰에 있었어? 난 왜 못 본 거지!"

영하는 뒤늦게 대화가 기찬의 조각품이라는 것을 알게 되었다. 그 작품이 체스를 생각하면서 계시기를 누르는 형태라는 것도 알게 되었다.

"내가 잠깐 상상할 때는 버스트로 제작된 조각상 앞에 체스판이 놓여 있고, 오른손 손가락 아래 계시기가 놓여 있다면 틀림없는 체스 대국 모습이었어."

기정의 뒤따르는 감상이다.

"난 지금 다시 가서 자세히 보고 싶다."

영하가 어린애가 보채는 것처럼 말했다.

"저도 지금 보고 싶어요. 만일 대중들에게 보여주면 참 여러 가지 상상과 추리를 할 것 같아요."

영하가 먼저 말하고 다은이 동조한다.

"일단 오신 문제부터 풀고 작품은 이따 설명하겠습니다."

기찬의 말에 돌아서던 발길을 영하는 다시 한번 되돌렸다.
하하하! 그런 모습이 어린애 같다며 기정이 웃고 있었다.
기찬은 컴퓨터 앞으로 안내하더니 저장된 장면을 보여주었다.
"제 차가 대문에서 약간 벗어난 곳에 주차되어 있죠?"
"그렇네요."
"아마 침입자는 내가 차를 몰고 나간 것으로 알았을 거예요. 대문 안에 차가 없으니까요. 저기 보세요 누군가 담장을 훌쩍 넘어 집으로 들어가는 모습이 보이죠?"
기찬이 말하는 장면은 어둠 속에서 조금 떨어진 가로등에 비친 희미한 사람의 모습이었다.
"잠깐만 고정해보세요."
영하가 돌아가는 장면을 조금 되돌려 살펴보았다.
담장을 빠르게 뛰어오르는 자는 모자를 쓰고 마스크로 얼굴을 가리고 있었다.
매우 날렵하게 담을 넘었다.
잠시 후 무언가 살짝 불룩한 배낭을 지고 다시 담장을 넘었다.
배낭의 그 물건이 체스판이라고 모두 짐작할 수 있었다.
"제가 판단할 때 이 자는 저의 집을 제대로 관찰한 후 기회를 엿보다 저 체스판만 들고 나간 것 같아요."
"왜 그렇게 생각하시죠?"

"이 집 대문과 안쪽의 현관 부근에도 cctv가 설치되어 있는데, 저 사람 모습이 어디에도 찍히지 않았어요. 아마 내가 집 안에 있는 며칠 동안 밖에서 잘 살피고 있었을 것이란 생각입니다."

"음. 하긴 망원경 등으로 기찬 씨의 동태를 살피면서 집 구조를 파악했을 수도 있겠네요. 기찬 씨 혼자 사는 걸 알고 나가길 기다린 거로 보입니다."

"그 체스를 흑백으로 바꿔가며 혼자서도 두지 않았다면 아마 저도 어디에 있겠지 했을 수도 있을 거예요. 아까 말씀하시던 저 뜰의 조각품도 이 체스판을 앞에 놓고 거리를 재가며 제작했거든요."

기찬은 술자리에서 본인은 인터넷 체스는 한 번도 둔 적이 없다고 말했었다.

그런 터라 유학 친구가 체스를 두자고 하면 같이 술 먹던 친구들을 모두 보낸 후 호텔에서 둘이 체스를 즐겼다고 한다.

물론 술을 더 마시면서 음주 체스를 두었다고 한다.

"이렇게 담을 넘어가고 넘어오는 모습만으로 저 침입자를 붙잡을 수 있을까요?"

기찬은 그렇게 의문을 드러내며 블랙박스에 찍힌 장면들을 USB에 담고 있었다.

"그건 저희도 장담할 수 없겠네요. 저 사람이 동양인인지 서양인인지도 구별이 안 갑니다."

잠시의 침묵 뒤에 기정은 느낌을 말하고 있었다.

그나마 그런 장면이라도 찍혀서 얼마나 다행인가.

"예? 동양인, 서양인이요? 그럼 저 사람이 서양인일 수도 있다는 건가요?"

기찬의 반문에 기정은 아차 싶었다.

쓸데없이 범위를 넓힐 필요가 없었는데, 하는 후회가 따른다.

"그냥 그럴 수도 있다는 가정인 거죠. 어차피 물증이라곤 이것밖에 없으니까 전문가에게 분석을 맡겨봐야겠죠."

기정은 그렇게 얼버무린다.

기찬도 더는 캐묻지 않았다.

더 나올 것도 없다는 생각에 심문하듯 더 물을 필요도 없었다.

기찬이 그렇게 생각할 때 기정과 영하, 다은은 십중팔구 서양인일 것이라는 판단을 내리고 있었다.

기찬은 다시 컴퓨터 속 화면을 바꾸며 경매로 어떻게 구매했는지, 가격과 물건을 소개하는 난에서 무게를 정확하게 파악할 수 있게 보여주었다.

기정은 그 부분을 모두 카메라에 담았다.

"오늘 체스판만 있었더라면 고수님들께 한 수 배우는 건데 정말 아깝습니다. 하필 체스판이 사라지자 고수님들 방문이라니."

기찬은 체스를 즐길만한 사람들이 여럿이나 집으로 몰려왔는데 체스판이 없는 묘한 상황을 그렇게 안타까워했다.
"저희도 기찬 씨의 매운 손맛을 보고 싶은데, 다음으로 미뤄야겠어요. 이렇게 잘 협조해주시는데 앞으로 기회가 많겠죠!"
영하는 고마움과 안타까움을 그렇게 나타냈다.
셋은 다시 뜰로 나왔다.
방금 기찬에게 들은 설명대로 조각작품을 감상했다.

-예술가는 다르다는 느낌?

영하, 기정, 다은은 그런 느낌이었다.
"가까이서 보니까 생각했던 것보다 표정이 훨씬 섬세하네요."
다은은 작품의 디테일한 솜씨에 대하여 의견을 드러냈다.
"체스 대국하며 생각하는 모습을 조각작품으로 감상하다니… 새로우면서 영광입니다."
영하는 그렇게 새로움을 드러냈다.
"체스 작품만 감상하다가 체스 대국하는 사람을 작품으로 감상하니, 신기하면서 별별 상상이 다 떠오릅니다."
기정과 함께 셋은 경이로움을 드러냈다.
본인이 생각한 대로 작품으로 만든다는 것에, 만들 수 있다는 것에 각자 한마디씩 경의를 표했다.

같은 체스 세계에서 또 다른 공존의 세계를 보는 느낌이었다.

기정은 기찬이 체스 대국하는 모습을 사진으로 찍고 조각작품으로 제작했을 것으로 상상했다.

기찬이 강릉의 카페에서 많은 체스를 관람한 후 체스 기물마다 대형으로 제작해도 좋겠다는 생각이 들었다.

우리 고유의 전통적인 복식으로 – 얼마나 아름다울까!

오늘 그런 가능성은 충분히 보고 느끼며 상상할 수 있었다.

카페 바체프를 드나들며 친구(영하)의 바둑 스승한테 여러 번 전해 들은 우리나라 고유의 체스를 제작할 수 있겠다는 생각에 한 걸음 더 다가간 느낌이 기정은 좋았다.

"보스. 안녕하십니까?"

기정은 기찬의 집을 나오면서 다은이 모는 차 안에서 보스에게 휴대전화로 연락했다.

"오 진. 아직 강릉입니까?"

"아닙니다. 전 서울에 왔습니다."

"그럼 솔로는? 아, 이젠 철학자로 부르기로 했지요. 하하하. 진. 체스의 철학자도 서울에 같이 왔습니까?"

보스는 매우 호쾌하게 웃는다.

호칭에 대하여 실수가 아닌, 아직 익숙하지 않다는 의사소통을 그렇게 얼버무리며 넘어간다.

호칭이 어떻든 보스는 유쾌하지 않을 수 없었다.

"친구는 산속 집으로 들어갔습니다."

기정은 뒷좌석에 앉아 있는 영하를 돌아보며 그렇게 말했다.

영하도 미소 지으며 고개를 한번 주억거렸다.

서울이라고 하면 보스가 만나서 밥이나 술을 먹자고 해도 부담스러웠다.

굳이 체스 경기도 아닌데 변장해가며 만나는 건 번거로웠다.

영하는 기정이 눈치 빠르게 잘 둘러댄다고 생각했다.

* * *

팀이여 다시 한번!

케빈은 한국에 좌천 격으로 쫓겨온 처지였다.

그러나 이 GM 한 명 없는 작은 나라에서 솔리터리로 시작하여 솔로로 한 단계 정도 격상된 인물을 만났다.

중상위 정도로 짐작되던 솔로가 나름대로 세계적인 선수를 여럿 눕힌 후 그들에 의해 이젠 '체스의 철학자'라는 전대미문의 칭호까지 헌정 받는 상황에 이르렀다.

물론 (FIDE)가 현재 최상위로 인정하는 선수를 이긴 건 아니다.
그러나 체스 경기에 걸린 상금액수로 평가한다면 단연 최상위 중의 최상위에 올려야 한다.
여럿의 베팅 액수지만, 체스 세계타이틀매치의 상금보다 몇 배, 아니 열 배는 더 많은 금액이 체스 한 경기에 걸려 있다.
양지가 아닌, 지하세계라는 음지에서 벌어지는 체스 경기지만, 지금까지 체스 강국이라는 나라의 챔피언을 지낸 선수를 꼼짝 못 하게 만들며 때려눕힌 것이다.
특히 알렉산드르는 러시아 챔피언까지 지내고 세계대회에서 맹활약하다가 본연의 직업으로 돌아갔다.
그는 이제 세계적인 이벤트성 경기에만 가끔 참여한다.
이번 한국의 무명인 솔로에게 패배한 후 오히려 영광이었다며 {체스 철학자}라는 낭만적이며 경이로운 칭호까지 바쳤다.

-체스 철학자 chess Philosopher-체스 필로소퍼

그건 아무에게나 줄 수도 받을 수도 없는, 아무나 줄 수도 받을 수도 없는, 고귀한 대우를 뜻하는 것이다.
앞으로 잘만 활용한다면 좌천이 전화위복이 될 조짐이다.
아니다. 이미 금전적으로는 전화위복이 되고도 남는다.

지금 엄청난, 전혀 생각지도 못했던 엄청난 부를 축적했다.
그것도 아주 짧은 기간에.
그리고 더욱 신비로우며 중요한 것은 그 철학자의 체스 수준이 아직 끝 간 데를 모르겠다는 것에 있었다.

-솔로 - 체스 철학자.
-체스 스타일은 분명 AI처럼 시동을 걸었다.
-출발 후 점점 부드러움도 날카로움도 아니게 변모한다.
-그건 낭만의 자유로움이라고 할까?
-아니면 그건 솔로만의 철학이라고 할까?
-솔로를 연구하며 도전해온 상대 모두 헤맨다고 할까?
-솔로의 대국 한판은 수백 판 경험 수치처럼 느껴진다.
-이제 누가 체스의 철학자에게 도전할 것인가?

그는 이제 한계에 도전하는 것이 아니라 도전받는 위치에 올라가 있었다.
그건 러시아 체스 선수 알렉산드르가 '체스 필로소퍼' 이라는 경이로움의 존엄을 표하면서 비롯되었다.
비록 현역 선수에서 물러나 이벤트성 대회만 참가하고 있지만, 알렉산드르는 한때 러시아 체스챔피언에 오른 실력파이다.

전공했던 본연의 직업으로 돌아가 있을 뿐이다.

-물밑에서 물 위로 떠 오른 경이로운 존재 - 체스 철학자
-변방에서 중심으로 이동한 경이로운 존재 - 체스 철학자

미국의 후원자 케빈이 작은 나라 한국에서 발굴한 존재.
머지않아 지하 체스계는 그런 소문이 파다하게 퍼지리라.
지하 체스계의 흥행권은 케빈 본인이 쥐고 있는 격이었다.
물론 기정을 통해 출전 여부를 묻고, 체스의 철학자가 승낙해야
체스 경기가 열리게 되지만 일단 주도권은 나에게 있다.
케빈은 그런 생각으로 기정과 통화하면서 혼자 흐뭇한 미소를
짓고 있었다.
외국의 선수단을 모두 출국시키고 솔로를 내세워 거둬들인 상금
액수를 가만히 계산해본 결과 스스로 놀라고 있었다.
그들의 체스 경기 베팅은 무조건 현찰박치기다.
"믿어라. 경기 후 입금할게."
이런 바보 같은 소릴 하는 후원자는 정말 바보밖에 없다.
-4인 리그전.
-디마 vs 개인전.
-3인 리그전.

케빈은 지하 체스 세계에서 20년이 넘는 세월 동안 그저 베팅만 하거나 선수를 내세우거나 후원하며 가끔 실패도 했다.
그렇게 베팅하며 실패보다 성공한 비율이 더 높았으나 큰돈을 벌어들이진 못했었다.
이번 단기간 강릉 경기에서 솔로를 내세워 거둬들인 금액이 지금까지 이 세계에서 베팅하며 거둬들인 금액보다 훨씬 많았다.

-이 얼마나 알짜배기 수확인가.

기정의 목소리만 들어도 돈을 캐내는 소리가 들려온다.
다만 캐내는 그 시간은 끝날 때까지 숨소리조차 내지 못할 만큼 긴장감으로 숨조차 쉬기 어려웠다.
솔로에게 기대하면서 그동안 지하 체스 경기에서 벌어들인 금액 대부분을 첫 경기에 밀어 넣었었기 때문이다.
제발, 나의 눈이 밝았으며, 나의 판단이 옳았다! 라는 것을 현실로 증명하기 위하여 과감한 투자를 했었다.
솔로가 한 수만 삐끗해도 나락으로 떨어진다.
결국, 상상 이상의 수익을 올리고 기뻐하던 참이다.

*　　*　　*

"보스. 중요한 정보가 있어서 급히 연락했습니다. 보스 보스? 듣고 있나요?"

통화하는 보스가 이상하게 너무 조용하다 느끼고 있었다.

"아, 진. 깜박하고 딴생각했어요. 그래, 어떤 정보입니까?"

케빈은 깜짝 놀라며 혼자 즐기던 생각의 늪에서 빠져 나왔다.

"혹시 저번에 저에게 보여준 강릉의 주소 말고 서울의 주소지에서 조사하거나 가신 적이 있습니까?"

"아니요. 아직 못 가봤습니다. 외국에서 입국하는 사람들 입국절차와 출국 등 편리를 봐주느라 그동안 시간을 못 냈습니다."

보스에겐 방문객의 입출국에 따른 편리가 우선이었을 것이다.

"보스. 제가 오늘 그곳에 방문하여 얻은 정보입니다. 저번 암호 같은 내용이 조금은 들어있는 느낌입니다."

"그래요? 어떤 내용인가요?"

케빈은 구미가 확 당기는 음성이었다.

"그 주소에 거주하는 분이 최근에 체스판만 감쪽같이 사라졌다고 했습니다."

"그래서요? 그 체스판이나 체스 기물이 우리와 어떤 연관성이 있다는 겁니까? 진?"

"네. 있을 듯합니다. 우선 체스판이 스위스풍이며, 오뚝이처럼 배불뚝이의 형태를 하고 있었습니다."

"오. 정말입니까? 나도 실물을 볼 수 있나요? 진?"
"아니요. 저도 실물을 보진 못했습니다. 방금 말씀드린 대로 그 체스는 최근에 사라졌습니다."
"아 아, 그렇군요. 그럼 그 형태는 어떻게 알고 있나요? 진?"
"원래의 소유자가 사진을 찍어 놓은 체스를 봤습니다. 그리고 그 체스를 미국의 경매시장에서 경매로 낙찰받은 거라 체스에 대한 정보가 다 남아 있습니다."
"뭐라고요? 미국의 경매시장에서 경매로 낙찰받았다고요?"
매우 놀라 케빈은 소리치고 있었다.
차 안에서 통화내용을 다 듣고 있는 영하와 다은, 기정은 휴대전화 너머로 펄쩍 뛰어오르는 보스 모습이 떠오른다.
우리가 모르는, 우리에게 말하지 않은 보스만의 또 다른 일급의 비밀스럽게 분류된 정보가 있는 걸까?
평소 침착한 보스가 저렇게 놀라 소리칠 정도면 미국 경매시장이라는 단서는 사건을 푸는 실마리가 될 수도 있었다.
"그렇습니다. 경매품 정보가 다 나와 있었습니다. 그리고 더욱 중요한 건 집주인이 없을 때 담을 넘어 들어가 체스판을 훔쳐가는 모습이 차량 블랙박스에 찍혔다는 겁니다."
"진. 지금 그런 정보를 몽땅 진이 갖고 있다는 말입니까?"
진정이 안 되는 보스의 물음이었다.

"그렇습니다."

"진. 당장 만날 수 있을까요?"

"그럼요. 그런데 보스"

기정은 잠시 뜸을 들였다.

뒷좌석의 영하를 한번 돌아본다.

영하는 가로로 두어 번 고개를 젓는다.

"왜 말이 없습니까? 진?"

보스는 숨넘어가기 직전이었다.

"보스. 만나는 것도 좋지만 일단 자료를 메일로 보낼 테니까 잘 분석해보시고 보충할 내용이 있다면 다시 전화 주십시오."

기정은 영하의 눈치로 일단 정보만 보내기로 했다.

"알겠습니다. 지금 메일 주소 찍을 테니까 그 정보 당장 보내주십시오. 진."

매우 들뜬 보스의 마지막 음성이었다.

"이 usb에 담긴 자료를 어디서 메일로 보내지?"

기정은 피시방은 안 된다는 생각으로 말하고 있었다.

"서연 언니네 가게에 컴퓨터가 있지 않을까요?"

다은이 공동의 고민거리 해결로 얘길 꺼냈다.

"술집에 개인 컴퓨터가 있을까?"

기정이 의문을 제기했다.

"다은이가 전화 한번 해볼래? 있다면 지금 가도 되는지도."
영하가 말 꺼낸 김에 책임지라고 슬그머니 제안한다.
다은은 길옆의 한적한 곳에 차를 세웠다.
"언니. 혹시 가게에 컴퓨터가 있나요?"
"컴퓨터는 없고 내 노트북은 있지. 왜?"
"그럼 그 노트북으로 메일 하나만 보내도 될까요?"
"당연히 되지. 선배들하고 같이 있는 거야?"
"네. 언니. 지금 바로 갈게요."
셋은 곧바로 서연네로 차를 몰았다.

"언니. 자초지종은 나중 얘기하고 우선 노트북부터 빌려주세요. 급히 메일 하나 보낼게요."
영하는 기정에게 usb를 건네받은 후 자료를 일목요연하게 정리하기 시작했다.
보스가 필요하다고 생각되는 부분은 영어로 기재하며 조사하는 데 애로사항이 없도록 세심한 배려를 했다.
물론 기정도 컴퓨터를 잘 다룬다.
미국에 있을 때 논문이나 문서 정리 등 영하의 월등한 컴퓨터 다루는 실력에 신세를 진 일이 있어서 지켜 보고 있었다.
영하는 기찬에게 들은 내용. 체스가 사라진 날짜, 다은이 강릉에서 콜롬비아인으로 추정되는 자가 통화하던 내용까지 적었다.
디마의 통화. 자비드의 통화 등 날짜와 대략의 시간까지 상세하게 기재했다.
끝맺음은 기정의 이름으로 매듭짓는 걸 기정과 다은은 뒤에서 지켜보며 자료 정리에 감탄하고 있었다.

-박사는 아무나 하나!

자료 정리에 시간도 제법 걸렸다.
영하는 정리한 자료를 압축하여 하나는 보스에게 메일로 보내고 하나는 usb에 담았다.
"이제 홀가분하게 술 한잔할까!"
기정이 영하의 어깨를 토닥거리며 수고했음을 달래주었다.
"잠깐만 기다려봐. 보스가 메일을 받는지만 확인하자."
영하는 그렇게 말하며 메일의 수신 기록으로 들어갔다.
정확히 표현하자면 보내고 받는 시간이 1분 안에 들어있었다.
얼마나 목이 빠지게 그 정보를 기다렸을까? 보스는.

* * *

메일을 열고 기정이 보내온 자료를 살펴보던 보스 케빈은 놀라고 또 놀라워하고 있었다.

-이럴 수가!

우선 깔끔하게 정리된 자료에 놀라고, 그 자료 속의 정보에 또 놀라고 있었다.
미국 대학에서 수학 석사까지 마쳤다더니 영어로 정리한 자료는 분석하기에 너무 수월하게 분류가 잘 되어 있었다.

다음날
케빈은 미국 버지니아의 랭글리 CIA 본부로 직접 날아갔다.
국장과 독대한 자리에서 큰소릴 쳤다.
"국장님. 예전 저희 팀원을 한시적으로라도 복귀시켜 주십시오 꼭 명예를 회복하겠습니다."
케빈은 수집해온 자료를 국장에게 보여주며 자신 있게 원했다.
그중엔 기정이 영하와 해석한 암호도 끼어있었다.
한국으로 물러나 놀지만 않았다는 걸 입증하고 싶었다.
"자네도 우리 본부로 복귀한다는 건가?"
국장은 의미심장한 눈빛이었다.

"전 아닙니다. 전 한국에 남아 여기 본부의 팀원들과 긴밀히 원격 회의하면서 작전 수행을 하겠습니다. 한국에서 더 조사할 것도 아직 남아 있습니다. 대신 이번 작전은 국장님 외 비밀로 해주십시오."
케빈은 결연한 의지를 내보였다.
"그건 왜 그런가?"
"저번의 조사 때 어딘가 석연치 않은 구석이 있습니다. 비록 밝혀내진 못했지만. 이번에도 내가 복귀하여 그런 조사를 한다면 분명 어떤 방해 공작이 들어올 요소가 다분합니다."
조금 떨리는 케빈의 목소리는 어떤 의혹을 담아내고 있었다.
"예전 자네 팀원들이 본부로 들어오면 고위직 임원은 다 눈치챌 텐데 어쩌려고?"
"그러니까, 같은 사무실 같은 팀으로 만들지 마시고 한 명씩 각각 다른 팀으로 발령내주십시오."
"그런 후?"
"그런 후 별개의 조사를 한다면 아무도 눈치채지 못하게 우리 나름대로 조사하겠습니다."
"음. 좋아. 누구보다 유능했던 자네가 그리 좌천 격으로 한국의 한직으로 보내놓고 나도 마음이 편치 않았네."
국장은 부드러운 음성으로 격려와 함께 마음을 열어 보였다.

"그렇게 믿어주시니 고맙습니다."

"마냥 시간은 줄 수 없고 얼마면 되겠나?"

"6~8개월 정도면 작전에 성과를 낼 것 같습니다."

"뭐 특별히 지원받고 싶은 건?"

"없습니다. 우리 팀원이 세계로 흩어진 지 1년이 넘었습니다. 자연스럽게 인사이동 시켜주시고 당분간 비밀을 지켜주십시오 국장님. 제발 국장님이 저와 저의 팀을 해체 시켰다는 의심을 하지 않게 해주십시오."

다시 한번 케빈의 목소리가 조금 떨리고 있었다.

"별 얘길 다 하고 있네. 내가 왜 아끼는 유능한 요원인 자네를 그렇게 하겠나?"

"제가 계속 한국에 남아 있어야 석연치 않게 저의 약점을 잡은 누군가가 의심치 않을 것입니다. 반드시 성과를 내어 국장님의 업적으로 만들겠습니다."

"꼭 좋은 성과를 내어 본부로 들어와. 자네 같이 유능한 요원이 내 곁에 있어야 나도 든든하지."

국장에게 케빈은 본인과 팀원이 조사할 사항은 아니었다고 솔직히 말했다. 하지만 성과를 낼 무렵 누군가에 의해 그 조사는 방해받았다. 팀원 모두 뿔뿔이 세계 여러 나라로 보낸 것은 모종의 의도가 있다고 판단된다고 귀띔한 것이다.

국장도 석연치 않았으나 고위급에서 거론된 사안을 무시할 수 없어서 케빈의 팀원을 일단 해체했었다.

CIA의 하는 일이 모두 은밀히 진행되므로 케빈의 이번 보고와 원하는 건 일단 들어준 후 진행 상황을 지켜보기로 했다.

케빈은 은밀하게 서서히 CIA 내의 그 고위간부를 색출하기로 다짐했다.

케빈은 팀원들이 부서는 다르지만, 본부에 근무하도록 조처하길 원했다. 아무리 빠르게 인사를 감행해도 본부에 팀원 모두 모이기에는 한 달은 걸린다고 내다 보고 있었다.

케빈은 어떻든 본인과 팀원의 명예를 회복하려면 이번에 성과를 내야 한다. 예전의 팀원들에게는 개별적으로 연락을 취해놓았다. 각자 다른 부서에 배치되더라도 부서 일을 하며 은밀히 예전에 조사하던 일을 끝까지 파헤치자고 다짐했다.

예전 손에 잡힐 듯하다가 막바지에 윗선의 입김으로 팀 해체가 되며 아쉬움 속에 팀원들은 뿔뿔이 헤어졌었다.

이번에 케빈은 한국에서 좀 더 구체적인 근거와 증거로 조사에 박차를 가하게 되었다. 전혀 생각 밖으로 솔로(체스 철학자)와 그 친구가 결정적인 증거가 될 자료를 보내왔다.

-이런 복이 또 있을까!

암호 속 비밀

케빈은 일단 한국에 입출입한 의심 가는 자를 추려보기로 했다.
"윌리엄. 내 방으로 좀 와줘."
요즘 어지간한 일로 호출이 없던 케빈은 윌리엄을 불러들였다.
"캡틴. 무슨 일입니까?"
방에 들어서는 윌리엄은 싱글벙글이었다.
"윌리엄. 은밀하게 조사 좀 부탁할게."
요즘 한동안 문화교류라는 명목으로 케빈이 외국인들을 불러들인 내막을 윌리엄은 누구보다 잘 알고 있었다.
체스 경기에 따르는 인원의 입출국과 일정, 숙식 등 어지간한 건 케빈이 다 알아서 처리했다.

2022.5.25.수-4인 리그 첫판.
2022.5.26.목-철학자 vs 디마 결승
2022.5.30.월-철학자 vs 디마 개인전 (이날 몸싸움)

케빈은 기정이 일목요연하게 정리해 보내온 자료에서 불필요한 부분은 삭제한 후 윌리엄이 보기 좋게 날짜를 적어주었다.
"윌리엄. 이 날짜를 기점으로 3일 전후로 마약과 연관성이 조금이라도 있다고 의심되는 자를 빠짐없이 한국으로의 입출국을 체크 해주게. 특히 콜롬비아인에 주목해주고. 이 자와 조금이라도 얽힌 자는 인적사항을 더 철저히 조사해줘."
케빈은 자비드의 입출국에 의한 인적사항을 건네며 손가락으로 콕 집어 말했다.
극히 미세한 단서라도 나온다면 실오라기 같은 실마리가 될 수도 있었다. CIA가 확보한 자료를 토대로 조사해보라는 지시였다.
"알겠습니다. 캡틴."
윌리엄은 군말 없이 케빈이 건네준 자료를 들고 나왔다.
요즘 외국에서 불러들인 문화교류단의 일정에서 어떤 기분 좋은 일들이 벌어졌는지 케빈은 용돈을 두둑이 찔러주었다.
특별히 귀찮게 하지도 않고 케빈 손에서 직접 처리하고 있어서 윌리엄은 그저 본인의 일만 처리하고 있었다. 지금 케빈이 지시한 이런 일들은 통상적으로 하는 일이라 특별할 것도 없었다.
케빈은 미국과 콜롬비아의 경매품으로 위장하여 주고받은 물품과 인물을 조사해보면 답이 나올 것으로 기대하고 있었다.
미국에서 한국에 보낸 택배가 두 곳으로 하나는 강릉(바둑학원)이었고, 다른 하나는 도둑이 훔쳐갔다는 서울의 그 주소라는 것을 이미 확인하고 있었다.
케빈의 얼굴에 미소가 번지고 있었다.

3. 발자취 따라가기

"저희 왔어요. 선생님."

남 2명과 여 1명의 젊은 손님이 카페 안을 살피듯 조심스럽게 들어오며 인사를 한다.

나는 주말이라 바쁘게 커피를 내리다 들어서며 인사하는 손님을 쳐다보곤 깜짝 놀랐다.

서울에 올라간 영하가 꾸벅 인사를 하고 있었다.

"사범님. 저도 왔습니다."

기정이 뒤미처 인사한다. 조금쯤 드리웠던 회색빛 조각구름이 없어지고 비 갠 파란 하늘 같은 맑은 얼굴이다.

기정의 뒤에 서서 머뭇거리다 말없이 꾸벅 인사하는 여 손님은 본 듯한 느낌의 분위기였다.

"어서 오세요!"

한 번 더 여 손님에게 인사하며 살펴봐도 모르는 얼굴이었다.
"어쩐 일이야? 경기 날짜가 잡힌 거야?"
내가 반가움에 주방에서 소리쳤다.
"아닙니다. 선생님. 오늘은 우리끼리 그냥 놀러 왔어요."
영하가 크게 웃는다.
영하의 얼굴도 보기 드문 맑은 하늘이다.
뭔가 좋은 일이 생긴 게 틀림없다.
"그래? 그게 반가운 일인 거야, 쓸쓸한 일인 거야?"
나는 그들이 강릉까지 왔는데 체스 경기가 없는 게 좋은 건지 나쁜 건지 묻고 있었다.

-강릉에 놀러 올 수도 있지만, 체스 경기 없이 오다니?

나는 궁금증이 터지기 직전인데, 영하는 싱글벙글 웃는다.
"선생님. 저희 일단 골프 좀 칠게요."
"그래, 골프는 치면 되는데, 뭐 좋은 일이 있었어?"
뭔가 좋은 일이 벌어지긴 했는데 꺼내놓지 않는 느낌이다.
"기정아. 빨리 다은이 제대로 인사드리라고 해."
영하가 나서서 재촉하자 기정도 평소의 그답지 않게 머뭇거리고 있었다.

"사범님. 제 여친입니다."

기정은 좀 쑥스러운 표정으로 소개하고 있었다.

"안녕하세요? 사범님. 저 모르시겠지요?"

여 손님은 자기소개를 살짝 웃으며 묻는 거로 대신했다.

나를 사범이라 호칭한다면 나를 아는 게 틀림없는데…?

나를 잘 몰라도 현관 입구 부근에 기록해놓은 내 경력을 읽어본 손님은 사범이라 호칭하는 경우가 많았다.

바둑을 잘 아는 손님은 사장님보다 사범으로 호칭하는 경우가 많았다. 특히 가족 단위로 왔을 때 아이가 바둑학원에 다닌다면.

"네. 잘 모르겠는데요. 여기 오신 적 있나요?"

나는 실례가 될 정도로 얼굴을 들여다 봐도 알 수 없었다.

"네. 전에 허 교수님 오셨을 때 와서 몇 시간이나 앉아 있다 갔어요."

영하 일행은 메뉴판 앞에 서서 나와 대화하고 있어서 그 광경을 아내도 지켜보고 있었다.

"아하, 이제 알겠네요. 그때 여기 앉아서 이 친구들 내다보고 있던 손님 맞죠? 가실 때 아아 테이크아웃 해 가시던?"

아내가 느닷없이 불쑥 나서며 소리쳤다.

그 바람에 문득 나도 누군지 짐작할 수 있었다.

짐작이 맞으면, 가고 난 뒤에 이상하다던 그 손님이었다.

"안녕하세요? 사모님. 맞아요."
그녀는 아내에게 싹싹한 태도로 다시 한번 인사한다.
"선생님. 다은이는 우리 대학 후배예요."
이번에도 어색한 듯 망설이는 기정을 대신하여 영하가 나선다.
셋 다 말쑥한 차림으로 척 보기에도 지성적인 모습이었다.
본바탕도 워낙 좋은데, 내면에 들어찬 지성은 감출 수 없었다.
"어이구. 그래요. 반갑습니다. 다은 씨."
내가 소개받은 다은에게 화답하며 쳐다본 영하는 싱글벙글하는 얼굴로 다소 엉뚱한 말을 꺼낸다.
"다은이가 전에 여기 왔을 때 저희가 골프를 쳤잖아요?"
"그랬지. 허 교수랑 같이."
"그때 골프를 너무너무 같이 치고 싶었대요."
"뭐야? 그래서 오늘 골프 치러 일부러 강릉에 온 거야?"
"네. 선생님. 하하하"
"하하하. 그래. 잘 왔어. 오늘 재미있게 놀다 가면 되겠네."
"네. 선생님. 기정이가 그때 우울하게 우리랑 어울리는 모습에 마음이 아팠다면서 오늘은 웃으면서 놀자고 해서 왔어요."
영하가 설명하는 동안 기정과 다은은 그저 웃고 있었다.
둘의 웃는 모습에 청춘은 힘들어도 웃어야 청춘이다는 생각에 나도 웃음이 저절로 나왔다.

"선생님. 저희 일단 골프 치고 나서 이따가 부탁 말씀드릴 게 있어요."
"그래? 무슨 부탁?"
"조금 이따 차 마시면서 말씀드릴게요."
영하는 거기까지 말하고 셋은 퍼터를 하나씩 들고 나갔다.
"참 밝은데 그땐 꽁꽁 싸매고 있어서 몰랐잖아."
아내가 흐뭇한 표정을 짓는다.
셋이 골프 치는 모습을 내다보며 다은을 향한 말이었다.
그들 셋은 홀인을 해도 소리쳤고, 못 하면 아쉬워서 소리치며, 말 그대로 웃고 떠들며 미니 골프를 즐기고 있었다.

"어떤 사연이 있었는지는 이따 영하가 다 말해주겠지?"
아내는 그때의 의문이 풀릴 것으로 기대하며 나를 바라본다.
의문이 문이 열리기 직전이라 아내도 한껏 웃는다.
기정의 얼굴에 드리웠던 우울도 사라지고 활짝 갠 모습을 보는 아내의 기쁨도 들어있는 웃음이다.
"그러겠지? 나도 기대되는 데."
점심 손님이 빠지고 나서 좀 한가해졌다.
나는 셋이 미니 골프 치는 홀에 슬그머니(?) 다가갔다.
여기서 이미 미니 골프를 두어 번 쳐본 솜씨라고 기정과 영하는 번갈아 가며 다은에게 코치하느라 분주했다.
그 둘의 과잉지도에 오히려 정신이 없을 듯도 한데 다은은 그저 싱글벙글하며 "이렇게요? 요렇게요?" 하면서 그러한 분위기를 즐기며 미니 골프 치는 요령과 자세를 다 받아들이고 있었다.
다은의 그런 태도에 둘은 경쟁하듯 다은이 한쪽 발만 아주 살짝 방향이 어긋나게 디뎌도 열정적인 지도에 나섰다.

-얼마나 보기 좋은 청춘들인가!

무엇보다 기정의 밝은 얼굴이 보기 좋았다.
내가 가까이 다가가도 기정과 영하는 그야말로 아는 체도 없이, 나를 쳐다볼 새 없이 그렇게 셋은 미니 골프를 즐기고 있었다.
다은이 집중하며 공을 쳤는데 단번에 홀인이 안 되면 둘이 옆에서 더 아쉬워했다.

셋이 미니 골프를 즐기고 있었다?
그런 표현보다 홀연히 찾아온 아름다운 퀸을 기사 둘이 행복한 마음이 들도록 정성껏 모시고 있었다는 게 더 적확한 표현이며 더 어울리는 정경이었다.
그동안 누리지 못한 기쁨을 한껏 부풀리는 모습들이었다.

셋은 미니 골프를 마치고 카페 안 통창과 가장 가까운 원탁의 자리에 둘러앉았다. 얼마 전 다은이 홀로 앉아 우울한 눈빛으로 기정 일행이 골프 치던 밖을 바라보던 그 자리였다.

"골프가 재미있었어요?"

아내가 다은에게 다가가 묻는다.

"네. 정말 재미있었어요."

다은이 활짝 웃는다.

"여기서 보니 마치 여왕님을 모시는 모습이던데?"

아내는 영하와 기정의 과잉지도 뒤의 과잉표현을 끌어왔다.

"호호호. 그래서 더 재미있었어요."

다은은 그런 분위기도 즐겼다는 웃음이다.

회색도 검은색도 원색으로 바꿀 수 있는 그런 웃음이다.

-맑다, 가 아니라 밝다, 가 더 어울리는가?

나는 옆에 서서 아내와의 대화를 지켜보며 다은을 그렇게 느끼고 있었다. 같이 있는 것만으로도 주위를 밝게 해주며, 참 빛을 발산하는 기(氣)를 품은 여신 같은 존재. 그런 다은을 마음 놓고 가까이할 수 없었던 기정의 심정을 어느 누가 감히 헤아릴 수 있겠는가.

기정은 나보다는 아내에게 그간 드러내지 못했던 상황과 속내를 조심스럽게 털어놓고 있었다. 생략을 거듭하며 짧고 조리 있게 설명해 나간다. 다은이 옆에 앉아 있으므로 낱말 하나도 신중함을 보였다. 다소 곤란한 대목에서는 과감히 생략하고 넘어가고 있었다. 아내가 워낙 귀담아듣는 터라 카페에 손님이 들어오면 나 혼자 접대하며 왔다 갔다하면서 기정의 얘길 들었다.
"그럼 이젠 기정의 부모님이 두 사람 사이를 허락하신 건가?"
아내는 잠시 망설이는 기색이더니 기어코 내친김에 아픈 곳을 건드렸다.
살피지 않을 수 없는 기정과 다은의 얼굴은 순간 어둠이 언뜻 스치고 지나갔다.
찰나였지만 아직은 아니란 걸 다은과 기정은 느끼도록 했다.
"아직은… 이렇게 만나는 것도 말씀드리지 못했어요."
기정은 힘없이 말하고 있었다.
"그래. 천천히 말씀드려. 그런데… 정 자신이 없으면 이 상황을 중간에서 해결해 줄 수 있는 사람을 찾는 것도 좋은 방법일 거 같다는 생각이 드네."
아내도 청춘의 아픈 곳을 건드려 놓고 치유하는 방법도 은근히 알려주고 있었다.
"해결해 줄 수 있는 사람이요?"

다은이다.

아내의 말을 듣던 기정이 뭔가 숙고할 때 다은이 불쑥 나섰다.

"그렇죠. 내가 어려울 때 때론 주변의 도움도 받을 줄 알아야 때때로 남을 도울 줄도 아는 법이에요."

아내가 그렇게 말할 때 나는 웃음이 나오는 걸 간신히 참았다. 셋의 나이 정도면 다 알고도 남을 원론적인 얘기를 아내는 나름 수습하는 차원에서 말하고 있었다. 아내는 대학원에서 심리상담을 전공했기에 충분한 조언이 가능하다는 걸 나는 알고 있다.

남이 들을까 조용조용 말하던 기정의 침묵에 다섯의 자리에는 잠시 정적이 흐른다.

-아직 간절함이 부족할까?
-나는 왜 떠오르는 인물이 없을까?

기정은 그런 표정을 짓고 있는 듯 보였으며, 창밖을 내다보는 다은은 언뜻 수심이 스쳐 가고 있었다.

영하만 둘의 눈치를 살피느라 안절부절못하고 있었다.

아내의 제안은 즉답을 기다릴 계제가 아니었다.

"아까 나한테 부탁한다는 건 뭐야?"

맑음에서 흐림으로 가며 좀 침울한 기운을 느끼던 나는 분위기

전환용으로 방향을 틀었다.

"아, 선생님. 돌아오는 월요일에 저희를 돌 바둑판 있는 곳으로 안내 좀 부탁드리려고 했어요."

영하가 구세주를 만난 표정이었다.

"설마 미니 골프 치고 돌 바둑판 있는 곳 탐방하려고 강릉에 셋이 내려온 건 아니지?"

"선생님. 다은이가 지난번 발자취 따라 다녀보고 싶다고 하도 졸라서 훌쩍 떠나듯 강릉에 내려왔어요."

영하는 다은을 보며 웃는다.

기정과 영하가 가는 곳을 몰래 따라다니던 다은은 얼마나 상심했을까, 이해되었다.

먼발치도 아니다.

가까운 곳에서 기정의 우울한 얼굴을 눈치 못 채게 지켜보며, 속으로 울었을 다은이 가여웠다.

그렇게 서로 우울하게 앞서거니 뒤서거니 다니던 길을 웃으며 다시 걷자는 심정이 말없이도 드러나고 있었다.

"그럼 강릉에서 제일 먼저 미니 골프는 쳤으니, 지금부터 걸어서 메타세콰이어길을 경유 하여 경포호수까지 가려고?"

영하의 말을 들으며 나는 어림짐작으로 길을 짚어보았다.

"네. 선생님. 경포호수를 한 바퀴 돌고 경포해변까지 가기로 차

타고 오면서 얘기했어요."

영하는 또 다은을 쳐다보며 웃는다.

"그래? 그렇게 가려면 여기서부터 1시간 이상은 걸어가야 할 텐데, 우리 다은 씨가 그렇게 걸을 수 있을까?"

우리 카페부터 부지런히 걸어가면 1시간 남짓 걸려 경포해변의 중앙광장까지 갈 수 있었다.

시간상으로는 1시간이지만 나는 다은의 체력이 걱정되었다.

이른 봄부터 내가 아침마다 걷던 길이라 경유지와 소요시간에 대해 잘 알고 있었다.

"전 걸을 수 있어요. 사범님. 열심히 운동하며 비축한 체력을 이럴 때 써 봐야죠. 호호."

다은은 자신감이 넘치고 있었다.

"메타세콰이어길을 지나려면 불과 얼마 전의 일이지만 감회가 새롭겠네?"

나는 러시아인 디마와 다툼에 대한 소회를 의미했다.

당시는 얼마나 황당했겠는가.

"사범님. 제가 빚을 조금 갚은 셈이에요."

다은이 기정을 쳐다보며 밝은 표정이다.

다은은 은근히 흥미를 내뿜는다.

"빚? 무슨 빚? 그전에 어떤 사연이 있었구나?"

다은의 말에 나는 기정도 영하도 한 번씩 살폈다.
이때 사연을 다 들었다고 생각된 아내가 주방으로 가던 발길을 주춤거리다 다시 원위치하고 있었다.
"네. 호호. 저하고 친구가 미국 유학 간지 얼마 안 된 시기에 외국인들에게 봉변을 당할 뻔한 사건이 있었어요."
"미국에서 그랬단 말이지요. 다은 씨?"
아내가 얼른 나선다.
"네. 그때 저랑 친구를 구해주다가 오빠가 머리를 다쳤어요."
설명은 하고 있지만 되살리고 싶지 않은 기억의 한 토막일까, 다은은 살짝 얼굴을 찡그리고 있었다.
"그래요? 어떤 오빠가요?"
이젠 아내와 다은의 문답이 이어지고 있었다.
아내는 여자로서 여자의 일이라 남다른 관심을 보였다.
"기정 오빠요. 지금도 오빠 머리에 꿰맨 자국이 있을 거예요. 그때 생각하면 오빠한테 고마움이 먼저지만 늘 마음도 아프게 따라다녀요."
다은은 애틋하게 기정을 쳐다보고, 아내도 기정의 머리를 살피고 있었다.
"갑자기 쓸데없는 말은 왜 하니 다은."
여자 둘의 관심이 쏠리자 기정이 어색하게 반응했다.

기정, 영하, 다은은 원형바둑판의 원탁에 삼각형으로 앉아 있고, 나와 아내는 서 있었다.

원탁 위의 맞춤형 유리만 치우면 바둑을 둘 수 있게 바둑돌도 갖춰진, 수출하던 원형바둑판이었다.

선 채 기정의 정수리를 살피는 아내의 모습이 웃음을 자아낸다. 아이스아메리카노 잔을 들며 여자 둘의 시선을 피하는 기정의 민망해하는 모습이 재밌었다.

"그럼 그때 큰 싸움이 벌어진 거였네?"

아내의 궁금증은 멈출 줄 몰랐다.

"네. 패거리가 여럿이었어요. 한 명이 뒤에서 막대기로 저희를 도와주던 오빠 머리를 내리쳐서 다쳤어요."

"막대기에 맞아 다쳤단 말이지요?"

아내는 갑자기 대화에 자주 등장하는 막대기를 강조하며 다시금 묻는다.

허 교수에게 수년간 배운 기정은 검도 유단자일뿐더러 고단자로 알고 있는 아내였다.

-검도 유단자 기정이 막대기로 머릴 맞았다면?
-막대기에 맞아 머리를 다쳤다면?
-그럼 때린 자는?

아내의 짧은 물음에는 그런 소름 돋는 뒤끝이 담겨있다는 것을 나는 느낄 수 있었다.

메타세콰이어길에서 디마와 막대기로 다툰 얘기가 조금 전 나왔는데, 다행히 서로 큰 부상 없이 결말이 났었다.

그건 기정과 영하가 감정 조절, 힘 조절을 잘했기 때문이다.

그런데 외국에서 막대기에 맞아 머리를 꿰맬 정도로 다쳤다면?

"그쪽도 크게 다쳤어요. 경찰 조사까지 받았는데, 저흰 유학생이고 그들은 좀 불량하게 몰려다니는 패거리였어요. 정황상으로 저희는 정당방위가 인정되어 처벌은 면하고 끝났어요."

다은은 살짝 미간을 찡그리고 있었다.

"그럼 그때 둘이 처음 만난 거야?"

아내의 끝없는 궁금증이 냅다 달리며 기정을 향한다.

"네. 둘이 아니라 넷이 처음 만난 겁니다."

기정은 아내의 물음을 피해갈 수 없었다.

"넷이라고?"

"네. 저와 영하. 그리고 다은과 친구 미래, 넷입니다."

아내도 허 교수를 통해 그 넷에 대해 들은 기억이 있었다.

그리고 미래가 누군지 알고 있었다.

"저도 그때부터 오빠랑 같이 검도를 배우게 되었어요."

다은이다.

"검도? 기정 오빠랑 같이? 그럼 허 교수님께?"
나는 허 교수에게 다은에 대해 이미 들어 알고 있었다.
하지만 아무것도 모르는 척 듣고만 있었다.
아내는 다은이 검도를 배운다는 사실에 퍽 놀라워했다.
"네. 허 교수님께 삼 년이 좀 넘게 지금도 배우고 있어요."
아내는 다은이 막대기를 들고 있는 열 대여섯 명의 사내들에게 호루라기를 불며 달려들던 상황을 이제 이해했다는 듯 고개를 주억거리고 있었다.
다은은 늘 대하던 막대기(?)라 거부감이 덜했을 터이고, 기정이 위험하다고 느끼는 순간 물불 가릴 정신도 없었을 터.
"허 교수님이 여기서 만나면 꽤 반가워하실 텐데……"
문득 어떤 생각이 떠올라 말을 마치지 못하는 아내.
다은이 얼마 전 모자에 선글라스에 마스크로 꽁꽁 싸매고 혼자 이 자리에 앉아서 밖을 내다볼 때 허 교수와 기정, 영하가 함께 자리하고 있었다. 그때 아무에게도 아는 체하지 못하던 다은의 심정을 헤아리고 있는 눈치였다. 왜 오늘 강릉에 가자고 다은이 졸랐는지 이해가 되고, 공감이 넘치는 아내 얼굴이다.
다은은 오늘 기정과 영하와 함께 미니 골프는 해봤다.
기정과 영하에게 여왕 대접을 받으면서.
다은의 우울한 무게가 조금쯤 줄어들었을까?

대화하면서 카페 밖을 내다보던 내 눈길에 호연이 들어왔다. 차에서 내려 엄마한테 손 한번 흔들고 뛰어오는 모습이다. 아, 오늘 주말이구나, 새삼 느끼면서 벌써 일주일이라는 시일이 흘렀다는 걸 호연에게서 깨닫게 되었다.

"선생님. 안녕하세요?"

들어서며 인사하는 호연을 보면서 차 타고 오는 길에 엄마한테 이쪽으로 가자고 했을 것으로 짐작이 갔다.

"그래. 어서 와. 호연이는 지금 어디서 오는 길이야?"

오늘은 호연 어머니한테 아무 연락이 없었다.

"경포호수에서요."

"오늘도 어김없이 호숫가에 나갔구나."

주말에 홀로 공부하는 호연이 기특했다.

내게 인사한 호연이 영하와 기정을 알아보더니 기뻐하는 모습을 감추지 못하고 있었다.

"수학 선생님. 안녕하세요?"

호연은 한 번의 말과 두 번의 꾸벅임으로 인사를 마쳤다.

"어. 호연이 왔구나."

"반갑다. 호연이. 잘 지냈지?"

영하와 기정이 호연을 반긴다.

"네. 전 잘 지내고 있어요. 히히히."

호연의 좋아하는 모습이 너무 두드러졌다.

"호연이는 기분 좋은 일이 있었나 봐?"

영하가 실실 웃는 호연에게 관심을 보였다.

"네. 히히. 지금 바라던 일을 할 수 있어서 기분이 좋아요."

"그래? 무슨 일?"

영하는 호기심을 드러냈다.

"오늘 특별한 기대 없이 체스 하나의 역사를 들었으면 좋겠다는 생각으로 왔어요."

"왔는데?"

"수학 선생님들이 계셔서 기분이 너무 좋아요."

"왜 우리 때문에 기분이 좋은데?"

"히히히. 오늘 신의 한 수2를 배울 수 있어서요."

영하는 호연이 이해가 안 된다며 나를 올려다본다.

"하하하. 호연이가 지난 주말에도 와서 신의 한 수2를 배우고 싶다고 하길래 김 박사가 같이 있을 때 풀어보자고 했거든."

영하와 기정은 내가 왜 그랬는지 안다.

"하하. 그래서 지금 싱글벙글 웃는 거야?"

"네. 체스의 풍차돌리기가 너무 궁금하거든요."

"호연이는 진짜 바둑이나 체스 연구가 진심이네."

영하는 그렇게 말하며 호연의 손을 잡는다.

"그럼. 호연인 지금도 경포호수에서 혼자 공부하다 오는 길이라고 하잖아."

"아, 조금 전 경포호수가 그 얘기였어요?"

호연이는 그저 웃고만 있었다.

"그래. 호연이가 말은 저렇게 해도 기정과 영하가 오늘 여기에 있길 은근히 기대하고 왔을 거야."

영하는 좀 난감한 얼굴로 다은을 쳐다보고 다시 기정을 본다.

지금 출발해야 하는데, 아이는 당연한 듯 기대하고 있었다.

영하는 뭐라 말할 수 없는 내 얼굴까지 살피고, 기정의 얼굴에 시선을 고정했다.

-기정, 다은. 너희 어떡할래?

영하의 얼굴은 말없이 그런 물음표를 나타내고 있었다.

그 둘의 분위기에 이끌리는 영하도 힘이 없었다.

다은은 지난번 신의 한 수를 다 같이 풀어볼 때 카페 안에 앉아 그런 광경을 내다보고 있었으므로 영문을 알고 있을 터였다.

아이와의 약속은 이렇게 무섭다.

나는 약속한 대로 체스 역사상 역대의 '신의 한 수'는 분명 가르쳐주었다.

그때 영하가 정확하게 풀면서 아이에게도 쉽게 정답을 알게끔 하면서 기회를 주던 모습이 떠올랐다.

체스 - 윈드밀(Windmill)

아이는 그게 재미있어서 오늘 영하와 기정이 함께 있을 때 다시 그런 재미와 기회를 잡으려고 한다는 생각에 웃음이 난다.
이번엔 기정이 다은을 쳐다보며 말없이 묻고 있었다.
"난 저번에 미니 골프장에서 오빠들이 사범님과 함께 심각하게 체스 문제 풀이하는 모습을 보면서 정말 동참하고 싶었어요. 오늘 다시 그런 기회가 왔는데 내가 놓칠 수 없죠."
아이의 요구가 귀찮은 일인가, 고마운 일인가!
신의 한 수를 가르쳐주면서 나는 꼭 2도 가르쳐주고 싶었다.
배워두면 실전에서 통쾌하게 이길 수 있는 체스 수법이었다.
수법은 사실 그 장면이 나오기까지 전 단계도 정말 음미할만한 수의 절차라고 할 수 있었다.
신의 한 수2는 다른 말로 풍차돌리기라고도 표현한다.
서양의 체스계에선 윈드밀(Windmill-풍차) 이라 한다.
바둑에선 통쾌한 수법을 '몰아 떨구기' 라고 있다.
상대가 내 돌을 따내게 만들고, 다시 상대의 뭉친 돌을 여러 개 연속으로 단수쳐서 잡는 수법이다.
그와 유사한 좀 더 고급 수법으로 상대가 내 돌을 여러 개 따게 만들고 상대의 돌을 다시 단수쳐서 되잡는 후절수도 있다.

"오빠. 아이가 꼭 배우고 싶어 하잖아. 뭘 망설여!"

다은이 기정을 핀잔하는 투로 몰아간다.

자신에게 신경 쓰며 눈치 보지 말라는 은근한 배려가 담겨있다.

"그래도 되겠어?"

기정의 다은을 바라보는 눈길에 웃음이 따른다.

"하하하. 무슨 일이든 계획한다고 다 생각대로 되지 않는다는 걸 오늘 배웠다고 보면 돼."

"사범님. 계획대로 안 된 게 아니라 좀 수정했다고 생각하면 됩니다. 내일 한옥마을에서 메타세콰이어길로 해서 경포호수며 경포해변에 가면 됩니다."

다은은 시원시원하게 해결해준다.

"그리 수정해도 된다면 여기 모두 맘 편히 신의 한 수2를 감상할 수 있겠네. 다은 씨도 체스 둘 줄 알죠?"

"네. 둘 줄 알아요."

"선생님. 다은인 미국에서 저희와 가끔 체스를 뒀어요. 실력도 제법 됩니다."

영하가 얼른 보충 설명하면서 다은을 띄어준다.

"오우. 그래요? 그럼 같이 풍차돌리기를 감상합시다. 호연아. 넌 이 누님께 고맙다는 인사드려야 해."

"왜요?"

"이분들은 지금 어딜 가려고 했어. 너 때문에 그 계획을 수정하고 오늘 네가 바라던 걸 하는 거야."
"그래요? 수학 선생님. 누님. 너무 고맙습니다."
아이는 진정 고마움을 담아 깍듯하게 인사했다.
"자, 그럼 다은 씨의 너른 아량과 배려 덕분에 풍차를 돌릴 수 있겠네. 하하. 여긴 자리가 불편하니까 밖으로 나갈까?"
테이블이 원형바둑판이라 작아서 여럿이 둘러앉기가 불편했다.
카페 밖으로 나오니까 여럿이 둘러앉기는 예전 그 자리가 역시 적당했다.
"사범님. 저도 이 자리에 앉아보고 싶었어요."
다은은 쾌활하게 말한다.
아이 때문에 계획했던 일정이 어긋나 멈칫거릴 때이다.
"사범님. 이 체스 대국은 언제 한 건가요?"
들고 온 체스판에 기물로 내가 진형을 갖출 때 기정이다.
"1925년도이니까, 거의 백 년이 다 되었네."
내가 잠깐 연도를 생각해내었다.
나와 영하는 다은과 기정의 눈치를 살짝 보고 있었다.
말하고 뜻이 다른 경우가 널린 세상이다.
분위기에 어쩔 수 없이 수긍했지만, 다은과 기정은 불쾌할 수도 있는 상황이다.

그런 느낌을 감지한 다은과 기정이 먼저 쾌활한 언행을 보였다.

-아무도 부담 갖지 마세요!

그런 투의 속내를 기정과 다은은 내비친다.
"이 체스가 진짜 세계체스챔피언의 대국인 거죠?"
기정의 물음이다.
기정은 꼭 알고 싶었다는 태도를 보인다.
모두에게 미안해하지 말라는 의도가 그 몸짓에 들어있다.
"맞아. 정식으로 챔피언 자리를 놓고 타이틀전을 치를 때 2대 챔피언이었던 에마누엘 라스커(Emanuel Lasker)의 대국이야."
나는 기정의 그런 의도를 읽고 있었다.
"그럼 챔피언일 때 치른 대국인가요?"
"아니, 아쉽지만 라스커는 전성기가 조금 지난 때였어. 지금도 체스 역사를 통틀어 위대하달까, 최고의 선수를 논할 때 빠지지 않는 선수라고 해. 27년간 세계체스챔피언을 보유하다가 3대 챔피언에게 타이틀을 넘기고 몇 년 지난 뒤야."
"27년간이나 세계체스챔피언 자리에 있었어요? 선생님. 그럼 27년 동안 그 자리를 지켜냈다는 거잖아요?"
"그래 기간은 맞는데, 매년 타이틀매치를 치른 건 아니야."

장면1

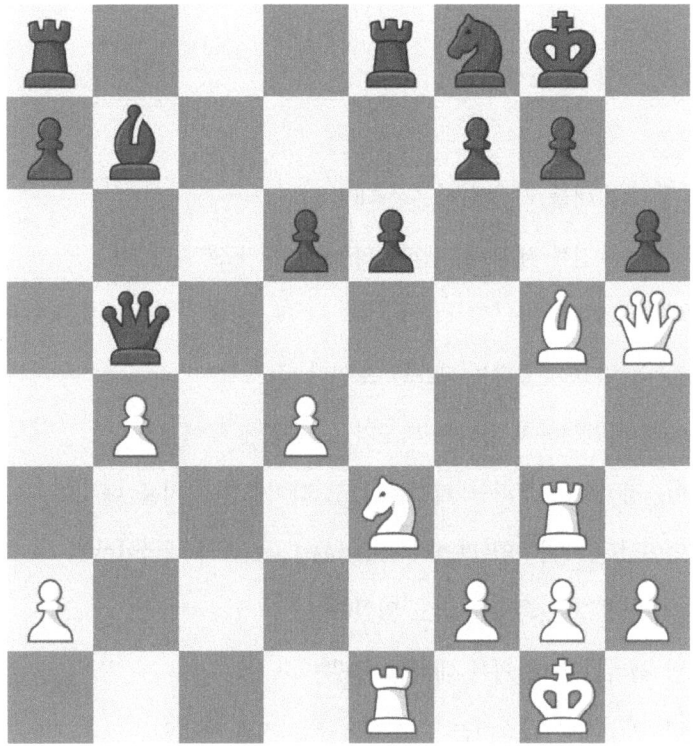

"장면1을 잘 봐. 흑백의 퀸이 가운데 4선에 있는 게 보이지?
백 선수로 풍차돌리기 수법을 찾아봐"
서로의 퀸이 같은 선상에 있다는 힌트만 살짝 준다.
잠깐의 살핌으로 영하는 얼굴에 웃음꽃을 피운다.
뒤미처 기정도 씨익 웃으며 영하의 얼굴을 쳐다본다.

장면2

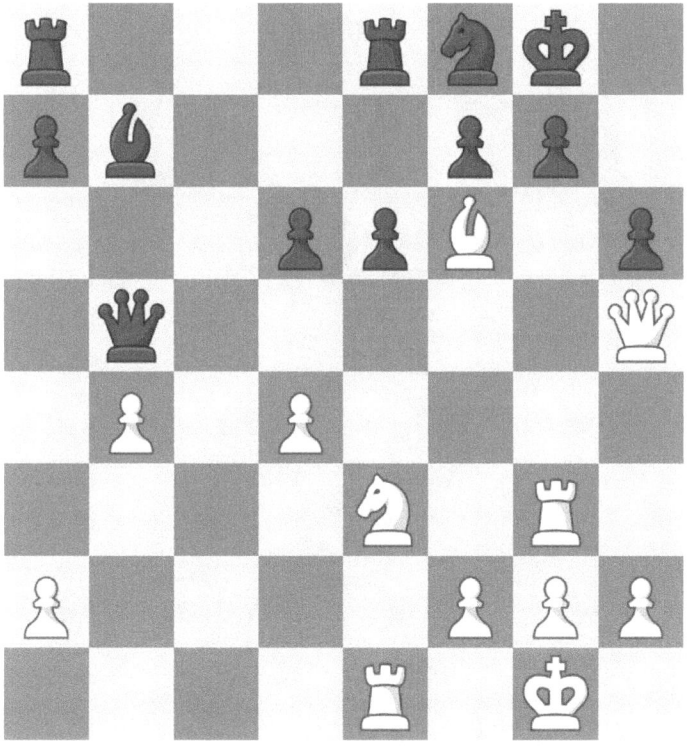

"호연이, 어때? 풀 수 있겠어?"

영하와 기정의 웃는 의미를 알아채고 아이에게 재촉했다.

"저는 이 풍차돌리기 문제를 못 풀 것 같아요. 선생님."

다은의 눈치를 한 번 살피고 영하와 기정을 번갈아 쳐다보는데, 기정이 비숍을 대각선 앞으로 한 칸 전진시켰다.

장면3

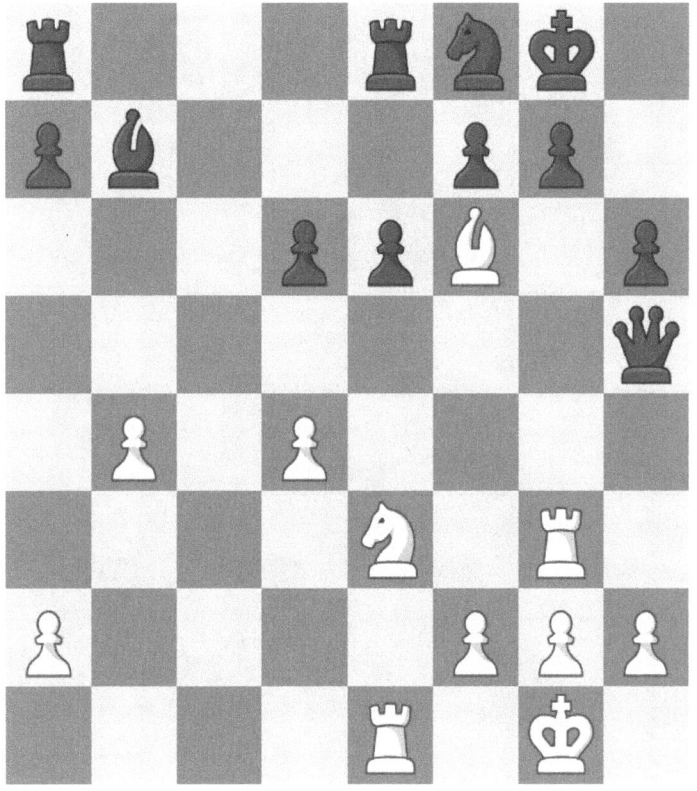

"어, 그럼 백 퀸이 잡히잖아요!"

아이가 놀라서 소리치고 있었다.

영하가 아이의 소리침을 아랑곳없이 얼른 백 퀸을 잡아버린다.

영하는 기정이 다은 앞에서 멋지게 푸는 모습을 보여주라고 무언의 눈빛을 서로 교환한 뒤였다.

장면4

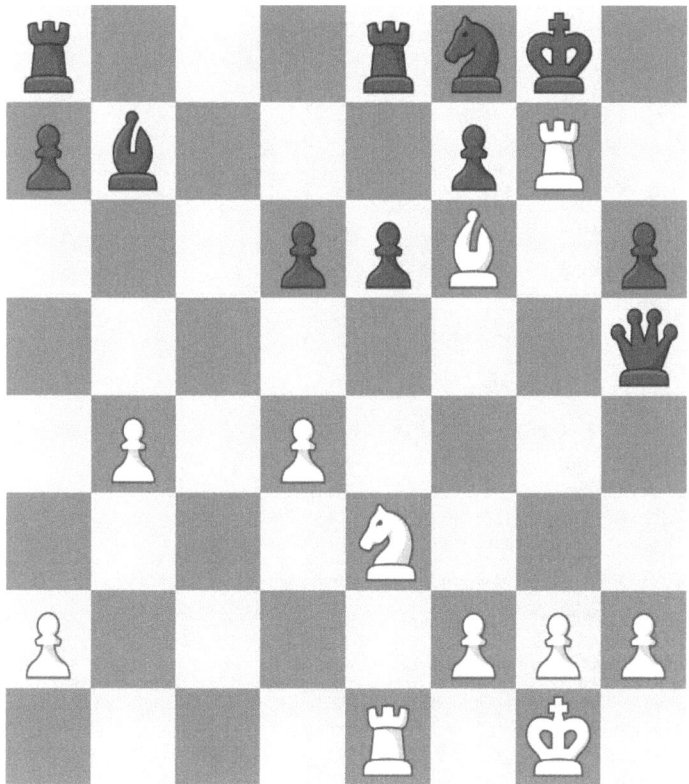

백 퀸은 잡혔다.

기정은 뒤에 있던 백 룩이 흑 킹 앞의 폰을 잡으며 체크 퀸을 희생하며 전진한 비숍이 그 룩을 지켜주고 있었다.

아이의 눈이 휘둥그레지며 체스판을 자세히 살피고 있었다.

흑은 체크를 피해 갈 수 있는 자리가 한 곳뿐이었다.

장면5

장면5에서 흑 킹은 가장 구석진 곳으로 체크를 피했다.

"아하. 저도 이제 알겠어요. 호호호."

아이가 소리치며 좀 이상하게 웃고 있었다.

"그럼 호연이가 한 수 둬볼래?"

기정은 아이에게 백 차례에서 양보한다.

장면6

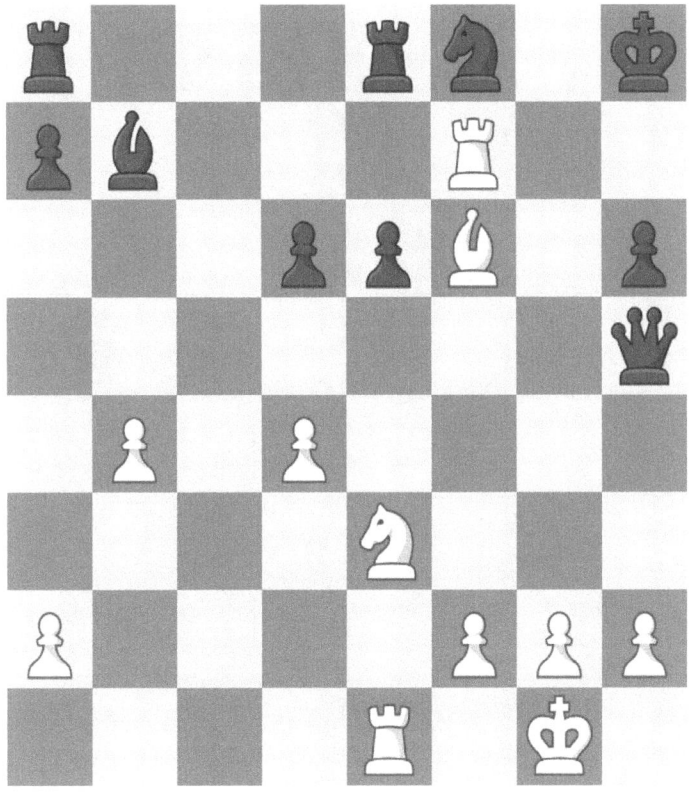

정말요? 아이는 소리치며 얼른 백 룩으로 옆의 흑 폰을 잡았다.

"오, 호연이 제법인데!"

영하와 기정은 번갈아 아이를 칭찬한 건 여기서 바로 후퇴하며 백 퀸을 잡으려고 할 수도 있었기 때문이다.

아이가 침착하게 정확한 절차를 밟고 있었다.

장면7

흑은 백 비숍에게 체크 당한 후 장면7처럼 제 자리로 오면서 체크를 피하는 한 곳밖에 없다.

제자리를 돌고 도는 풍차. 체스의 윈드밀(Windmill).

다음은 기정과 영하가 아이에게 양보하는 모습이 보기 좋았다.

아이의 웃는 모습에 다은도 상쾌함을 느끼게 되었다.

장면8

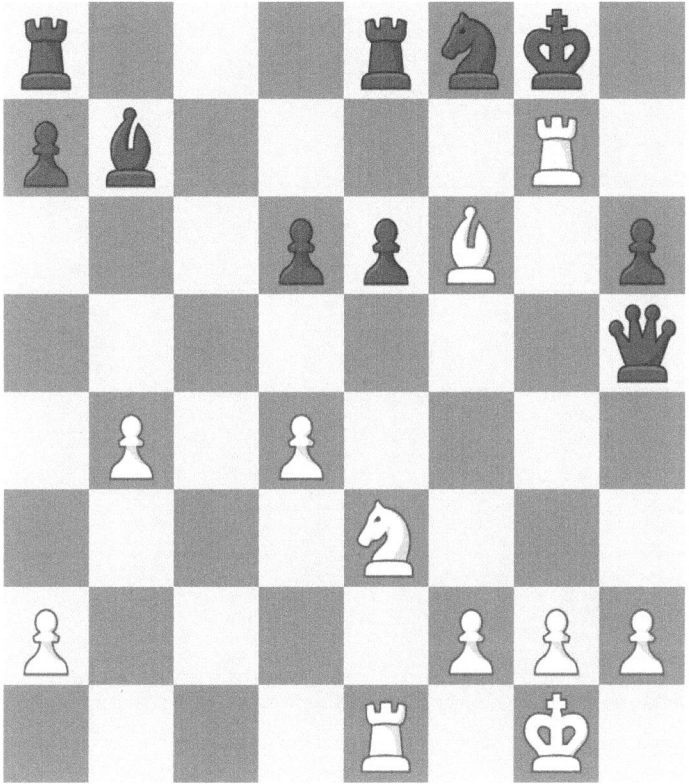

"선생님. 이 대국의 흑이 에마누엘 라스커라는 거죠?"

기정은 장면8처럼 다시 룩으로 체크하며 묻는다.

"그래. 에마누엘 라스커는 27년간 세계 챔피언으로 군림했는데, 이 대국할 때의 나이가 66세야. 세월을 이기지 못하고 풍차를 발견하지 못해 이렇게 속절없이 당하고 있는 거야."

장면9

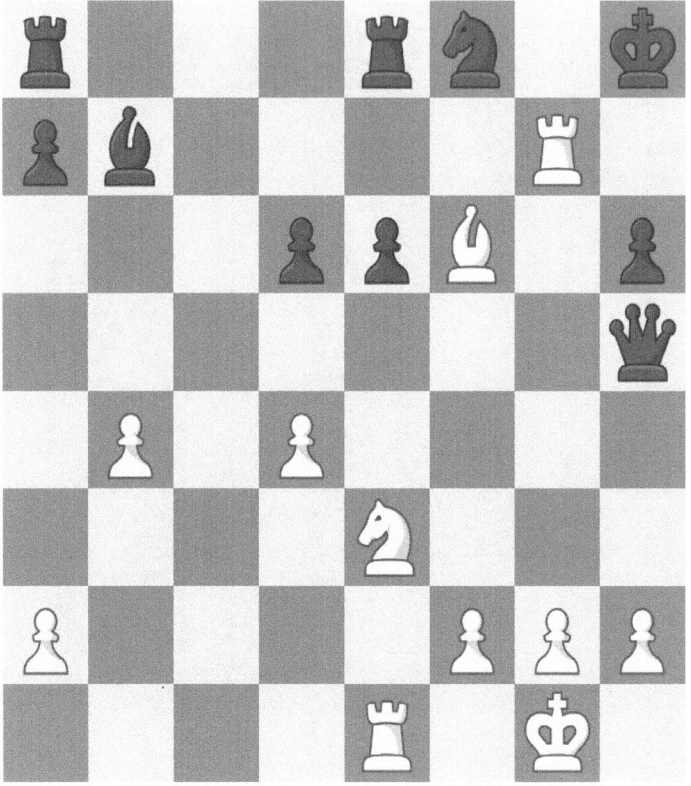

기정은 백 룩으로 다시 체크. 영하는 흑 킹으로 구석 자리로 피할 수밖에 없었다.

"사범님. 상대는 누구였나요? 라스커 정도의 실력이면 아무나 대국하지는 않았을 텐데요."

기정은 여유를 보이며 묻는다.

장면10

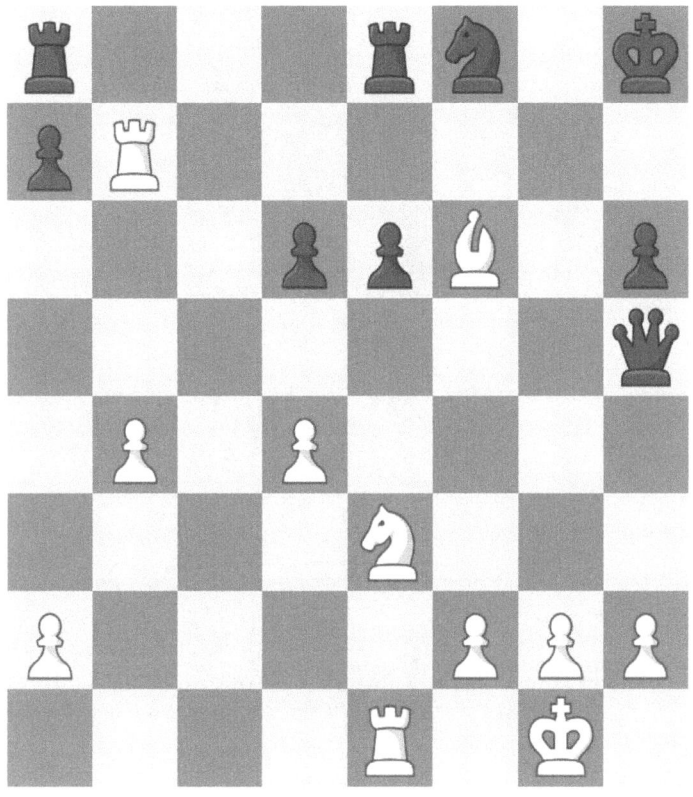

기정은 장면10처럼 룩을 옆으로 이동하여 흑 비숍을 잡는다. 흑은 비숍이 룩에게 잡히며 다시 백 비숍으로 체크 당한다.

"라스커 상대는 '토레'라는 멕시코 신예 챔피언이었어."

"멕시코 신예한테 이렇게 처참하게 당하는 건가요?"

"신예라도 멕시코 챔피언이니까 무시할 순 없지."

장면11

기정은 다시 흑 킹을 원위치시키며 체크를 피한다.

지금까지 백은 퀸 하나 희생시키고, 흑 폰 두 개와 비숍 하나를 잡았다.

라스커는 이미 정신 못 차릴 정도로 어지러웠다.

그러나 백의 풍차는 계속 돌아가고 있으며 멈출 줄 몰랐다.

장면12

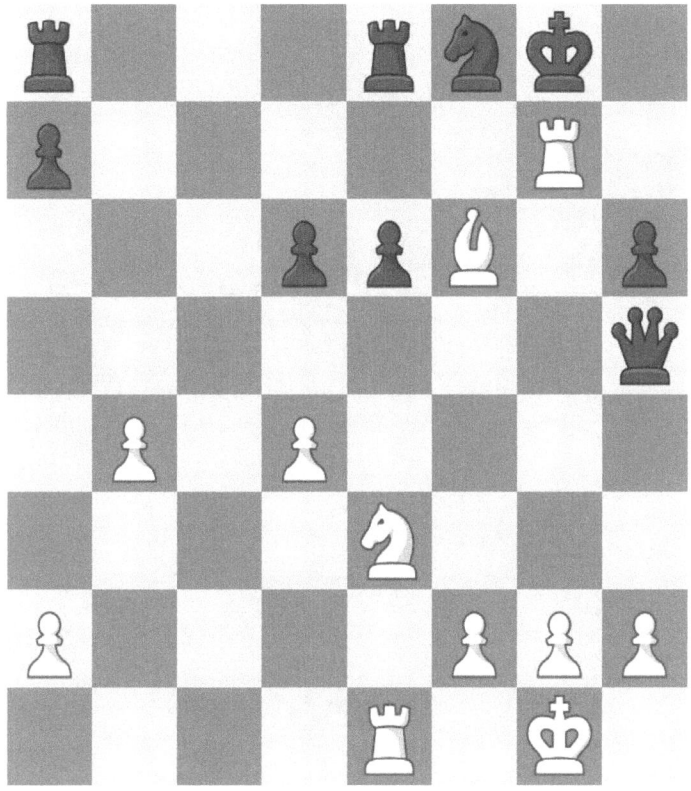

장면12. 비숍을 잡으며 옆으로 이동했던 룩이 다시 돌아와 체크
"선생님. 이 대국은 어디서 둔 건가요"
흑 킹만 옆으로 한 칸씩 왔다 갔다 하는 영하가 묻는다.
"1925년에 모스크바에서 토너먼트 경기로 대국한 거야.
라스커가 챔피언 자리에서 물러나 4년 후의 대국이지."

장면13

장면13. 백 룩의 체크에 흑 킹은 다시 구석으로.

"라스커는 27년이나 세계체스챔피언으로 실력을 뽐냈는데, 이런 풍차 수법을 발견하지 못하고 역대 경기로 기록에 남았다는 것이 너무 아쉽습니다. 선생님."

영하는 무기력하게 당하는 세계 챔피언을 매우 아쉬워한다.

장면14

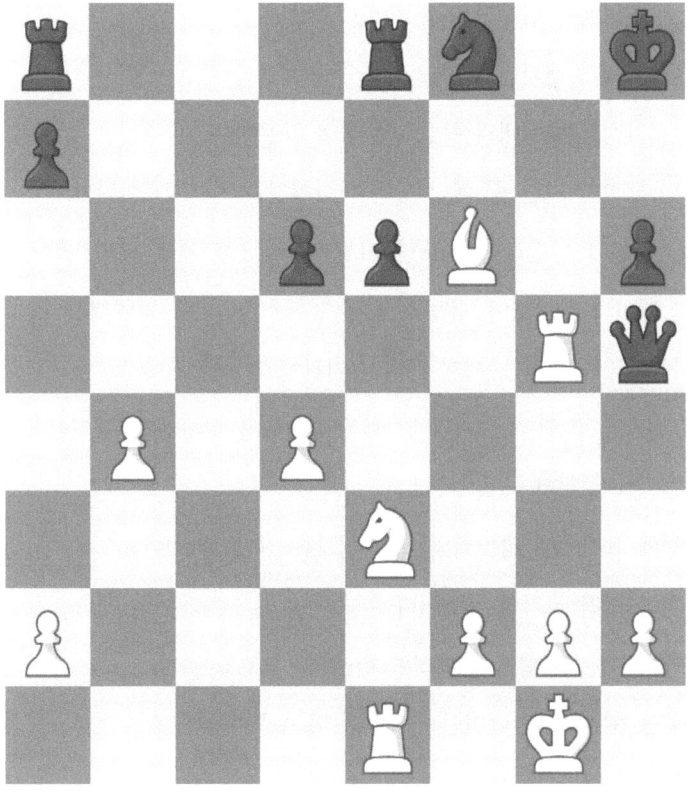

장면14. 백은 비숍으로 체크 이제 흑 퀸을 잡으러 왔다.

이후 더 진행되었으나, 백 폰과 기물이 더 많은 상태에서 흑은 기물 부족으로 제대로 힘을 쓰지 못하고 무너졌다.

"사범님. 여기까지인가요?"

기정과 영하의 응수를 유심히 보던 다은이다.

"더 진행되었으나, 이후는 별 의미가 없어요."

나는 장면14에서 멈추는 이유를 말해주었다.

"27년의 세계 챔피언이 아니었으면 덜 아쉬울 텐데……"

영하는 아직도 털어내지 못한 아쉬움을 토로한다.

"27년 챔피언 기간 중 매년 도전과 방어전을 치른 건 아니야. 1914년 7월에 발발하여 1918년 11월까지의 1차 세계 대전으로 900만 명이나 사망했어. 유럽의 전쟁에 체스만 둘 수 없었겠지. 그 바람에 27년이라는 세계 챔피언 기간이 생겨난 거야."

나는 라스커의 챔피언 기간에 대해 검색하여 알아낸 역사적인 사실을 알려주었다.

"나중에 에마누엘 라스커의 대국 기보를 찾아봐야겠어요."

영하의 끈질긴 성격의 해법이다.

"그래. 뭔가 개운함을 느끼려면 한 번쯤 파고들어야겠지. 라스커는 체스챔피언이지만, 철학자이며 수학자야."

"네? 그게 정말이에요?"

놀라는 기정이다.

"그럼. 나중에 잘 검색해봐. 수학 계통에 남긴 업적도 있다는 얘길 들었어. 물론 나는 수학을 깊이 있게 알지 못하기 때문에 전문가들 앞에서 자세히 말할 순 없지만 말이야."

"철학자이기도 했다고요. 선생님?"

기정은 다시 확인한다.

영하는 뭔가 생각 중이다.

"그래. 철학자로서 어떤 업적을 남겼는지는 난 잘 모르겠다. 수학자로 그리고 세계체스챔피언으로 업적을 남긴 건 확실해. 자세한 건 자네들이 검색해봐."

내가 알고 있는 건 거기까지이다.

철학/ 수학/ 체스/ 부문의 라스커 업적은 학자인 둘이 알아보는 것이 더 확실할 것이다.

에마누엘 라스커는 아인슈타인과 친구 사이였다고 한다.

천재 친구 둘이 체스도 즐기며 체스 연구도 했을까?

요즘 신조어로 '자강두천' 이라는 말이 유행한다.

사자성어가 아닌, 자존심 강한 두 천재의 대결이라는 의미이다.

아인슈타인은 동양철학(노자)에 정통했다.

체스도 틈틈이 즐겼지만, 미국에서 같은 대학 일본인 교수에게 바둑도 배워 심취했었다고 전해진다.

에마누엘 라스커도 이름이 비슷한 사촌(신의 한 수에 혼동되는)과 함께 일본인한테 바둑을 배웠다는 기록이 전해진다.

에마누엘 라스커는 혹시 아인슈타인과 바둑을 두었을까?

자신의 안목과 자신만의 잣대로 세상을 평가한다.

스페인 & 영국 해전

다 같이 신의 한 수 2를 풀고 다시 카페에 들어왔다.
기정과 영하는 원탁에 앉아 차를 마시고, 다은이 카페 전시물을 유심히 관람할 때였다.
"선생님. 전에 지구본 체스를 설명해주실 때 스페인과 영국의 전쟁에 대해 다음에 얘기해주신다고 했죠?"
호연이가 지구본 체스 앞에서 소리쳤다.
"맞아. 그때 다른 걸 너무 많이 설명해서 다음으로 미루었지."
"그럼 오늘 양국의 해전에 관해 설명해주실 수는 없나요?"
"그게 궁금해?"
"네. 저는 해가 지지 않는 나라가 왜 바뀌었는지 궁금했어요. 선생님은 거기에 대해 자세히 알고 계시나요?"
아이 호기심과 나에 대한 은근한 지식의 무게를 시험하는 듯한 물음에 나는 어쩔 수 없이 아는 대로 더 말해야 했다.
나는 웃음 한 조각을 베어 물었다.
옆에서 다은이 재미있는 표정을 지으며 아이를 바라보았다.
아이가 대화에 슬슬 밀당의 노련미를 쌓고 있는 느낌이 들었다.
"나는 '스페인' 하면 산티아고 순례길, 축구의 레알 마드리드, 음악의 '알함브라 궁전의 추억' 기타 연주 등이 먼저 떠올라.

콜럼버스 이후에는 식민지에서 거둬들이는 금·은·보물을 가장 많이 보유하였으며, 주변 나라들은 모두 스페인어를 사용할 정도여서 '해가 지지 않는 나라'였다고 하는 거야."
나는 요즘의 관심사와 그 당시의 상황을 말하였다.
"선생님. 왜 그런 막강한 스페인이 영국과의 전쟁에서 어떻게 패했냐고 묻고 있잖아요. 설마 선생님도 거기에 대한 역사를 모르기 때문에 얘기를 못 해주시는 건 아니겠죠? 히히히."
아이는 군더더기는 빼고 빨리 해전에 대해 말해달라고 재촉하고 있었다. 은근히 모르면서 아는 척하는 거 아니냐는 투로.
"스페인의 다른 명칭이 에스파냐인데, 무적함대는 에스파냐의 펠리프 2세가 편성한 대함대를 그렇게 불러. 영국을 원정 공격하려고 전함 127척, 수병 8,000, 육군 1만 9000, 대포 2,000문을 가진 대함대를 만들었어. 메디나 시도니아 공작을 사령관으로 임명하였지. 1588년 5.28. 포르투갈의 리스본을 출발한 대함대는 네덜란드에서 육군 1만 8000명과 합류하여 영국 본토에 상륙할 예정이었어."
"왜 스페인 군대가 네덜란드에서 육군과 합류하려는 거죠?"
아이는 수긍이 안 되는 대목에서 말을 끊고 질문하였다.
"당시 스페인의 막강한 육군이 네덜란드에 진격해 있었거든."
"아하, 그래서요?"

"스페인이 침공한다는 정보를 얻은 영국의 엘리자베스 여왕은 하워드경(卿)을 사령관으로 하고, 호킨스, 드레이크 등의 명장을 배치하여, 전함 80척, 병력 8,000명으로 맞서게 했어. 영국함대는 수적으로 열세였으나 기동력이 뛰어나고 선원들은 잘 훈련되어 있었지."

"선생님. 지금 듣기만 할 때는 영국의 병력이 반도 안 되네요? 함선은 스페인의 반이 조금 넘고요."

귀 기울여 듣던 아이는 얼른 계산해내었다.

다은은 빙그레 웃으며 나와 아이의 대화를 듣고 있었다.

"맞아. 무적함대는 플리머스 연해에서 영국함대를 잡으려 했으나 실패하고, 8월 7일 칼레 연해에서 영국의 화공에 의한 야습으로 타격을 입게 되었어. 그 후 그라블리느 해전에서는 결정적 타격을 받고 80척 중 남은 54척만 본국으로 돌아가게 되었어."

"어떻게 막강하다는 스페인 해군이 영국 해군에게 두 번이나 연속으로 패하죠?"

"사실 무적함대는 강력한 스페인 육군을 파견 나가 있던 네덜란드에서 영국 본토로 수송하기 위해 편성된 대함대인데, 정식 명칭은 위대하며 가장 축복받은 함대라고 해. 16세기 지중해와 대서양을 누비던 스페인의 용맹한 해군을 그렇게 불렀어."

"스페인이라는 나라의 해군이 원래 그렇게 강한가요?"

"바다에 둘러싸인 나라들은 전부 해상이 강할 수밖에 없었어. 아까 얘기한 바이킹족도 막강했고, 영국도 섬나라잖아. 다른 나라와 교역을 하려면 바다가 통로인데, 강한 해적에 의해 물자를 약탈당하니까 더 강해지려고 할 수밖에 없었지. 그런데 스페인은 원래 육군이 더 용맹하고 강한 편이야."

"선생님 설명 들으니까 이해되네요. 그러니까 스페인은 당시 바다에서 해군도 최강이지만 육군이 더 막강했다는 거잖아요."

"그렇지. 두 나라가 바다 위에서 해전만 하지 않고 스페인은 아예 잉글랜드를 정복하기 위하여 막강한 육군을 영국 본토로 싣고 가려고 거대한 함선을 만들고 대함대를 편성한 거지."

"역사적으로 강대한 두 나라 간 전쟁은 왜 하게 된 거죠?"

"우선 양국의 종교적인 면도 저변에 깔려 있었는데, 잉글랜드 해적들이 아까 얘기한 대로 스페인의 재물 수송선을 약탈하면서 나라 간의 전쟁으로 커진 거야."

"전 이해가 안 되는 부분이 해적은 결국 민간인이고, 스페인 재물 수송선은 해군일 텐데 어떻게 약탈할 수 있는 거죠?"

"역시 호연이는 중요한 부분을 잘 파악하네. 잉글랜드 해적은 어찌 보면 해군보다 더 막강할 수도 있어. '영국'은 나중에 지역의 몇 나라 간 연합하여 하나의 나라로 만든 연방정부이고, 잉글랜드는 그냥 섬나라였어."

"그럼 국가 간의 전쟁이 일어나면 부족한 병력을 채우기 위해 막강한 해적도 참전할 수 있었겠네요?"

아이는 잠시 무언가를 생각해내고 있었다.

"그렇지. 그 당시는 국가가 해적선을 제도적으로 공인해주었어. 자국의 선박은 보호하고 타국의 선박만 약탈하는 조건이었는데, 국가와 해적이 노획물을 배분한다는 약속과 함께 국왕에게 헌납한다는 조건이었지. 어때 듣고 보니 재미있지?"

"네. 재밌지만 정말 이해가 될 듯 말 듯 해요. 국가에서 바다 위의 약탈을 묵인하며 오히려 권장하는 건가요?"

"그렇지. 그런데 당시 시대상을 잘 살펴보면 이해할 수 있어. 해적이 먼 바다로 나가서 자국 타국 구분 없이 교역하는 물자를 약탈하면 국가는 해적선을 붙잡기도 쉽지 않고 통제나 감시도 어려웠어."

"그렇겠죠?"

"그래서 잉글랜드 국왕 헨리 3세가 1243년에 처음 발행한 적국 선박 나포 특허 면장을 아까 말한 그 조건을 내걸고 공인해준 거야. 사략선(私掠船 - privateer ship)이라고 불리던 해적선은 그런 약속과 조건 속에 탄생한 거고."

"이야, 잉글랜드 국왕이 지혜를 발휘한 거네요."

아이는 활짝 웃으며 손뼉을 두어 번 쳤다.

"하하하."

다은도 아이의 그런 모습을 보면서 크게 웃었다.

"그렇지. 국왕은 허가장 하나 내주면 자국 선박도 보호할 수 있고, 노획물을 공짜로 배분받을 수 있으며, 전쟁 시 군함으로 이용할 수도 있었지. 실제 스페인 무적함대가 잉글랜드 본토로 쳐들어올 때 막아선 건 이 해적선이었어."

"전 선생님 설명을 들으면서도 신기하기도 하고 재미있어요. 그럼 해적선은 왜 공인 허가증을 받으며 사략선이 된 거죠?"

"해적질하는데 진짜 막강한 해군이 자국 선박 보호를 위해 총출동하여 싸우다 잡히면 처형당하잖아. 그런 염려 없이 타국의 선박을 마음껏 노략질을 할 수 있으니까 서로 좋잖아."

"그런데 선박의 재물을 약탈당했다고 막강한 국가 간 전쟁을 한다는 건 너무 심한 것 같아요."

"원래 자존심 상하는 작은 상처가 하나둘 쌓이면 크게 터지게 되어 있어. 그 당시 스페인과 잉글랜드 간에 종교적인 갈등으로 이미 종교적 전쟁은 치르고 있었어. 군대만 전면전으로 동원이 안 되었던 거지."

"종교 전쟁이라면 여러 나라가 얽히며 참전한다고 책에서 읽은 적이 있어요."

"맞아. 국가와 국가 간의 전쟁이 아니라, 종교 간 여러 나라로 확산하는 거야. 스페인은 그들이 지배하고 있었던 네덜란드에 가톨릭만 강요하였고, 잉글랜드는 개신교(성공회)도 받아들이는 네덜란드도 뒤에서 은근히 지원하고 있었어."

"그럼 종교적으로 살펴볼 때 스페인은 가톨릭을, 잉글랜드는 개신교(성공회)를 따르고 있었다는 거네요?"

"그렇지. 당시 스페인 국왕이던 카를 5세는 신성 로마 제국의 황제이며 이탈리아의 군주였어. 중세 유럽에서 가장 많은 국가의 왕관을 쓴 인물이었어."

"우와, 한 사람이 여러 나라의 황제와 국왕으로 군림하는 그런 제도가 정말 가능한가요?"

"카를 5세의 어머니는 스페인 왕국의 후아나 공주, 아버지는 신성 로마 제국 황제 막시밀리안 1세의 후계자였기 때문이야. 친가와 외가로부터 막강한 권세와 막대한 영토를 상속받았기에 가능했지. 당시는 국가 간 서로 혼인을 하면서 동맹을 맺었기 때문에 약 1,000년 동안 유럽에서 가장 넓은 영토를 지배하게 되었던 거야."

"옛날 유럽은 대단했네요. 선생님이 요약해서 설명해주시니까 명확하게 잘 알아듣겠어요."

"호연이는 프랑스 나폴레옹 알지?"

"나폴레옹은 당연히 알죠. 왜요?"

"나중에 나폴레옹 체스에서 설명해줄 건데, 나폴레옹이 부상하기 전까지 그런 상태였어. 종교와 여러 나라의 통치가 얽히면서 지배하려는 자와 독립하려는 국가의 크고 작은 전쟁도 끊임없이 이어지던 시대였어."

"그때 종교 전쟁은 왜 일어났던 거에요?"

"그 당시 우리가 흔히 아는 가톨릭이라는 천주교회가 있었는데 거기서 개혁이 일어나 지금 알고 있는 일반적인 교회인 기독교가 분리되었다고 설명하면 될까? 교회 내 부패와 내분은 우리가 지금 말할 필요는 없으니까 그 정도로 해두자. 호연아."

"알겠어요. 그럼 무적함대의 전쟁에 대해 더 설명해주세요."

"그래. 종교적인 마찰과 식민지 통치, 독립 전쟁 등 크고 작은 전쟁으로 각 나라 간 복잡한 상황이었어. 이때 아까 설명했던 잉글랜드 사략선이 1585년 스페인 선박을 공격하여 30만 파운드 가량의 막대한 재화를 약탈했어. 그 사략선의 선장이 프랜시스 드레이크라는 인물이야. 약탈한 노획물을 자신의 몫으로 일부 지분만 남기고 잉글랜드 여왕 엘리자베스 1세에게 바쳤어."

"그럼 스페인에서 난리가 났겠어요."

"그렇지. 스페인에서는 프랜시스 드레이크를 처벌하고 재물을 돌려달라고 요청했는데, 잉글랜드는 그 요구를 무시하고 오히려 해적선의 선장 드레이크에게 작위와 훈장을 수여한 거야."

"그럼 스페인은 엄청나게 열 받았겠네요. 이제 왜 무적함대를 만들고 전쟁이 벌어지는지 윤곽이 드러나네요."

"그래. 거기에 한술 더 떠 잉글랜드 해군까지 나서 해적질을 한 거야. 당시에 스페인은 신대륙에서 원주민들이 말 안 들으면 수백 명씩 학살하면서 엄청난 금·은·재화를 갈취했었거든."

"이제 뭔가 알겠어요. 왜 콜럼버스가 유럽인들에게 영웅 대접 받으면서도 한편으로 엄청난 비난도 받는지를."

"이제 상황이 머릿속에서 좀 정리가 되지?"

"네. 스페인은 원주민들에게 갈취했고, 잉글랜드는 약탈한 재물을 좀 나눠 먹자, 하는 거잖아요?"

"하하하. 넌 그렇게 해석한 거야?"

"뭐, 애들 싸움이나 해적들의 약탈이나 나라끼리의 전쟁이나 힘으로 뺏고 뺏기는 건 똑같잖아요."

"하하하. 그래. 너는 내가 설명하는 부분을 잘 새겨들어야 해. 내가 우리 카페에 전시된 체스를 가리키며 하는 말들은 대부분 위인전 등에서 알고 있는 정통적인 역사의 기록들을 길게 나열하기보다는 단편적으로 벌어진 일들을 짧게 얘기해주는 거야. 이따금 건너뛰기도 하면서 말이야."

나는 아이가 혹시 정통한 역사를 부정적으로 이해하지나 않을까 하는 노파심에서 말하였다.

"전 선생님이 처음 설명하실 때부터 알고 있었어요. 빨리 무적함대가 등장하는 장면을 설명해주세요."
아이는 환한 미소를 지으며 그런 부연 설명은 필요 없다는 얼굴이었다.
"그래? 그렇게 받아들이면 내가 마음 편히 설명할 수가 있지. 스페인은 왕립 해군(Spanish Royal Navy) 소속 22척의 전함과 개조한 상선 108척으로 함대를 편성했는데, 그 함대의 명칭이 무적함대인 거야. 원래는 수많은 해전의 전투경험을 갖추었던 스페인 해군의 명장이었던 알바로 데 바산(Álvaro de Bazán)이 무적함대를 지휘하기로 했었는데, 출정 몇 달 전 1588년 2월에 그만 사망했어."
"함선의 대장이 사망해서 해전하는 데 불리했겠네요."
"그것까지 잘 모르겠는데 처음부터 이 함대는 전투용이 아니라 막강한 육군병력을 실어나르려던 운반선이라고 할 수 있겠지. 어쨌든 다시 임용된 메디나 시도니아가 지휘하며 출정했는데, 작전은 잉글랜드와의 해전을 피하고 네덜란드 쪽에 집결해있던 육군을 실어서 잉글랜드 연안에 내려주는 역할이었어."
"스페인 해군이 최강이었다면서요?"
"바다에서 해전을 벌이는 것보다 잉글랜드 본토를 침공하여 아예 나라 자체를 박살 내려고 했던 작전인 거야. 그 당시 스페인 육군은 레콩키스타를 통해 수백 년간 실전경험을 수없이 쌓은 최정예로 당시 유럽에서 야전 최강으로 명성이 높았어. 그 당시 플랑드르(네덜란드) 방면의 스페인 육군 사령관은 16세기 유럽 최고의 명장 중 한 명인 파르마 공작 알레산드로 파르네세였기 때문에 스페인은 무조건 이긴다고 과신하고 있었지."

"선생님. 레콩키스타는 무얼 의미하는 거죠? 그리고 정말 수백 년간 전쟁을 한 건가요?"

"그래 나도 설명해주고 싶었는데 호연이 마침 질문을 잘했네. 레콩키스타(Reconquista)는 재정복(reconquest)을 뜻하는 스페인어로, 이베리아반도에서 가톨릭 왕국들이 이슬람 세력을 축출하기 위해 벌인 활동이야. 한때 가톨릭 왕국들은 팽창하는 이슬람 세력에 밀려서 이베리아반도 북쪽 작은 영토만 남기고 축소되었던 적이 있었어. 이슬람 세력의 전성기에도 근근이 버티다가, 이슬람 세력이 내전과 정권 싸움으로 약해진 틈을 타서 이베리아반도에서 몰아내는 수백 년 동안의 전쟁을 의미하는 거야."

"그럼 빼앗겼던 영토를 다시 찾는 전쟁인가요?"

"한편으론 국토회복운동이라 해. 711년 시작해 소강상태였다가 게릴라 형태의 소규모 전투도 하면서 이어진 레콩키스타는 단일 전쟁으로 치면 무려 781년 전쟁이라고 역사에 기록되어 있지."

설명을 마치자 아이는 내 얼굴을 보면서 뭔가 생각하고 있었다.

아이는 분명 귀가하면 내가 설명한 역사적인 전쟁을 검색해 볼 것이라는 짐작을 할 수 있었다.

"정말 엄청나게 긴 전쟁이네요. 그런 전쟁을 치르며 전투력이 막강해진 스페인 육군을 잉글랜드 본토에 침공하려는 작전이었다는 거잖아요. 무적함대가?"

"그렇지. 그런데 이 작전의 정보를 미리 알고 있던 잉글랜드의 엘리자베스 1세 여왕이 바다의 길목에서 막아선 거야. 스페인 재화를 약탈하여 여왕에게 헌납하고 작위를 받았다는 잉글랜드 해적선의 선장인 프랜시스 드레이크을 해군 제독으로 임명하고 스페인의 무적함대와 바다에서 싸우게 했어. 그게 역사적으로도 유명한 칼레 해전이야. 스페인 무적함대는 이 해전에서 밀리며 3척의 선박을 잃는 손실 끝에 후퇴하게 됐어. 후퇴하다가 두 번의 풍랑을 만나 81척이 침몰하는 막대한 비전투적인 손실까지 당하고 나머지 선박만 겨우 본국에 도달할 수 있었어."

-칼레는 프랑스와 영국 사이에 자리한 해협으로 바다의 폭이 가장 좁아지는 곳이다. 스페인에서 출발하면 그곳을 지나야 네덜란드에 닿을 수 있다. 스페인은 삼면이 바다이고, 잉글랜드는 사면이 바다인 섬으로 이루어진 나라이다.

"후퇴했다는 건 해전에서 패배하고 본국인 스페인으로 되돌아갔다는 거잖아요?"

"그렇지."

"당시 막강하다는 스페인 육군을 잉글랜드 본토에 상륙시키지 못한 거네요?"

묻는 아이는 의아한 표정이었다.

"그런 거지."

"그런데 왜 수많은 전쟁에서 이긴 것처럼 무적함대라는 이름이 붙는 거죠? 전 그 부분이 이해가 안 가요."

아이는 기어코 내게 따지듯이 물었다.

마치 내가 잘못하거나 잘못 설명하는 것처럼. 처음 "위대하고 가장 축복받은 함대"라고 명명된 후 나중에 줄여서 무적함대로 불린 이 함대는 사실 나중에 이런 비문이 따라다닌다.

- "신이 입김을 불자 그들은 흩어졌다."

"처음부터 함대 명칭이 그런 건데 어떡하겠어. 스페인은 전열을 가다듬고 다시 두어 번의 해전을 더 벌였는데 패퇴하리라곤 상상도 못 했겠지. 해전에서 연속으로 승리한 잉글랜드가 저런 비아냥거리는 소리를 하는 거야."

"역시 종교적인 힘도 들어가 있네요. 자신들이 믿는 신이 더 강력하다는 의미잖아요."

"너도 그런 느낌이 들지?"

"네. 그리고 이제 완전히 이해가 되는 부분이 있어요."

"어떤 건데?"

"이 해전에서 승리한 후 잉글랜드가 서서히 강해져서 스페인에 이어 두 번째로 해가 지지 않는 나라가 되었다는 결론으로 가는 거잖아요. 맞죠?"

아이는 자신만만하게 소리쳤다.

"아, 하하하. 너무 재미있다."

아이의 당돌함에 옆에서 듣던 다온이 다시 한번 크게 웃었다.

"오 역시 호연이는 확실히 남다른 데가 있어. 사실 이 해전을 치르기 전 잉글랜드는 프랑스와 1337년부터 1453년까지 116년 동안 벌어진 백년 전쟁에서 패한 후 전력이 많이 약해졌었어. 해전에서 이긴 후 서서히 강해진 거야. 그리고 전력이 약해진 스페인에서 네덜란드도 독립하였고."

"알았어요. 선생님. 전 이제 머릿속에서 상황이 정리되었어요. 오늘은 여기까지만 들을게요."

"그래. 집에 가면 오늘 들은 걸 꼭 필기로 정리해놔."

"네. 선생님. 설명 고맙습니다."

4. 돌 바둑판 & 돌 장기판

다음 날 아침. 기정, 영하, 다온이 한옥마을에서 묵고 일찌감치 걸어서 카페로 왔다. 내가 휴무인 월요일보다 일요일 오전 일찍 탐방하자고 제안했고 셋은 수락하여 요일이 변경되었다.

"바둑판 두 곳, 장기판 두 곳 등 네 곳인데, 오늘은 바둑판부터 탐방하자. 먼 곳부터 갈 거야, 가까운 곳부터 갈 거야?"

먼 곳은 멀어봤자 차량으로 20분 정도의 이동 거리였다.

"많이 걸어야 하는 곳부터 가고 싶어요. 선생님."

영하가 조금 비껴가는 반응을 보인다.

내가 쓴 책(수락석출)에는 땅재봉에 새겨진 바둑판을 탐방하며 바둑, 체스에 대한 명언의 대화가 나온다. 저번에 기정과 영하가 돌 바둑판을 들먹일 때 내 블로그를 검색해보라고 일렀었다.

"내 블로그에서 네 곳 다 살펴봤지?"

"네. 선생님."

다은은 대학졸업반인데도 깡충거리며 뛸 태세로 밝고 가벼워 보이며 기정의 팔짱을 끼웠다 풀면서 좋아하고 있었다.

기정도 가을의 파란 하늘처럼 청명한 얼굴을 하고 있었다.

영하는 그저 은은한 미소만 짓고 있으며, 그 둘의 모습을 보는 것만으로도 행복이 충만한 듯한 얼굴이었다.

"그럼 땅재봉 바둑판부터 가보자. 걷는다고 해봐야 10분 남짓 산길을 걸어가는데 솔밭이라 기분이 상쾌한 길이야."

카페에서 채 10분도 안 되는 거리를 차량으로 이동하여 한적한 도로 옆에 주차했다.

"벌써 다 온 거예요?"
"왜, 김 박사는 더 가고 싶어?"
"하하하. 그게 아니라 카페에서 너무 가까워서요. 선생님."
"저 위에 올라가 보면 더 놀라게 될걸."
"왜요. 선생님."
"예전에 김 박사가 살던 집이 바로 코앞에 있으니까."
"정말이에요. 선생님?"
"올라가서 확인해 봐."

주차 후, 작은 다리 하나를 건너면 바로 산길로 들어선다.

한 사람만 지날 수 있는 호젓한 오솔길로 들어선다.

"사범님. 여기는 정말 오솔길 같아요."

다은이 밝게 튀는 음성으로 내 뒤에서 소리쳤다.

"다은 양. 정말 오솔길이라고?"

"네. 사범님. 진짜 오솔길에 온 느낌이 들어요."

"하하하. 여기가 진짜 오솔길이라면, 가짜 오솔길은 뭔가요?"

잠시 짧은 오르막을 올라 땅재봉의 등줄기에 닿았을 때 다은을 뒤돌아보았다.

다은은 웃고 또 웃는 얼굴로 미소가 이어지고 있었다.

"보통 오솔길이라면 좁고 호젓한 산책길을 말하잖아요."

보고만 있어도 기분이 흐뭇해지는 웃는 얼굴이다.

"그렇지요. 그런데?"

"오솔길의 가운데가 '솔' 이잖아요."

"하하하. 이제 무슨 뜻인지 알겠다."

다은을 뒤따라 오던 기정이 크게 웃는다.

"하하하. 나도 진짜 오솔길의 비밀을 알겠다."

영하도 덩달아 크게 웃으며 유치원생 같은 다은의 해석을 미리 알아챘다고 한마디 했다.

나만 그 둘을 바라보며 잠시 그 의미를 생각하고 있었다.

"호호. 오빠들도 알겠죠? 내가 설명하려는 오솔길을."

"그래."

"그럼 영하 오빠가 말해봐요? 내가 말하려고 하는 진짜 오솔길에 대해."

"설명이 뭐가 필요해. 이 산길 바닥에 다 드러나 있는데."

"호호호. 눈치챘구나."

기정의 설명에 다은은 이상한 웃음을 흘리고 있었다. 그제야 이 길이 진짜 오솔길이라는 다은의 말뜻을 나도 이해하게 되었다.

산길은 쭉 뻗은 소나무로 해를 가리는 상태였으며, 바닥엔 솔잎이 두툼하게 깔려 있어서 밟는 감촉이 좋았다.

다은은 소나무/송나무/솔나무/ 등을 형태론적으로 끌어와 솔잎을 강조하고 있는 것이었다.

여러 나라 언어를 공부하고 습득한 다은은 산길에 깔린 솔잎에서도 재치있게 의미 하나를 더 찾아내고 있었다.

책을 읽고, 공부하고, 생각하고, 떠올리고 하는 모든 행동에서 우린 지식을 습득한다. 지식은 그저 알고 있는 지식일 뿐이지만, 지혜로 승화시키는 기쁨은 결국 인간의 감성이다.

잠깐의 대화와 상쾌한 걸음으로 땅재봉 정상에 닿았다.

짧은 오르막이 나타나지만, 차량이 주차된 곳에서 10분이 채 안 걸리는 곳이다.

정상에서 조금 걸어 내려가야만 돌 바둑판이 자리 잡고 있다.

강릉 땅재봉 돌 바둑판

땅재봉 돌 바둑판

"오래전부터 강릉 선비들은 여기 돌 바둑판에서 오로 삼매경에 들었다는 거잖아요. 선생님?"

영하는 어릴 때부터 오랫동안 바둑을 배워 유단자답게 바둑을 오로(烏鷺-까마귀와 백로)라고 표현하며 삼매경(三昧境)을 불러온다. 지금의 풍경, 분위기와 잘 어울리는 낱말이며, 나는 대화 중에 오랜만에 듣는 오로 삼매경이다.

-잡념을 남김없이 지우고, 정기를 모은 경지에 이르러 올바른 지혜로서 대상을 올바르게 파악한다는 의미의 삼매경.

영하는 어릴 때 배운 바둑도 유단자이지만 요즘 우리 카페에서 체스를 두는 모습은 그런 삼매경의 분위기를 연출하고 있었다. 바둑과 체스의 높은 경지가 일맥상통하며 흐르는 분위기랄까!
"그렇지. 역시 바둑 유단자답게 분위기에 맞는 표현력이 좋네. 이런 경치 좋은 소나무 숲속의 한가운데 이렇게 평평한 암반이 넓게 있다는 것도 참 신비하지?"
"네. 선생님."
암반에 새겨진 돌 바둑판 옆에는 나무 바둑통이 놓여 있었다. 다은은 바둑판을 마주하고 털썩 앉더니 벌써 바둑알을 꺼내 판 위에다 홀로 바둑 두는 자세를 취한다.
"바둑판 규격이 현대 바둑판하고 거의 비슷한 크기 같아요."
다은의 맞은편에 앉으며 기정이 바둑판을 손바닥으로 쓸어본다.
"전문가에 의해 수백 년 전에 새겨진 것으로 판명되었어. 비록 기록은 없지만, 역사가 뒷받침할 근거는 있지."
"그래요? 선생님. 기록은 없는데 근거는 있다는 말씀이죠?"
"그래. 여기서 인증샷 몇 장 남기고 다른 곳으로 이동하자. 거기가면 내가 지금 하는 말을 이해할 거야."

셋은 바둑판 앞에 번갈아 앉으며 사진을 찍었다.

"선생님이 쓰신 책을 보면 여기서 하산하면서 바둑과 체스에 대해 명언 주고받기를 하던 길이잖아요?"

"그렇지. 이 길을 내려가며 바둑과 체스의 자존심을 걸고 명언 주고받기를 했었지. 사실은 글에서나 그런 구성을 꾸민 거였지, 진짜 바둑과 체스가 자존심 대결할 일은 없지 뭐. 하하하."

"기정과 저도 그렇게 느꼈어요. 하지만 그 시대의 저명한 인사들이 명언 한 마디씩 남겼다는 것이 읽으면서 새로웠어요."

"그럼 김 박사도 바둑과 체스에 대하여 명언 한 마디씩 남겨. 다음에 내가 책을 낼 때 반드시 넣어줄 테니까. 바둑과 체스의 두 분야에서 다 고수니까 가능하잖아?"

"하하하. 선생님. 전 아직 젊어서 그런 명언을 남길 처지가 못 되는 것 같아요."

"세계적인 체스 선수한테 체스 철학자라는 칭호도 받았는데, 실력이나 자격이야 충분하지. 본인이 쑥스러워해서 그렇지. 그럼 내가 지금부터 김 박사가 하는 얘길 귀담아듣다가 다음 책에 써 넣을까? 명언이라고 했으나 사실은 예찬이 맞는 낱말이야."

"아유. 선생님. 왜 그러세요. 진짜 몸 둘 바를 모르게."

"뭐 명언이 별거 있어? 바둑이나 체스에 대한 소감을 요약해서 예찬 한마디 하면 그게 본인의 명언인 거지."

"그럼 제가 이다음에 제 소감이 정리되면 선생님께 제일 먼저 말씀드릴게요. 제발 제 말 중에서 써넣지는 마세요. 선생님."

"하하하. 알았어. 기정도 들었지? 김 박사가 소감 한마디 남긴다고 하는 소리를?"

"하하하. 네. 사범님. 저도 똑똑히 들었습니다."

기정이 크게 웃으며 확인했다.

"아, 나도 진작 사범님 책을 읽었더라면 지금 대화에 동참하며 어떤 멋이며 어떤 기분인지 더 느꼈을 텐데 아깝다."

다은은 책 내용을 모르는 게 너무 아쉽다고 했다.

"선생님. 전 지금 전설적인 과거 속을 걷는 기분이에요. 바둑과 체스의 전설적인 고수들의 발자취를 따라가는 느낌이요. 책 속의 글을 따라가고 있지만, 분위기는 자취를 따라가고 있어요."

영하는 글 따라 자취 따라 전설 따라 걷는 느낌이라고 했다.

유쾌한 대화를 몇 마디 주고받으며 땅재봉을 내려왔다.

태장봉 돌 장기판

"자. 다들 내려 봐."

차를 타고 불과 5분도 채 안 되어 내리라고 했다.

도로 옆으로 너른 암반이 이어지는 계곡의 물줄기가 나타났다.

"저쪽이 태장봉 장기판이 있는 곳이야."

태장봉은 왕자의 태를 봉우리 정상에 묻고 붙인 이름이다.

"선생님. 강릉 시내에서 차량으로 불과 몇 분이면 닿는 곳에 이렇게 멋진 계곡이 자리 잡고 있다는 것이 정말 신비하네요."
영하는 감탄을 연발했다.

태장봉 돌 장기판

"사범님. 이 부근에 우는 바위가 있다는 거죠?"
영하의 감탄에 이어 기정이 블로그에서 읽은 내용을 가져왔다.

운치 있는 계곡의 너른 암반 위로 흐르는 물줄기는 태장봉 뒤쪽을 돌아 흐르다 경포 바다에 닿는다. 계곡에는 울바위가 있고, 명암정(鳴巖亭)이라는 정자가 있다.

내가 풀이한 명암(鳴巖)은 울 명(鳴), 바위 암(巖)이다.
'바위가 운다.'는 의미이다.
바위가 어떻게 우느냐?
바위 자체가 우는 것이 아니라 계곡물이 유유히 흐르다 이곳에서 휘어지며 작은 높이의 낙차에서 바위에 부딪히며 운다는 뜻이다.
즉 악기의 음률처럼 소리를 낸다, 울린다는 의미의 명암이었다.

(블로그에서 설명)

"맞아. 바위가 운다고 하여 울바위라 불러."
설명과 함께 내가 앞장서서 돌 장기판이 있는 곳으로 갔다.
계곡 한가운데라고 할 순 없지만, 비가 내려 물량이 많아지면 그 암반 위로 물줄기가 지나갈 것으로 미루어 어림 짐작되는 곳에 장기판이 새겨져 있었다.
"사범님. 이 장기판은 일반적인 판보다 크게 새겨 놓았네요."

"넓은 계곡에 너른 암반 위에 눈이 시원하게 좀 널찍하게 새긴 것으로 미루어 짐작할 수 있지. 구경꾼들 앉는 자리도 배려하여 암반 한쪽에 새긴 것도 특이하지."

내가 가져온 장기 기물을 돌 장기판 위에 포진했다.

다은이 내 맞은편에 얼른 주저앉아 선비가 턱수염을 가다듬는 자세를 취하며 장기 두는 시늉을 하여 일행을 웃게 했다.

힘차게 흐르는 계곡물과 풍경을 돌아보는 셋의 표정은 아주 먼 옛날 옛적으로 되돌아가고 있었다.

"자. 이젠 문헌에도 명확히 기록된 바둑판을 찾아 가보자."

유상대 돌 바둑판

차량으로 20여 분 이동하여 닿은 곳은 유상대 바둑판이 있는 곳이었다.

유서 깊은 사찰로 들어가는 길 초입의 계곡 암반에 돌 바둑판이 새겨져 있었다. 차에서 내리면 바로 내려다보이는 장소였다.

"혹시 '유상곡수'가 어떤 의미인지 아는 사람"

"유상곡수요? 유상대 바둑판하고 어떤 연관성이 있는 건가요? 사범님."

다은이 의문을 드러낸다.

강릉 유상대 돌 바둑판

그 옆에서 기정과 영하는 은은한 미소를 머금고 있었다.

"그럼 당연히 있지. 여기 한자로 流觴臺(유상대)라고 보이지?"

"네. 사범님."

"여기 유상대 글 가운데 상(觴)자가 술잔을 의미하는 거야. 다은 양이 그 의미를 한 번 풀이 해봐."

기정과 영하는 이미 책을 읽었기에 그 의미를 알고 있었다.

기정은 다은이 미술사에 대해 제법 조예가 깊다고 자랑했었다.

다은은 나를 보고 의미심장한 웃음을 띠고 있었다.

강릉 流觴臺(유상대)

"사범님께서 힌트를 주시니까 바로 알겠어요. 흐르는 물 위에 술잔을 띄운다는 의미잖아요. 신라의 왕이 신하들과 즐겼다는 포석정과 유사한 의미가 들어있다는 상상을 해봅니다."
다은은 미소 속에 담담하게 말하고 있었다.
"오, 다은 양은 듣던 거보다 미술사적인 공부가 더 깊은가 봐. 바로 포석정을 끌어와 비유하면서 설명하네."
"언제 저에 대해 들으셨어요?"
"그럼. 기정이 얼마나 자랑했는데."
다은이 기정을 한번 쳐다보며 웃는데, 기정은 모른 체했다.

"유명한 신라 포석정은 인위적으로 물이 흐르게 만든 곳이지. 유상대란 바위 사이로 흐르는 냇물 위쪽에서 술잔을 띄워 술잔이 자기 앞쪽에 이를 때까지 운을 맞추어 시를 짓는 의미이지. 그런 걸 '유상곡수'라고 해. 여긴 율곡 선생께서 1569년 4월, 소금강을 유람할 때 일행과 시문을 짓고 바둑을 즐겼다고 전해지는 곳이야. 이 부근엔 바둑판 말고 장기판이 하나 더 암각 되었다고 문헌에 나와 있어. 예전에 직접 목격한 사람도 증언하고 있어. 지금은 찾을 수가 없지만."

"사범님. 왜 돌 장기판은 찾을 수 없는 거죠?"

다은은 궁금한 걸 그냥 지나치지 못했다.

"저 위의 사찰로 올라가는 길을 포장하면서 돌 장기판이 묻혔다고 전해지고 있어."

"선생님 책에서 땅재봉 돌 바둑판 탐방기만 읽고 여기 유상대 돌 바둑판은 말로만 설명하는 글을 읽었는데, 오늘 직접 유서 깊은 곳을 탐방하니까 감개가 새롭습니다. 선생님."

영하는 감격한 얼굴로 말하고 있었다.

"여기 돌 바둑판이 1569년 4월에 새겼다고 문헌에 나와 있어. 그럼 지금부터 약 450여 년 전이잖아. 우린 지금 역사적인 장소에 서 있는 거야. 바둑판 간격이 조금 넓다는 느낌이 들 거야. 이 바둑판은 가로세로 55㎝ 정사각형이야. 현대의 보통 바둑판보다 약 10㎝ 정도 크지. 예전의 선비들은 산천경개를 유람할 때 꼭 석공을 대동했었어. 풍광이 뛰어난 곳엔 즉석에서 바위에 계원들의 이름을 새겨 넣기도 하고, 이렇게 암반에 바둑판이나 장기판을 새겼다고 해."

"선생님. 어느 지역이나 풍광이 뛰어나다고 다 이렇게 암반에 바둑판이나 장기판을 새기지는 않았잖아요. 만일 그랬다면 문헌에 기록되었을 텐데요."

"그렇지. 유독 강릉에만 돌 바둑판 2곳, 장기판 3곳이 새겨져 있는 건 그만큼 강릉의 선비들이 자연 속에서 풍류를 즐겼다는 걸 거야. 예전엔 선비가 반드시 갖추어야 할 덕목으로 금기서화(琴棋書畵)를 꼽았는데, 음악과 바둑, 글과 그림인 건 다 알잖아. 그 4가지 가운데 기(棋)가 바둑이고. 어때? 김 박사는 이 바둑판에서 450여 년 전 선비들의 고아한 정취가 느껴지지 않나?"

"선생님. 전 지금 제 심경을 어떻게 표현해야 할지 모르겠어요. 석공이 암반에 바둑판과 장기판을 새길 동안 선비들은 시화를 논한 후 바둑이나 장기의 삼매경에 들던 모습들이 떠오릅니다. 제가 그런 역사적이고 실증적인 풍류의 자연 속에 와있다는 게 믿어지지 않습니다."

한 지역의 다섯 곳에 돌 바둑판과 돌 장기판을 새겨 놓고 대자연에서 풍류를 즐기던 곳은 전국에서 강릉이 유일하다.

"오늘 돌 바둑판 두 곳 장기판 한 곳을 탐방했는데, 우리 카페 옆 태장봉 돌 장기판은 여기보다 더 운치가 있다고 느낄 거야. 그곳은 큰길 옆이라 좀 어수선했지만 여긴 깊은 계곡이라 분위기가 다르게 느껴질 거야. 문헌에도 명확히 기록된 곳이고."

굳이 말하지 않아도 이 유상대 돌 바둑판의 기록에 미루어보면 앞서 탐방한 돌 바둑판, 장기판의 역사가 얼마나 오래되었는지 짐작할 수 있었다.

"자, 이제 마지막으로 바리봉 돌 장기판을 찾아 가보자. 사실 이곳으로 오는 중에 갈 수도 있었어. 거긴 좌회전해서 들어가기 때문에 강릉으로 나가는 길에 탐방하려고 여길 먼저 온 거야."

나는 그렇게 설명하며 차에 올랐다.

땅재봉 돌 바둑판은 좀 걸어야 했지만, 태장봉 돌 장기판, 여기 유상대 돌 바둑판은 차에서 내리면 바로 보이는 길옆에 자리 잡고 있었다.

바리봉 돌 장기판

7번 국도 따라 강릉으로 나가다 보면 해양소년단 강원연맹 건물이 왼쪽에 자리 잡고 있다. 맞은편(옛 검문소) 옆으로 우회전하여 들어가면 향호라는 석호가 나온다.

향호는 7번 국도에서도 보인다.

향호 방면으로 가다 보면 '취적정'이라는 정자가 나온다.

여기서부터 길을 잘 찾아 들어가야 바리봉 돌 장기판 있는 곳에 도착하는데, 안내인 없이는 찾기가 매우 어렵다.

바리봉 돌 장기판

산속으로 들어가 주차 후 오르막을 조금 오르자 사방이 탁 트인 곳에 거북이 형상의 바위가 나타났다.

"이야. 진짜 전망 좋네요. 선생님. 바다도 시원스럽게 보이고, 야트막한 산 위로 저 멀리 대관령도 보이고 이런 장소에 장기판이라니, 강릉의 옛사람들은 정말 풍류를 즐겼나 봐요."

영하의 기막힌 소감이었다.

"여기 서서 바위 정면을 바라보면 거북이 형상이라고 느끼게 될 거야. 그 거북이 등 위에 장기판을 새겨 놓은 건데 좀 위험한 면도 있어. 잘못 디디면 바위에서 굴러떨어질 수도 있으니까 다들 조심하고."

내가 설명하고, 셋은 장기판 있는 바위 위로 오르기 전에 거북바위 형상을 감상했다.

이 바리봉 돌 장기판(가로세로 43x47cm)에 관한 문헌 기록이나 전해 내려오는 전설도 없다. 강릉의 지명 유래에 대해 책자를 여러 권 발간하신 김기설 향토사학자님의 고증은 다음과 같다.

(바리봉 장기판은 동네 소년들이 소를 몰고 나와 소가 풀을 뜯고 있는 동안 지루함을 달래고, 또 소들을 잘 감시하기 위하여 산꼭대기 바위 위에 장기판을 새겨 놓고 장기를 두며 시간을 보냈을 것이다.)

내가 먼저 기물을 포진하고, 바위 위를 오르내리며 사진 찍는 그들에게 전해지는 유래를 설명했다.
"강릉의 향토사학자님이 소년이라고 표현하셨지만, 신선들이 장기 삼매경에 들었다고 해도 믿을 장소입니다. 선생님."
영하는 여기선 장기로 삼매경을 떠올리고 있었다.
"김 박사도 그런 생각이 들지? 사실 나도 그래. 대관령을 지나가는 백두대간이 병풍처럼 펼쳐져 있고, 막힘 없이 푸른 바다가 시원하게 펼쳐져 있는 곳에 신선놀음의 장기판을 새겨 놓았으니 삼매경에 빠지지 않을 수가 있겠나. 여기선 이기고 지는 승부는 뒷전이었을 거야."

"정말 너무 멋있는 장소에 장기판을 새겨 놓았어요. 사범님은 이런 곳을 어떻게 찾아내셨어요?"

"하하하. 다은 양은 그게 궁금해?"

"네. 사범님. 여긴 아무나 올 수 없는 곳이라는 생각이 들어요. 여길 찾아오면서 갈래 길도 여러 군데였고, 주차 후 잠깐이지만 걷기까지 해야 하는데 이런 델 제가 와있다는 게 신기해요."

"사실 여길 찾느라 나도 집사람하고 헤매고 다니며 애먹었어. 이 거북바위 위에 오른 후 보람을 느끼며 감탄사를 연발하다가 내려갔지. 하하하."

다들 떠나길 주저하며, 멀리까지 펴져가며 대관령에 맞닿는 산고랑과 바다를 바라보고 있었다.

"오늘 원하던 강릉의 암각 바둑판을 감상한 기분이 어때?"

"전 정말 가슴이 터질 것 같아요. 사범님."

돌 바둑판, 장기판을 보며 별말 없이 감상만 하던 기정이었다. 바위에 새겨진 암각 바둑판의 수백 년의 숨결을 느끼며 기정은 말 없는 대화를 했을까?

기정은 감정이 벅차오르는 얼굴을 하고 있었다.

일요일이라 내가 좀 서둘러 다녀서 미안한 마음이 들었다.

"오늘 강릉의 돌 바둑판 탐방도 마쳤는데, 내가 우리 카페 앞에 있는 유명한 민속막국수 집에서 점심으로 막국수 사 줄게!"
"아닙니다. 선생님. 오늘 일요일인데 안내하시느라 고생하시며 시간도 뺏기셨는데 제가 사겠습니다. 거기로 가시죠."
"그래? 김 박사가 점심을 산다면 마다할 일이 아니지."
그런 대화와 함께 우리 카페로 차를 몰았다. 제자가 돌 바둑판 탐방 안내의 고마움을 표현할 때는 기꺼운 마음으로 받아들이는 게 서로 편하다. 기정과 재회한 다은과 둘에게 한 번은 꼭 사 주고 싶었던 강릉의 토속 음식인 감자옹심이와 막국수가 맛있는 집은 우리 카페 앞의 민속막국수이며 주차장을 같이 사용한다. 일요일 점심때라 나만 빠져나온 카페의 분위기도 궁금했다.
"여기가 강릉의 막국수와 감자옹심이 맛집이라는 건 오늘 처음 알았어요. 선생님. 왜 그동안 알려주지 않으셨어요?"
영하는 식당의 자리에 앉으며 놀라고 있었다.
"김 박사가 어린 시절 강릉에 살았기 때문에 당연히 아는 줄 알았지. 감자옹심이나 막국수를 좋아하면 먹었을 테고."
음식을 주문하고 내가 잠깐 카페에 다녀왔을 때였다.
"이렇게 바둑으로 유서 깊은 강릉에서 왜 몰지각한 바둑꾼이 물을 흐리는지 정말 이해하기 어려워요."
셋은 어떤 대화를 나눈 듯 영하가 씁쓸하게 한마디 했다.

5. 에쓰쓰(S3)

"내가 카페에 잠깐 갔다 오는 사이 아름답지 못한 얘기를 한 냄새가 솔솔 나는데?"

내가 셋의 얼굴을 한 번씩 둘러보며 말했다.

암각 반의 친견에 감명받았던 얼굴에 우울함이 내려앉았다.

"선생님. 전 정말 이해가 안 되어서 그래요. 그렇게 바둑계에서 나쁜 짓을 많이 저지른 사람을 바둑계의 여러 사람이 합심하여 왜 몰아내지 않았는지 제 상식으론 정말 이해하기 힘들어요."

영하는 거푸 세 번을 이해하기 힘들다고 호소하고 있었다.

"몰아내긴… 오히려 여럿이 합심하여 교주로 모시며 30여 년을 잘 받들어 모시며 잘 따르고 있는데, 전지전능하신 교주님으로 지금도 진행형이야. 하하하."

나는 씁쓸하고 우울한 과장된 웃음을 터뜨렸다.

영하는 돌 바둑판 탐방으로 강릉의 옛 선비들은 대자연 속에서 오로의 삼매경을 느꼈으며, 일상에서 금기서화(琴棋書畵)를 즐겼다는 것을 알게 되었다.

대자연과 합일되는 풍류를 즐겼던 고장에서 어찌 악행을 수시로 수십 년간 저지르는 한 명을 처리하지 못했는지 이해하기 어렵다는 말투였다.

교주로 통하는 그의 행적은 참으로 암울하기 짝이 없다.

강릉은 지금도 그 불행의 흐름이 바둑계의 기저에 깔려 있고, 강원도 역시 그 불행의 흐름이 역시 아직도 이어지고 있다.

교주 한가식이 전국바둑교실 협회의 부회장 직책을 맡고 있을 때는 우리나라 어린이바둑계가 암흑의 시대라 해도 무방하다.

특히 서울 서대문 부근에서 바둑학원을 운영하는 곽고성이 5년간 전국바둑교실 협회 회장일 때, 광주에서 바둑학원 운영하는 정방해 전국윤리위원장. 강원도 원주에서 바둑학원을 운영하는 심호석 강원 윤리위원장이 활발히 활동할 때이다.

이들의 협회 운영 정책에 관하여 반대 의사를 표명하면 전화로 폭언을 일삼고 툭하면 부정을 저질러, 그런 꼴을 보기 싫다고 바둑학원을 접은 원장들도 부지기수였다.

그때부터 어린이바둑계는 내리막으로 내달렸다.

어린이 바둑교육에 사명감을 느끼며 열성으로 지도하던 원장들이 회의감을 느끼며 일선에서 떠나버렸기 때문이다.
그런 부정한 임원들의 눈치를 보거나, 거수기 노릇이나 하면서 떡고물이나 받아먹던 원장들은 솔선하여 어린이바둑계를 이끌지도 못했고, 발전적이지도 못했다.
"기정과 제가 선생님 책 두 권을 읽은 후 분통을 터뜨리는 건 나서야 할 때 나서지 않는 비겁한 사람들의 태도 때문입니다. 선생님. 아이들을 가르치는 사람들이 정의롭지 못하면 아이들은 과연 무얼 배울 수 있을까요? 타인을 이기는 법? 비겁하게 생존하는 법? 이간질하는 법? 정말 이해가 힘드네요, 선생님."
영하는 울분을 토하고 있었다.
주문한 음식이 아직 나오지 않았다.
맛집이라 점심때의 식당 안은 많은 손님이 자리했다.
옆 사람이 듣거나 말거나 영하의 언성이 조금 높아지고 있었다.
그런데 일행 중 아무도 그런 영하를 진정시키지 않고 있었다.
"그게 현재 우리가 사는 세상 풍경이야. 사실과 진실이 드러났는데도 그런 건 외면하고 오직 누가 이기느냐 하는 게 법정에서의 다툼이라고 했어. 어처구니가 없지만 요즘은 그게 현실이야. 남는 게 없고 생기는 게 없으면 강 건너 불구경하다가 떡고물이라도 떨어지면 그 크기에 따라 그쪽으로 붙는 게 인지상정이 되어 버렸어. 그리고 진영 논리로 들어가지. 그럼 진실은 현실에서 매우 거추장스러운 포장으로 변해버려. 옳고 그름은 눈에 보이지 않고 자기주장만 외치는 꼴이 되는 거야."
나는 교주와의 법적인 다툼으로 여러 번 법정에 들어섰던 경험, 현실에서 사람들의 감정의 흐름을 말해주고 싶었다.
"하지만 선생님. 정의라는 게 있는데 전국바둑교실협회, 강원도 그리고 강릉의 성인과 어린이바둑계가 그런 자의 말을 따른다는 게 전 정말 이해하기 힘들어요."
영하는 주위를 둘러보며 우울한 얼굴로 잦아드는 음성이었다.
영하 나이는 30세 즈음이나 아직 복마전 같은 사회의 어두운 면을 경험해보지 못한 학생 신분이었다.

내편 네편으로 편 가르며 진실은 사라진 현실.
사람들은 남의 애기를 즐긴다. 특히 씹는 맛이 있는 이야기에는 더 열정적이다. 이런 사람의 내면을 들여다보면 자신을 가꾸는 일은 소홀하면서 남이 잘한 일에는 애써 깎아내리려고 시간과 감정을 낭비한다. 그런 자들을 외면하면 문득 고독해진다.

그런 자를 간악한 세 치 혀로 잘 다스리는 자가 바로 교주였다.
-우리 학원의 원생이 참가하지도 않은 바둑대회에 참가했다고 내 학원에 중징계를 내렸다.

앞에서 열거한 전국바둑교실협회의 임원들을 동원했다.
-우리 학원 옆에 제2의 학원을 차려놓고 온갖 패악질을 했다.
내 학원을 죽일 수 있다고 장담한 자와 함께 동업으로.
-내가 앞장서서 창립한 강릉바둑협회를 그가 뒤늦게 참여하여 수년간 전횡으로 망가져 3년여 동안 모임조차 없이 사라졌다.
내가 다시 사람을 만나고 다니며 강릉바둑협회를 재창립했을 때 그간의 비용을 내 돈으로 먼저 치르고 나중에 받기로 했었다.
내가 타지에 원생들을 데리고 바둑대회에 참가했을 때 연 임원회의에서 그 비용은 전 협회에서 받아야 한다는 기가 막힌 발상을 하여 지금껏 지급하지 않고 있다.
그리고 나를 오히려 바보 취급하고 있다.
앞의 모든 음모와 작당의 중심축에는 교주가 우뚝 서 있었다.

그런 내용이 앞서 내가 출간한 두 권의 책에 들어있다.
영하와 기정은 그 내용을 다 읽고 알고 있었기 때문에 지난번과 오늘 울분을 토하는 것이다.
정상적인 사고방식을 가진 사람이면 정말 이해하기 힘들다.
그런 자를 전지전능하신 교주로 모시며 지금도 활개 치고 있는 것이 바둑인이라고 자처하는 여기 바기꾼들 작금의 현실이다.

-착착 감기는 언변과 미리 짜깁기한 맥락으로 세뇌하면 거기에 현혹되지 않을 자 과연 몇 명이나 될까?

비루한 생각과 행동으로 점철된 그 무리는 그렇게 생활하다가 생을 마감할 터이지만 교주의 입김이 적용되는 지역의 성인과 어린이 바둑은 다 초토화되고 말았다.
정말 바둑을 사랑하는 바둑인은 그런 바기꾼을 외면하고 있다.

"어, 우린 수육은 주문한 적이 없는데 나왔네요?"
다은이 놀라며 직원에게 물었다.
두루 맛본다고 비빔과 물 막국수, 감자옹심이를 주문했었는데, 수육이 푸짐하게 나왔다.
"하하하. 여긴 음식을 주문하면 서비스로 수육이 나와. 전국에서 막국수 주문하면 수육이 서비스로 나오는 유일한 집이야."
"우와. 감사합니다. 잘 먹겠습니다."
나의 설명에 다은은 직원에게 감사 인사를 크게 하고 있었다.
"수육 먹어보고 맛있으면 더 주문해 먹어. 내가 살게."
다은의 흡족해하는 모습에 나도 즐거워졌다.
"어휴, 사범님. 여기 막국수가 양이 많은 것 같아요."
기정도 다은에게서 옮겨온 감사함을 전하고 있었다.

잠깐 어수선한 분위기를 지나고 각자 앞접시에 이것저것 떠다가 맛보는 시간이었다.
"이 집 막국수가 정말 맛있어요. 사범님. 전 감자옹심이는 처음 먹어보는데 이것도 맛있어요."
우리 대화에 참여하지 못하던 다은은 활발한 젓가락질을 하며 음식 품평을 하고 있었다.

"두 사람은… 다은도 혹시 프랑스 소설가 베르나르 베르베르의 「뇌」라는 장편 소설을 읽었나?"
다은이 이것저것 맛보는 모습을 남자 셋이 흐뭇한 미소로 지켜보다 내가 말했다.
"전 지금 제목이 기억나지 않지만, 베르나르의 소설은 읽은 적이 있는데 뇌는 못 읽었어요."
다은이 바쁜 젓가락질 가운데 먼저 말했다.
기정과 영하는 가만히 나를 쳐다보고 있었다.

"그 '뇌'라는 소설에 나오는 얘긴데 다들 먹으면서 들어봐.
-뇌를 수술할 때는 단 1밀리미터의 착오만 생겨도 환자를 평생의 장애인이나 정신 이상자로 만들게 된다는 구절이 나와.
나는 강릉의 한 사람은 뇌 수술을 받다가 1mm+1mm+1mm 세

번의 수술 착오가 생긴 자라고 굳게 믿고 있어. 세 번의 착오 작용으로 경증인지 중증인지 때마다 행동으로 드러난다고 봐."
나는 그간 생각하고 있던 내 느낌을 거침없이 토해냈다.

기정도 하하하. 영하도 하하하. 다은도 하하하.
셋은 누굴 떠올리며 너나없이 통쾌한 듯 그렇게 웃고 있었다.
"정신 이상자는 자기가 정신 이상자라고 말하지 않지요."
기정이 또 소리 내어 웃는다.
"문제는 그 교주를 30여 년 추종하면서 1S 이상의 불로소득을 얻은 자들로 인해 선량한 사람이 피해를 본다는 거야."
"1S의 불로소득이요? 선생님. 그게 무슨 의미인가요?"
영하는 기정을 돌아보며 넌 알겠니? 하는 표정과 함께 나에게 질문한다.
불로소득이 왜 거기에?
영하의 표정에 의문이 들어가 있었다.
"어려울 거 없어. 교주의 언행을 추종하면 S를 하나 이상은 자연스럽게 습득한다는 의미인 거야. 그게 불로소득이라는 거고. 그들은 그걸 매우 고마워하면서 일상에서 흔히 사용하는 거고. 소설 주인공은 체스 세계챔피언도 지낸 선수이기도 하여 관심 있게 읽었어. 우리 카페 책꽂이에 그 책이 있을 거야."

"선생님이 말씀하시는 S는 저번의 그 사이코패스, 소시오패스, 나르시시스트를 뜻하는 거죠?"

"그래. 거기에 더하여 사기꾼(스위들러-swindler)도 들어갈 수 있지만, 악행의 대표적인 단어만 떠올려서 그렇지."

나는 사회적 통념으로 자주 기사화되는 부분만 강조했었다.

"그런 불로소득이 있었네요. 뇌- 정신이고, 정신은 생각이며, 곧 행동으로 나타날 테니까요. 한 글자인데 영향력을 가진 어느 한 사람의 뇌에 따라서 어떤 분야가 좌충우돌하면서 사회에서 지탄받는 존재로 전락한다니 참 통탄할 일입니다. 선생님."

"내가 일전에 3S. 쓰리에스-맨(3S-man) 그리고 쓰리에스-클럽이라고 표현하는 걸 들었지?"

"네."

"나는 자네들과 그런 대화를 한 후 다시 혼자 정리를 해봤어. 개인적으로 끝나면 한 사람의 비극으로 마치는데, 여러 사람을 선동하고 가스라이팅하면 문제가 심각해지는 거야. 지금 우리 주변을 한번 살펴봐. 그런 놈들이 사회가 망가지든 말든 나라가 망가지든 말든 자기들 이익만 찾으면 그만인 놈들. 특히 점잖은 척하면서 뒤에서 모의하는 놈들이 은근히 많아. 나는 이런 자들을 쓰리에스-맨이 아니라 에쓰쓰(S3)라고 명명했어."

"선생님. 에쓰쓰라고요?"

"그래. 에쓰쓰(S3). 앞의 (에)를 (애)로 살짝 바꾸면 남의 인격을 망가뜨리기 위하여 '애쓰네'가 되는 거야. 음악에서 찾는다면 음이탈이라고 억지 쓸 수도 있어. 문법에서 찾는다면 음운변동이라고 억지 주장 할 수도 있고, 세상에는 가끔 힘이 센 억지가 억지 주장하는 쪽으로 힘이 기울기도 하거든. 억지스러운 구개음화라고 말해도 좋아. 어차피 억지고 말장난에 지나지 않으니까. 하나 더 덧붙이면 '애썼네'는 과거형이고, '애쓰네'는 현재형이야. 애쓰네 뒤에 중독이 숨었어. 술. 도박. 절도. 사기 등 중독이라는 늪은 여러 분야인데 비난과 음모도 그중 하나야. '애써야'는 미래지향형이므로 맨 뒤에 드러나게 되어 있어."
내가 억지스러운 말을 길게 끌었다.
막국수와 감자옹심이를 먹으며 듣는 셋은 웃을 수도 없는 표정으로 나를 쳐다보고 있었다.
"S3-에스쓰리를 간략하게, 가운데는 더 강조하려고 에스쓰를 '에쓰쓰'로 표기한 거야. 어때? 그럴싸하지?"
"억지스러운 면도 있는데 기발한 면도 있네요. 사범님."
듣고만 있던 기정이 씩 웃으며 거들었다.
"이런 생각도 자주 하다 보면 실력이 늘어. 하하하."
나는 애써 억지웃음으로 넘어가려 했다.

불행 중 다행은 소도시에서 '바둑'이라는 있어도 그만 없어도 그만인, 우리가 살아가는 데 불편하지 않은 분야에서 에쓰쓰가 탄생한 것이다. 아쉬움은 내가 30여 년 전 기획한 경포해변의 바둑축제를 에쓰쓰 교주의 농간으로 열지 못한 것. 여름 성수기 전·후에 바둑대회장 옆에서 같이 온 가족들도 즐길 수 있고, 수백 년 된 돌 바둑판·장기판을 관람할 기회를 놓친 것이다.
아무리 살펴봐도 어디에도 없는 이타심, 어디에나 있는 이기심으로 똘똘 뭉친 에쓰쓰 교주와 그 무리 때문에 강릉의 고고한 바둑문화를 선보일 수 없었다. 그들은 어차피 정신도 망가졌고, 행동도 망가졌고, 지역의 바둑문화를 망가뜨렸기에 명칭에서는 조롱처럼 들려도 감수해야 할 것이다.

꿈의 완성

"오전에 혼자 고생했어. 자. 당신이 좋아하는 감자옹심이 포장해왔어. 우린 밖에서 차 마실게."
카페 앞의 막국수 집에서 점심 식사를 마친 후 카페로 돌아온 나는 아내에게 포장 주문해 온 감자옹심이를 건넸다.
"차 값은 이 카드로 계산해 주시고요, 사모님 드실 차도 같이 주문해서 계산해 주세요."

마실 차를 주문하는데 느닷없이 다은이 카드를 아내에게 건네며 말했다.

"왜 네가 계산해. 내가 할게."

기정이 기겁하며 앞으로 나섰다.

"아니야. 오빠. 이건 내가 사범님께 너무 감사한 마음에서 차를 대접하는 거니까 방해하지 마. 그리고 사모님 도움 없이 우리가 일요일에 움직이지 못했을 거야. 미약하나마 나의 고마운 마음을 담아 차를 대접해 드리는 거고."

다은은 그렇게 외치며 한 손으로 기정을 밀쳐낸다.

차 한 잔 값이야 얼마 되냐만 다은의 그 마음 쏨쏨이 예뻤다.

마침 카페 현관 바로 앞의 야외테이블이 비어있었다.

"사범님은 이런 바둑과 체스의 유물에 관한 박물관 겸 카페를 언제부터 기획하셨어요?"

다은이 자리에 앉으며 웃는 얼굴로 묻는다.

미소는 고마운 마음으로 나와 아내에게 차를 대접해서일까.

"아주 오래되었지. 바둑책으론 70년대 후반부터고, 바둑판 등은 80년대 후반부터고, 체스는 2010년대 초반부터 수집했어."

나는 잠깐 과거 속으로 넘나들었다.

"수집품이 많다고 수집가들이 모두 전시관이나 카페를 여는 건 아니잖아요?"

"오, 다은이 미술 쪽에 관심도 많고 조예가 깊어선가 꼭 취조하듯 묻네. 하하하."

"호호호. 바둑과 체스 박물관으로 과연 카페 운영이 잘 될까? 하는 의구심이 문득 들었어요. 여기 앉으면서요."

바둑과 체스를 안다면 염려되는 부분일 것이다.

"전 세계적으로 바둑과 체스를 동시에 가르칠 수 있는 사람이 과연 몇 명이나 존재하겠어?"

나는 문답형으로 나의 의도를 말하고자 했다.

"전 세계적으로 살펴도 별로… 없겠죠?"

"그럼 전 세계적으로 바둑과 체스에 관해 개인적으로 이렇게 많은 수집품을 소장한 사람이 몇 명이나 존재하겠어?"

"역시 별로 없겠죠?"

세계적으로 나가니까 기정과 영하는 나와 다은의 대화가 재미있다는 얼굴로 지켜보고 있었다.

"그럼 세계적으로 바둑과 체스에 대해 전문적인 글을 쓸 수 있는 사람이 몇 명이나 존재하겠어?"

"호호. 역시 별로 없겠죠?"

"묵묵히 꿈을 좇는 삶을 사는 사람은 극소수지만 있어. 사람은 돈이 있어야 생활이 되지만, 돈이 안 되는 줄 알면서 부득불 그 일을 하는 사람도 있어. 그건 사명감에서 우러나온 거야. 나도 돈이 없어 고생도 해볼 만큼 해봤어. 돈을 버는 것 꿈을 이루려는 것 모두 능력과 실력, 그리고 의지와 인내가 필요한 거야. 전문가적 안목으로 긴 시간도 필요하지. 남들이 못 이루는 성과를 내려면 별별 수모도 다 견디어야 해."

"그러니까요. 왜 돈이 안 되는 이런 일을 하시는지 궁금해요."

"바둑, 체스 관련 유물을 수집하여 보여주고 거기에 관한 책을 내고, 카페 겸 박물관을 열고 거기에 관련된 영화나 드라마를 만드는 게 내 꿈의 완성도야. 해리포터의 마법 세계처럼 나는 바둑, 체스 세계의 밝은 면과 어두운 면을 나이 제한 없이 영화나 드라마로 세계인이 즐기며 볼 수 있게끔 말이야. 글은 이미 그렇게 쓰고 있고, 의미 있게 작은 물꼬를 터놓으면 다음 세대가 거기에 관한 문화적인 큰 물줄기를 낼 수 있을 거야."

나의 기획 의도를 듣는 셋은 차 맛을 음미하듯 나의 카페 운영의 의도를 음미하며 잠시 말이 없었다.

"바둑, 체스 유물을 전시하여 사진과 글로 설명하고, 드라마나 영화로 만인에게 보여주는 게 의미 있는 일이라는 거죠?"

"그래. 세월이 한참 지나도 나처럼 바둑, 체스를 혼합하여 전시하고 거기에 따른 문화와 역사적인 설명이 쉽지 않을 거야."

"선생님은 왜 그렇게 내다보시는 거죠?"

영하의 의문이었다.

"우선 돈이 안 돼. 다시 말하면 바둑으로는 수익성은 별로야. 그런데 시간과 노력, 그리고 돈은 많이 들어. 이런 일은 국가에서도, 문화 혹은 예술단체에서도, 개인적으로도 꺼리는 일이야. 서울이나 경기도에서도 박물관은 운영이 힘들어. 돈이 안 돼."
"선생님은 체스 영화나 드라마로 제작이 될 가능성은 있다고 짐작하시는 건가요?"
"그럴 가능성은 반반이라고 봐. 우리나라는 아직 체스를 즐기는 마니아층이 많지 않아. 그러나 수출용은 가능하지 않을까?"
설명은 그리하고 있었지만 사실 난 우리나라 사람들에게 체스에 관하여 더 상세히 알리고 싶은 마음이 더 강했다.
"겨우 반반이라면서 선생님은 이런 일을 왜 하시는 거예요?"
영하의 염려스러운 물음이다.
"내가 좋아서야. 세상에는 돈을 잘 버는 것보다 자신이 하고 싶은 것 하며 사는 사람도 알게 모르게 제법 있어. 나도 그중의 한 사람이라고 보면 돼."
겉으로는 변명처럼 설명하며 속으로는 더 설명하고 있었다.

-세상일은 마음먹은 대로는 안 될 수 있어도, 생각하는 대로는 될 수 있는 거야. 왜냐면 마음은 엄청나게 앞서가지만, 생각은 그 뒤를 따라가며 현실적으로 생각하게 되거든. 나는 앞서가는

마음 뒤에 생각이 받쳐주었기 때문에 여기까지 올 수 있었지. 하나둘 현실 속에서 준비하면서. 참 오랜 시간 견디고 준비하면서 여기까지 오게 된 거야.

-나의 이 말에 덧붙인다면 마음먹는다는 건 꿈을 꾼다는 거야. 그것이 현실이든 비현실이든. 그다음 그 꿈을 향해 하나씩 준비한다면 꿈을 이룰 수 있는 거야. 다만 시간과 노력이 필요하지. 무엇을 해도 시간은 흘러가고 무엇을 안 해도 시간은 흘러가.

-나의 꿈을 이루기 위해선 주위의 도움도 필요하지. 때론 아주 가까운 사람 즉 가족이나 지인에게 고통을 주기도 하지. 말로는 아주 쉬운데 실천이 매우 어렵지. 현실처럼. 실천하기 위해선 앞에서 얘기한 것처럼 시간, 노력, 인내가 필요한데 사람들 대부분 말로 남을 평가는 잘하는데 본인은 실천 못 하는 경우가 많지.

-진짜 무엇인가 해내는 사람은 남을 함부로 평가하지 않아. 묵묵히 자기 길을 갈 뿐이야. 미래를 여는 사람은 현재에 많은 걸 말하지 않아. 그 의미를 알아듣고 이해하려는 사람이 별로 없어. 자네들이 만일 내 말을 알아듣는다면 미래를 여는 사람들이라고 할 수 있어.

"다시는 말하지 않으려고 했는데 전 정말 이해가 안 되는 부분이 있어요. 선생님은 강원도 최초의 어린이바둑교실을 열었고, 강릉에서 최초로 프로기사까지 배출했잖아요?"
내가 쓴 책을 이미 다 읽은 영하는 의아해하였다.
"그렇지. 그런데?"
"그런데 이 도시의 바둑인이라는 사람은 왜 공생하려고 하지 않고 자꾸 음해하기만 하죠? 선생님께서 표현하신 저 에쓰쓰(S3) 무리는 도대체 어떤 의도인 거죠?"
영하는 미간을 살짝 좁히고 있었다.
이런 현실을 이해하려면 내가 억지 신조어로 표현하는 에쓰쓰 성향의 인간을 한 번이라도 겪어야 한다.
"우린 시기와 질투를 하더라도 발전적으로 해야 해."
나는 미래가 있는 사람과 없는 사람을 설명하고자 했다.
"발전적으로 시기와 질투를 해요. 선생님?"
수학적으로는 풀 수 없는 표정이 영하에게 나타났다.
"자네들이 존경하는 피타고라스는 이천오백여 년 전에 자신을 단련시키라고 했어. 누굴 이기는 게 목적이 아니야. 물론 능력이 뛰어나면 다른 사람을 능가하는 건 필연으로 따르지만."
나는 잠시 생각하다 젊은 셋이 잘 아는 인물을 끌어왔다.
"좀 역설적이네요. 선생님."

"나는 시기와 질투를 하는 것은 좋다고 생각해. 하지만 그것으로 끝나면 본인의 마음만 후벼 파는 꼴이 돼. 그래서 조금쯤의 스트레스로 본인도 지금의 상황에서 더 좋아질 수 있는 환경을 만들어가라는 거야. 이를테면 한 분야의 공부를 나는 지금부터 3년간 하겠다. 등 무엇이어도 좋아. 본인이 지금보다 발전만 할 수 있다면. 바둑이나 체스를 집중적으로 공부하여 3년 후에는 어떤 경지에 도달하겠다 하는 것도 좋고. 가만히 앉아서 배 아파만 하지 말고. 바꿔말하면 그 시샘이 나의 발전의 원동력이 되게끔 만들라는 거야."
나는 여기까지 길게 말하고 다음 말은 아꼈다.

-무시와 질투는 분명 다른 거야.
무시는 능력이 부족할 때 받는 거고,
질투는 실력이 뛰어날 때 받는 거고.

영하는 내 책을 읽으며 분노도 치밀지만 안타까웠을 것이다.
에쓰쓰(S3)는 함께하는 멋진 상생은 없고, 너 죽고 나 살자 하는 살생의 의도만 있으니까.
다 설명하지 않아도 셋은 그 의미를 캐낼 수 있을 것이다.

6. 훈수꾼

6월 중순. 일요일.
나른한 오후가 시작되고 있었다. 호연이는 나룻배가 있는 곳에 자리 잡고 경포호수를 바라보며 잠시 멍때리고 있었다.
눈에 들어오는, 호수에 내리쬐는 햇살도 느끼지 못했다.
오늘은 아침 먹고 일찌감치 엄마한테 호숫가에 데려다 달라고 졸라 오전에 제법 바둑공부를 한 후 엄마가 싸준 김밥으로 혼자 점심을 해결했다. 여름으로 들어서며 오른 기온 때문에 자리를 솔밭으로 옮겨야 하나 생각하다가 호수에 넋을 놓고 있었다.
바둑공부는 접고 체스 공부하려 할 때 어제 카페에서 배운 체스의 풍차돌리기가 문득 떠올랐다. 그 수의 절차를 머릿속으로 복기하고 있었다. 신의 한 수를 먼저 떠올려보고, 다시 어제 배운 풍차에 대하여 절묘한 절차를 머릿속으로 음미하고 있었다.

-그 정도 실력을 갖추려면 나는 얼마나 어떻게 노력해야 할까.
-나는 실전에서 그런 수를 찾아낼 수 있을까.

"퀸을 희생할 때부터 풍차돌리기가 이뤄진 것이 아니야."
"그럼요?"
"그런 모양을 만들기까지의 절차가 멋진 거지."

어제 바둑선생님과의 대화가 떠올랐다.
복기를 마친 뒤 감탄만 하던 자신에게 해준 말이다.
대국자 중 한 사람은 한 나라의 체스챔피언이고, 다른 대국자는 전 세계챔피언 실력이었다.
대화는 그렇게 짧게 끝맺었고, 앞의 수들은 복기하지 않았다.
선생님은 배우려는 대상이 필요하다면 앞에서 앞으로, 그리고 뒤에서 뒤로 얼마든지 파헤쳐본다.
선생님이 대화만 그렇게 한 후 앞의 수를 복기해주지 않은 건 어른들 때문이라는 생각이 들었다.
그리고 하나 더, 거기부터 문제 풀 듯이 집중하여 풀어보라는 선생님 의도가 담겨 있다는 생각도 뒤따랐다.
풍차가 시작되는 장면까지 수의 절차를 유추해내는 것도 체스 실력 향상에 많은 도움이 될 것이다.

경포호수의 나룻배

"선생님. 이 부분에 대해 더 설명해주세요."
"아니야. 그 부분은 각자 알아봐."
"잘 몰라서 묻는 거예요."
"아니야. 하나부터 열까지 다 가르쳐주면 너흰 언제 생각해? 너흰 너희 나름대로 각자 생각하는 힘을 길러야 해."
선생님의 지도방법을 명확하게 모르는 아이와의 문답이다.

-거기까지의 수는 혼자 찾아내 보라는 의도까지?

선생님은 어떤 부분은 아주 쉽게 해설을 해주지만, 어떤 부분은 시간이 얼마가 걸리든 스스로 해결하라고 암시를 주는 경우도 종종 있었다. 호연은 수년간 바둑과 체스를 배우며 바둑선생님의 지도방법에 대해 체득하고 있었다.
선생님은 말이 없었다면, 이를테면 보충설명이 따르지 않았다면, 그렇게 되기까지의 모양 등을 각자 알아보게 했다.
앞뒤에 대해 질문해도 절대 알려주지 않았다. 특히 바둑은 포석이 진행된 채 수의 절차가 나타나지 않은 상황에서 각자 실전 진행을 유추해 보라는 문제도 가끔 내주었다. 만들어진 문제만 풀려고 하지 말고, 문제가 만들어지기까지 수의 절차도 알아내 보라고 숙제를 내주었다. 처음만 좀 어렵지 신기하게도 서서히 실전을 찾아낼 수 있었다.
초반에 어떤 정석이 왜 거기에 등장했는지, 알 수 있었다.
그러면서 바둑 실력이 부쩍 늘어갔다. 바둑은 그랬다.

-바둑은 수수가 늘어나 형태를 보며 그런 절차를 유추해내지만,
-그럼 체스는?

체스. 64칸. 기물 32개. 흑-16개. 백-16개.
바둑. 361 교차점. 바둑알 361개. 흑-181개. 백-180개.

바둑보다 숫자가 훨씬 적은 체스는 사라진 기물로 인해 기보를 보지 않으면 수의 절차에 대해 알기 힘들었다.

아이는 멍때리기를 멈추었다.
햇살이 따사로운 게 아니라 따가웠다.
햇빛을 피해 자리를 옮길까 하던 생각도 잊었다.
체스판을 펴놓고 혼자 흑백을 번갈아 가며 놓아보았다.
풍차 문제까지의 과정, 그리고 형태를 얼추 유추해내고 싶었다.
가장 기본적인 오프닝으로 첫수는 백 킹 앞의 폰을 올리며 흑과 백을 번갈아 놓았다. 한 수 한 수 대국자의 의도를 생각하며 그렇게 실전처럼 유추해내는 것도 은근히 재미있다. 쉽지 않았다.
문제의 형태와 똑같이 만들기가.
아이는 그렇게 혼자 체스를 두고(?) 있을 때,
"나랑 체스 한판 둘 수 있을까?"
한 사람이 아이 앞에 앉으며 말했다.
아이는 깜짝 놀라며 앞의 어른을 바라보고 주위를 둘러보는데, 어느새 뒤에도 서너 명의 어른들이 둘러서 있었다.
아이는 그만큼 체스 복기에 집중하고 있었다.
아이가 복기에 열중하는 모습이 둘 상대가 없어 홀로 체스 두는 모습으로 비추어졌을까?

아이는 대답을 미루며 잠시 생각했다.

이 자리에서 바둑판이나 체스판을 펴놓으면 가끔 지나가던 사람이 도전해온다. 선택은 본인이 하면 된다. 보통 바둑이나 체스의 도전을 받아주지만, 지금은 풍차에 대한 수의 절차를 더 연구하고 싶었다. 그러나 그러면서 한편으론 막 떠오르는 영감을 실전에서 응용해보고 싶었다.

"네. 저랑 체스 한판 둬요."

아이는 쾌활하게 승낙하며 체스판 위의 기물을 정리하고 진형을 갖추기 시작했다.

비율로 따지면 바둑으로 도전하는 사람들은 많았지만, 체스를 두자고 하는 사람은 극히 드물었다. 같이 체스를 두면 상대는 지극히 초보인 경우가 대부분이었다. 사실 지금 대답을 망설인 것도 그런 경험이 두어 달 쌓여왔기 때문이다. 나름 풍차돌리기까지의 형태를 이리저리 맞춰가는 재미가 막 붙을 때였다.

체스 대국을 위한 진형이 갖춰진 후 어른은 아이에게 백으로 먼저 두라고 손짓을 했다.

"그럼 제가 먼저 둘까요?"

"그래. 넌 체스 배운지 얼마나 되었어?"

"몇 년 되었어요"

"그래? 그럼 내가 안 되겠는데. 일단 둬보자."

그렇게 체스 대국이 시작되었다.

아이가 생각했던 것보다 상대 어른은 체스 실력이 만만치 않아 아이는 거푸 고심하며 두어야 했다.

이때 조금 생각할라치면 훈수꾼이 한 번씩 끼어들었다.

"라이트가 나가서 체크를 불러야 하지 않을까!"

이런 식이었다.

그런데 훈수하는 수가 나쁜 건 아니었고, 의외로 체스 실력을 갖춘 사람만이 할 수 있는 훈수였다. 아이는 훈수꾼이 말하는 대로 몇 번 두면서 대국은 유리하게 전개되고 있었다. 그러나 훈수꾼의 훈수에 따라 둔 것만이 아니라 아이가 생각했을 때 그 수가 좋다는 본인의 의사에 따라 두어나갔다.

상대는 좀 빠르게 두는 편이었고, 아이는 눈에 빤히 보이는 수이지만 한 번 더 생각하는 신중함을 드러냈다.

대국의 제한시간을 따로 정해놓은 게 없었다.

아이는 대국 시간은 신경 쓰지 않았으며, 현 장면에서 더 좋은 수를 연구하는 태도로 대국했다. 그런 신중함은 바둑학원에서 정통으로 수년간 수련하며 몸에 밴 대국 태도였다.

정오가 지나고 따사로운 햇살이 무르익어갈 때 대여섯 명이 둘러서서 관전하고 있었다. 체스에 몰입된 대국자는 산책인들의 소음은 귀에 들어오지도 않는다는 모습이었다.

카페 바체프에서 차를 마시고 걷기 시작한 영하, 기정, 다은은 막 나룻배가 있는 곳에 도착했다.

나룻배 앞에는 여럿이 둘러서서 무언가를 내려다보고 있었다.

얼마 전 그 자리에서 바둑, 체스를 공부하던 호연이를 떠올린 영하는 일행보다 조금 빠른 걸음으로 그곳에 가보았다. 상황을 잠시 살핀 후 다시 돌아와 기정에게 쉿, 손가락 신호를 보내며 조금 떨어진 자리에 앉아 쉬자고 했다.

영하, 기정, 다은은 카페 ~ 오죽 한옥마을 ~ 메타세콰이어길을 지나 선교장을 돌아보고 최초의 한문소설 금오신화를 쓴 매월당 김시습 기념관에도 들렀다.

그리고 경포호수 나룻배 부근이었다.

"지금 호연이 어떤 어른과 체스를 두고 있어."
영하가 기정에게 저쪽의 분위기를 전했다.
"그래? 호연이 체스 실력이 궁금하네."
영하와 기정은 얼마 전 호연이 그 자리에서 바둑을 두고 있었기에 바둑 실력은 알고 있었다.
"그런데 왜 조용 하라고 손짓한 거야?"
기정은 의문과 질문을 같이 던진다.
"일전에 만난 강 사범님이 약간 떨어진 곳에서 그 체스 대국을 유심히 지켜보고 있었어."

"뭐야. 그럼 지난번하고 비슷한 상황이잖아?"

"그래서 조용히 물러나자는 거였어."

"그럼, 우리 한 사람씩 가서 관전하고 올까? 셋이 함께 가면 호연이나 강 사범님한테 들킬 수도 있잖아."

기정이 궁금함이 앞서는 미소와 함께 제안했다.

"그게 좋을 거야. 너부터 가서 가만히 살펴보고 와."

기정이 아이의 체스 대국을 먼저 관전하게 되었다.

"비숍으로 보호하면 좋을 거 같은데…"

구경꾼 중 그렇게 훈수하는 사람이 있었다.

아이가 잠시 생각할 때마다 중년이 한마디씩 훈수하는 걸 기정은 몇 번 들은 후 일행에게 돌아왔다.

"호연이 의외로 체스 실력이 대단한데."

"그렇지? 나도 잠깐 들여다 봤는데, 체스 두는 자세도 신중하여 보기 좋던데."

"그러고 보면 사범님이 수강생들 공부하는 자세는 똑 부러지게 지도하시나 봐. 내가 잘 아는 누구도 아주 의젓한데 말이야."

그렇게 말하며 기정은 영하의 시선을 피하고 있었다.

"잘 아는 누구…?"

영하는 되묻다가 주춤거린다.

"야!"

영하가 소리쳤다.

둘이 그렇게 익살스럽게 티격태격하는 모습을 옆에서 바라보며 다은은 깔깔거린다.

"이번엔 내가 가볼까!"

말을 남기며 다은이 걸음을 옮겼다.

호연이와 알 수 없는 어른과의 체스 대국하는 곳엔 사람이 더 모여들어 관전하며 붐비고 있었다.

-이 많은 사람이 모두 체스를 안다는 건가?

다은은 놀랍기도 하고 어리둥절하며 간신히 사람들 틈 뒤에서 형세를 살펴볼 수 있었다.

"저기 체크 하면 체크메이트 되는 것 아닌가?"

구경꾼 틈에서 모호하게 훈수하는 목소리가 들린다.

체스는 이미 엔드게임으로 들어가 판 위에 기물도 별로 없었다.

다은이 형세를 살폈을 때 백을 잡은 아이가 많이 유리했다.

아이는 훈수한 사람을 한 번 쳐다보더니 비숍을 이동하여 체크 하고, 백 비숍을 노려보던 상대는 "잘 두네." 하면서 아이에게 악수를 청했다.

"저랑 한 판 두시겠습니까?"

흑의 대국자는 줄기차게 훈수하던 훈수꾼을 쳐다보고 있었다. 화난 표정도 뭔가 억울한 표정도 아닌, 아이에게 체스 대국을 패배했으나 오히려 얼굴엔 엷은 미소까지 띠고 있었다. 관전자가 옆에서 훈수인 듯 아닌 듯 툭 툭 한마디씩 던진다면 그 통에 신경 쓰였을 법하다. 그러나 그 사내는 아이와 대국한 뒤라 그런지 덤덤하며 오히려 미소를 머금고 있었다. 어지간한 성격이라면 대국 후 조금쯤 신경질적인 반응을 보여도 관전자 모두 다 이해할만한 정황이었다.

"그럼 체스보다는 혹시 바둑 둘 줄 아십니까?"

아이의 상대였던 중년 사내는 훈수꾼이 머뭇거리며 별 반응이 없자, 체스에서 바둑으로 옮겨 묻고 있었다.

"바둑을 두자는 겁니까?"

훈수꾼은 체스는 짬짬이 훈수를 했었으나 직접 대국은 자신이 없다는 태도에서 바둑이라는 말에 솔깃한 반응을 보였다.

"네. 전 바둑도 좀 둘 줄 압니다만."

아이의 체스 대국자는 은근한 미소를 지어 보이며 바둑을 안다고 자부심을 드러냈다. 그의 태도는 초·중급자들의 자기 실력 자랑 같은, 누가 봐도 좀 어설픈 모습이었다.

훈수꾼은 입맛을 다시며 아이를 쳐다보았다.

"너는 빠지고 이 아저씨랑 나랑 바둑 한판 둬도 되겠니?"

분위기가 묘하게 돌아가며 감추고 싶어도 감춰지지 않는 웃음을 참는 얼굴로 훈수꾼이 아이에게 묻는다.

다시 말하면 아이에게 잠시 바둑판을 내놓으라는 주문이었다.

"네. 그렇게 하세요."

아이는 선선히 응했다.

"몇 급 두세요?" 훈수꾼이 묻고,

"급수랄게 있나요. 그저 동네 바둑이지요. 하하" 웃는 사내.

"그럼 서로 실력도 모르니까 호선으로 한번 둬볼까요?"

훈수꾼이 먼저 제안했다.

"호선이라면 돌 가리는 것을 말하는 거죠?" 사내의 물음.

"네. 흑을 가진 사람이 덤을 여섯 집 반을 주는 것으로 하고 돌을 가립시다."

훈수꾼의 신청.

"그럼 돌 가리기하고 두는데 그냥 두면 싱거우니까 우리 만 원짜리 내기는 어떻습니까?"

사내가 은근한 음성으로 내기바둑을 제안한다.

체스 대국자 사내의 제안에 훈수꾼은 주위를 한번 둘러보았다. 얼핏 십여 명의 관전자가 자신에게 시선을 집중하고 있다는 걸 감지했다.

꼬리를 바로 내리려니 체스를 훈수하던 처지라 체면을 구기고, 내기바둑을 두려니 왠지 엮이는 것 같은 느낌을 하고 있었다.
"우린 서로 초면이면서 실력도 모르는데 내기바둑을 둬요? 더구나 아이가 보는 앞에서!"
훈수꾼이 좀 내키지 않는 표정을 지으며 한발 물러난다.
"아이한테는 미안하지만, 좋은 관전 거리를 제공하는 것이고, 서로 실력을 모르니까 내기하면 긴장감으로 더 재미있겠지요."
사내는 싱긋이 웃으며 훈수꾼에게 내기를 부추기고 있었다.
사내는 어설픈 실력이지만 내기를 좋아하는 투로 나왔다.
주위를 쓱 둘러보며 자랑거리라도 내보인 자세를 취했다.
"실례지만 강릉 분인가요?" 훈수꾼의 질문.
"아닙니다. 전 서울에서 놀러 왔습니다. 댁은 어디 신가요?"
사내도 응답과 질문,
"저도 멀리서 강릉에 놀러 온 사람입니다."
두 사람의 대화에서 강릉 사람들이 아니란 게 드러났다.
"저도 이 아이 만한 아들이 있는데 내기는 아닌 것 같아요."
훈수꾼이 어두운 표정으로 대응했다.
"아까 아이와의 체스 대국도 만일 내기가 걸렸으면 내가 좀 더 신중하게 두어서 이겼을 겁니다."
사내는 은근히 체스까지 들먹이며 으쓱거리듯 내기를 조른다.

체스 훈수하던 태도는 어디 갔느냐는 빈정거림도 들어 있었다.
사내가 먼저 만 원짜리 지폐 한 장을 꺼내 바둑판 옆에 놓는다.
훈수꾼은 미심쩍어하면서 못마땅한 얼굴로 만 원권 지폐를 꺼내 지폐 위에 포개어 놓는다.
아이는 공부하던 자리에서 옆으로 물러나고 이방인들끼리 만 원짜리 내기바둑이 벌어졌다.

다은이 잠깐 살피고 온다더니 계속 관전자 무리에 어울려 있자, 기정과 영하도 그 옆으로 다가갔다.
아이가 둘을 직접 봐도 금방 눈치채지 못하도록 영하와 기정은 변장하고 있었다.
영하는 대국 때처럼 모습은 아니었으나, 본인이 밝히기 전에는 알아보기 힘들었다. 우선 눈동자가 어딜 향하는지 알 수 없는 짙은 선글라스를 끼고 있었다. 머리의 옆과 뒤, 옆얼굴도 가려지는 여름 모자를 쓰고 있었다. 기정도 비슷한 차림이었다.
일전 러시아인 선수 디마를 따라왔던 러시아인들이 모두 강릉에 거주한다는 소식을 듣고 기정이 제안한 눈가림용 변장이었다.
아이는 물론 강 사범도 가까이 간 둘을 알아차리지 못했다.
강 사범이 알아본다 해도 카페에서 배 사범이 서로 누군지 소개하지 않아 별 의미는 없었다.

사내와 훈수꾼은 바둑을 좀 빠르게 두어나갔다.
아이가 관전하며 느낀 건 두 대국자 실력이 3~4급은 충분했다.
그러나 냉정하게 살피면 사내가 훨씬 고수로 느껴졌다. 사내는 포석과 중반 전투에서 전체적으로 상대에게 엇비슷하게 맞추어 주는 느낌을 주고 있었다. 그러다 중요한 장면에서는 독수리가 병아리를 낚아채듯 재빠른 손놀림으로 정확하게 모양의 급소에 꽂아 넣었다.

-오, 상당한 고수의 손놀림이다.

사내는 실력을 감추며 절제하다가 자신도 모르게 평소의 대국 태도와 실력이 나온 듯했다.
아이는 그걸 느끼고 있는데 훈수꾼은 아는지 모르는지 열심히 두고 있었다. 평소 그렇게 두는 건지 관전자가 많아 긴장감으로 그러는 건지 알 순 없지만, 사내의 손 따라 빠르게 두고 있었다.
아이는 체스 실력은 아직 내세울 게 없었다.
그러나 바둑은 유단자로 그런 정도는 눈치채고 있었다.
학원에서 고급자가 저급자를 다루는 수준으로 사내는 훈수꾼의 수준에 맞춰가며 두고 있다는 느낌이 강했다.

-어른은 바둑 한판도 돈을 따려는 목적으로 두나?
-돈을 따기 위해서는 실력도 조절하며 속이나?

아이는 그런 생각으로 관전하는 마음이 좀 불편했다. 한편으로 정말 아까 체스도 사내가 일부러 진 것은 아닐까 하는 의심도 들었다.
중반전의 큰 전투에서 훈수꾼은 한 수 부족으로 대마가 잡히자, 빨리 두던 손길을 멈추고 형세를 살피고 있었다.
상대의 실수를 바라는 게 아니라면 더 두는 의미가 없었다.
아이가 판단할 때 죽기 살기의 큰 전투가 벌어지지 않았다면 이 바둑은 수준을 맞춰가며 계가까지 끌고 갔을 것으로 짐작했다.
훈수꾼은 별말 없이 돌을 거두며 아이의 눈치를 살피고 있었다.
"이젠 저도 공부해야 해요."
아이는 냉정한 얼굴로 그렇게 말했다.
훈수꾼이 자신을 쳐다보는 의미를 알기 때문이었다.
아이가 그렇게 하는 특별한 이유가 있었다. 아이가 판단할 때 계속 두게 하면 훈수꾼은 돈을 더 잃게 될 것으로 내다봤다.
"아쉽지만 오늘은 여기까지 해야겠습니다."
사내는 지폐를 집어넣으며 웃는 얼굴로 말했다.
"오늘 체스 대국 즐거웠어."

아이에게 그렇게 말한 사내는 잠깐 훈수꾼을 쳐다보고 일어서서 경포대 방향으로 걸어갔다.

아이만 사내가 실력을 숨기고 훈수꾼의 수준에 맞추며 두는 걸 눈치챈 게 아니라 기정과 영하도 감지하고 있었다.
우선 본인의 수준보다도 더 엉성한 듯 바둑돌을 놓던 손놀림이 위기라고 느끼는 장면에선 돌이 착착 감기는 동작을 취했다.
그렇게 맵시 있게 착수하는 손놀림은 바둑돌을 자유자재로 다룬 고수 수준에서나 볼 수 있는 모습이었다.
기정과 영하는 그가 고수라고 느낄 때 그 사내 뒤를 쫓는 사람이 있었다.
강 사범이었다.

-무슨 일일까?

기정은 영하의 어깨를 한번 툭 치더니 산책객들에 묻혀가며 그 뒤를 따라갔다.
"기정 오빠가 왜 그러죠?"
다은이 영하에게 의문투성이 음성으로 묻는다.
"내기바둑에 어떤 흑막이 있는지 궁금했을 거야."

영하가 관전자 무리에서 떨어지며 말했다.

영하와 다은은 느릿한 걸음으로 기정이 간 방향으로 갔다.

강 사범은 대국 장소에서 멀어져가는 사내를 적당한 거리에서 쫓아갔다. 아이의 시선이 닿지 않는 100미터쯤의 거리에서 사내 앞을 가로막았다.

"잠깐 대화 좀 할 수 있을까요?"

강 사범이 두 손을 가슴께로 올리며 손바닥이 그를 향했으나, 사내의 걷는 기세에 몇 걸음 뒤로 밀려야 했다.

"누구시죠?"

사내는 걸음을 멈추고 강 사범을 쳐다보며 아는 사람인가? 기억해내려고 애쓰는 얼굴이었다.

"아, 오늘 처음 보는 사람인데 잠깐 대화 좀 하고자 합니다. 내가 방금 댁의 행동을 잘 파악하고 있습니다. 물론 푼돈이라도 건지기 위해 그러셨을 거라고 짐작은 합니다만, 아이의 장래를 위해서라도 한 번만 더 아이와 대국해주시길 부탁드립니다."

"무슨 말씀인지 전 이해가 안 됩니다."

사내는 시치미를 뗐다.

"이러지 마시고 아이 장래를 위하여 한 번 더 대국해주십시오. 아니면 저에게 다섯 점으로 내기바둑을 한 번 두시던가요?"

강 사범은 충격적인 말을 하고 있었다.

사내는 흠칫 놀라는 기색이었다.

강 사범을 위아래로 살펴보았다. 어딘지 몸이 좀 불편한 장년으로 보이지만 눈빛만큼은 젊은이 못지않은 기운이 느껴졌다.

허투루 하는 말이 아니라는 것을 사내도 직감으로 알아차렸다.

"칠십 줄의 내가 다시 한번 간청하건대 그렇게 해주시오. 지금 그렇게 하시면 마음이 후련하실 거고, 그렇게 안 하시면 두고두고 마음이 불편하실 겁니다. 내가 칠십여 년 살아 보니 그럴 것이라는 짐작이 갑니다."

사내는 앞을 가로막은 장년의 말을 들으며 곤혹스러운 표정을 짓고 있었다.

아이와 제 실력을 발휘하여 바둑 한판을 두라는 의미였다.

아까 본인이 대국할 때 아이가 뭔가 이상하다는 느낌으로 자꾸 자신의 얼굴과 바둑판을 번갈아 본 것이 마음에 걸리기는 했다. 본인도 그만한 자식을 키우고 있었다.

-앞뒤 없이 말하는 이 사람은 고수다.

사내는 장년에게서 전해지는 고수의 품격을 느낄 수 있었다.

실력을 감추고 상대 수준에 맞춰두다 위급한 장면에선 날카롭게 유리한 쪽으로 돌려놓는 수를 몇 수 둔 것은 사실이었다.
체스는 장담할 순 없지만, 바둑은 포석 몇 수만 두어도 상대의 실력을 어느 정도 간파할 수 있다. 둘러선 관전자 중 다른 사람은 몰라도 아이는 내 바둑 실력을 눈치챈 것 같았다. 그 사람과 꼭 내기바둑을 두려고 한 건 아니었다. 풍광 좋은 경포 호수길을 산책하던 중 발견한 체스판을 보고 반가웠다. 아이와 모처럼 체스 한판을 즐기려던 참이었다. 그런데 그는 체스 대국 내내 훈수가 아닌 것처럼 훈수하며 신경을 거슬리게 했다. 사실 아이와 체스보다 바둑을 한판 두고 싶었다. 체스 훈수하던 상대가 나보다 바둑이 하수라고 장담할 순 없었지만, 고수는 아니라는 느낌은 확실했다. 고수는 체스든 바둑이든 남의 대국에 대국자 신경 거슬리는 언행을 함부로 하지 않는다. 물론 성격적인 부분도 작용하겠지만 바둑의 품격을 지닌 고수는 처음 보는 대국자의 대국을 방해하지 않고 조용히 관전한다.
"아이와 바둑 한판 두면 되는 겁니까?"
사내는 결심했다.
"그렇소. 아이와 댁은 바둑을 누가 더 잘 두는지는 모르겠소. 바둑 한판 두고 반드시 복기도 해주시면 고맙겠습니다."
"어르신이 이러시는 이유를 물어도 될까요?"
"다른 건 없소. 댁이 이곳에 바둑과 체스 공부하러 나온 아이의 시간을 뺏은 대가요."

"알겠습니다. 아이 실력도 만만찮을 것 같던데…"

사내는 그렇게 말하며 돌아섰다.

"부탁이 하나 더 있소."

강 사범은 사내 옆에서 걸으며 말했다.

"말씀해보십시오."

"지금부터는 나를 아는 체하지 마십시오."

"그럼 대국이 끝난 후 복기하고 그냥 가면 되나요?"

"그렇게만 해주시면 정말 고맙겠습니다."

"아이하곤 어떤 사이죠?"

"아무 사이도 아닙니다. 아이가 바둑공부를 하고 싶어서 여기 호수에 나오는데 실력 있는 분들이 한 수 가르쳐주면 좋지요."

기정, 영하, 다은, 강 사범과 사내의 대화 내용을 대부분 옆에서 듣고 다시 아이가 있는 곳으로 갔다. 아이 주변에 둘러서 있던 사람은 모두 흩어지고 아이 혼자 체스를 연구하고 있었다.

"다시 왔네. 하하. 사실 아까 너하고 바둑 한판 두고 싶었어. 어때? 나하고 한판 둘까?"

아이는 사내를 바라보며 어리둥절한 표정이었다.

"저랑 바둑 두시려고 다시 오신 건가요?"

"응. 난 시간이 괜찮은데 넌 시간이 어때?"

"지금은 괜찮은데 조금 있으면 엄마가 오실 거에요."

"아하. 이제 집에 가려는 구나?"

"네."

"그럼 엄마 오실 때까지만 둘까?"

아이는 망설이고 있었다.

바둑은 나보다 고수라고 느껴져 한 수 배우고 싶었다.

오전에 바둑공부를 했고, 지금 체스 연구를 하던 중이다.

"한 수 가르쳐주세요."

"아니야. 내가 가르쳐 줄 실력은 안 되고 그냥 한판 둬보자."

그렇게 사내와 아이는 바둑이 시작되었다.

멀찌감치에서 바라보던 셋은 또 의아한 모습을 보게 되었다.

그토록 아이와 사내가 바둑을 두도록 만든 강 사범은 그 근처에 가지 않았다. 좀 떨어진 곳에서 앉았다가 아이 뒤로 왔다 갔다 하며 대국 내용을 살피고 있었다.

-강 사범은 아이가 무엇을 얻고자 저런 노력을 할까?

지난번과 유사한 광경을 바라보는 기정과 영하는 아이에게 들키지 않으며 저런 행동을 하는 강 사범을 이해하지 못했다.

그런 광경을 살피던 기정이 먼저 돌아섰다.

"우린 우리가 가려던 경포해변으로 가자."

한편으론 강 사범을 지켜보고 다른 편으론 호연이 사내와 바둑 대국하는 광경을 지켜보며 셋은 경포호수 나룻배 부근에 앉아 잠시 오후의 나른함을 즐기고 있었다.

강 사범이 아이 뒤에서 수시로 오가며 대국 내용을 살피고 있어서 들키지 않고 아이의 대국을 관전할 수 없었다. 관전객들이 흩어진 후 아이와 사내의 바둑 대국에는 아직 관전자가 없었다. 6월 중순 일요일 낮 호숫가에는 관광객들과 강릉의 산책인들이 활기차게 움직이고 있었다. 기정과 영하는 호숫가에서 여러 번 산책한 터라 산책하는 강릉인과 관광객을 식별할 수 있었다.

"저분은 누구예요?"

다은이 이제야 생각난 듯 묻는다.

"흘러간 바둑고수라고 선생님이 알려주셨어."

"저분은 아이에게 신분을 노출 시키지 않으려고 노력하는데, 오빠들은 왜 저분한테 신분을 드러내지 않으려고 해요?"

"강릉에서 우리 신분을 노출 시켜서 좋을 게 하나도 없으니까 그저 조심하는 거지. 별 의미는 없어."

이번엔 기정이 그렇게 얼버무리며 발걸음을 떼었다.

누가 도전자인가?

"다은이도 저 마차 한 번 타볼래?"
기정이 옆을 지나가는 마차를 보며 물었다.
해변에 도착하기 전에 마차를 타고 호수를 한 바퀴 도는 것도 재미있을 것 같았다.
"마차는 다음에 타고 나는 빨리 경포해변에 가고 싶어요."
그런 대화하며 걷고 있을 때 기정의 휴대전화가 울렸다.

"보스. 잘 지내시죠?
보스 k의 전화였다.
"진. 잘 지내고 있습니까?"
"네. 전 잘 지내는데, 조사는 잘 되어 갑니까? 보스"
기정은 지난주 체스 도난 사건의 진전을 묻는다.
기정이 넘겨준 정보는 보스에게는 엄청난 자료일 것이었다.
"잘 될 겁니다. 진. 덕분에 곧 좋은 소식도 올 겁니다."
보스의 음성이 매우 흡족하게 들렸다.
"좋은 소식 기다리겠습니다."
기정은 좋은 소식이라는 단어를 포괄적으로 말하며 보스의 다음 말을 기다리고 있었다.

"철학자는 강원도에서 잘 지내고 있겠지요? 진."
보스가 영하(철학자)의 안부를 묻는 말에 기정은 아, 경기인가? 라고 지레짐작하고 있었다.
"네. 보스 친구는 잘 지냅니다."
기정은 먼저 묻고 싶었으나, 괜히 먼저 나서는 것 같아 대화가 살짝 겉돌긴 하지만 또 기다린다.
"진. 혹시 1주일 후 철학자가 경기를 할 수 있을까요?"
보스는 다시 기름진 음성으로 돌아와 나직하게 묻는다.
기정은 옆에서 걷고 있는 다은이 신경 쓰여서 좀 빠르게 걸으며 앞서나갔다.
영하가 세계적인 큰 내기 체스 경기를 하는 줄 다은은 모른다. 문화교류 격으로 방한하는 외국인을 상대로 그저 친선 겸 작은 상금 정도 걸고 하는 줄 알고 있었다. 미 문화원에서 근무하는 기정의 선배가 부탁하여 비용을 받으며 봉사한다고 둘러놓았다.
"경기가… 또 잡혔나요? 이제 1주일밖에… 안 되었는데."
기정은 저번 자료에서 보충하여 뭔가 어려운 부분을 더 부탁하려나 기다렸는데 뜻밖이었다. 기정은 경기가 벌어진다는 반가움보다 통화하면서 머리 한쪽으로는 염려가 되었다.

-지금 다은이 곁에 있는데…

-지금 상황은 영하도 별일 없이 경기에 임하겠지만, 다은은?

이렇게 빠르게 경기가 다시 벌어진다고 예상 못 하고 있었다.
그 바람에 좀 버벅거리며 물음의 앞뒤가 바뀌고 있었다.
"진. 나도 놀라고 있습니다. 그간 전례는 경기를 치르면 다음 경기는 적어도 2~3개월 뒤에 열렸습니다."
"…그래요? 그런데 보스 지금은 왜 그런 거죠?"
"우리의 솔… 하하하. 체스 철학자 때문입니다."
보스는 말하다 순간 한 번 웃어준다.
솔로라고 발음하려다 실수라고 느껴 웃음으로 때운다.
영하를 최대한 높여 예우하는 의미로 늘 호칭하던 솔로보다는 체스 철학자로 품격을 높이려고 보스가 애쓰는 걸 느낄 수 있는 대목이었다.
"철학자 때문이라고요?"
묻는 기정은 이번엔 영하에게 또 어떤 사연이?
"체스 괴물이라는 솔로에서 '체스의 필로소퍼'라는 찬사를 받았다는 소문이 우리 세계에서 빠르게 돌고 있습니다. 그동안 베팅만 하고 관전을 못 한 후원자나 관전도 베팅도 못 해본 후원자들이 이번에 경기가 성사되면 한국에 들어온다고 합니다."
보스는 비교적 길게 설명해준다.

-개성과 실력을 인정하는 찬사로 체스의 철학자?
-세계가 알아주는 강자가 직접 대국 후 개성과 실력을 인정하며 그런 영광의 칭호를 헌정하였다고 빠르게 소문이 돈다고?
-찬사를 받는 인물과 맞닥뜨리기 위하여 한국에 입국한다고?
-그렇다면 뭔가?
-체스 철학자를 이길만한 강자가 출전한다는 의미가 아닌가?

기정은 보스의 얘길 듣고 머릿속이 잠시 혼란스러웠다.
품격을 높여주고 실력을 인정해주는 건 좋으나, 강자로 인정한 그 실력자를 이길 선수가 대한민국에 온다는 것이 아닌가?
 "그럼 이번엔 러시아의 알렉산드르보다 더 강한 강자가 도전해 오는 겁니까?"
기정은 일부러 도전이라는 단어를 골랐다.
보스가 어떤 반응을 보일지 궁금했다.
 "도전? 하하하. 전엔 솔로로서 미지의 세계에 도전했지만, 이젠 철학자로서 도전을 받는다는 의미를 부여하는 겁니까? 진은?"
보스는 웃으며 도전의 의미를 되묻는다.

-안개 속에서 주춤거리며 한 발씩 내딛던 체스계에 철학자라는 칭호를 얻으며 이젠 저만큼 위의 단계에 올라 있다.

-그러므로 너희가 안개 속에서 주춤거리며 내게로 와 도전하라.

보스는 은연중 이런 흐름을 말하고 싶은 거냐고 되묻고 있었다.
"보스 전 이제 상황이 그렇게 바뀌었다고 생각합니다."
도전이라는 단어를 꺼낼 때부터 기정은 당당함을 가졌다.
적어도 영하가 새로운 강자에게 패배할 때까지는.
도전하다가, 도전받는 위치에 있다는 것을 은근히 강조했다.
"하하하. 진. 나도 그렇게 생각하오. 하지만 저들은 도전이라는 단어보다는 자신들이 체스의 참맛을 보여주겠다고 벼르는 중일 겁니다. 누구의 말이나 누구의 생각이 어떻든 이번 경기가 왜 솔리터리(solitary-운둔자)에서, 필로소퍼(philosopher-철학자)가 되었는지 실력을 입증할 수 있다면 위상도 더 높아질 겁니다."
보스는 남들이 떠드는 말이나 생각이 중요치 않으며 실력으로 보여주면 된다는 논리였다.
그런 보스의 말 속에는 오로지 경기의 성사였다.

-앞선 선수보다 더욱 센 강자들이 도전하는데, 보스는 이번에도 영하에게 맥시멈으로 베팅할까?
-이번에도 영하에게 베팅할 수 있을까?

기정은 대화 속에 느닷없이 그게 궁금해졌다.
보스가 영하의 위상을 높이려고 우리들의 리그전에 참가시키는 것은 분명 아니었다. 돈 놓고 돈 먹기의 체스 경기에서 실력의 높낮이와 돈의 흐름만 볼 것이었다. 겨루기 대상에 대해 실력을 면밀하게 파악하고 있을 보스는 그런 눈높이로 관찰할 터였다.

-굳이 영하에게 꼭 베팅할 필요나 규정이 따로 있나?
저번 보스의 설명은 본인이 내세운 선수에게 맥시멈으로 베팅할 수 있으며, 미니멈 즉 최소한도로 베팅할 수도 있다고만 했다.
-출전선수 후원자 1인, 미니멈-50만 불. 맥시멈-100만 불.
기정은 베팅액수를 정확하게 기억하고 있었다.
만만하거나 쉽게 생각할 금액이 결코 아니다.
-그런데 이번엔 영하를 본인의 선수로 내세우지 않고 중립적인 입장에서 도전자 중 강자에게 베팅한다면?
-이번 경기는 본인이 의도치 않았다고 하면서 그렇게 빠져나가 다른 누군가에게 베팅할 수도 있지 않은가?
-아닌가?

영하가 경기에 출전하면 보스가 대국료를 지급해야 한다.
자연스레 보스의 선수로 참가하는 것이 된다. 기정은 엉뚱하게 아니라면(?) 쓸데없는(?) 상상을 하면서 조금쯤 뒤에서 따라오는 영하와 다은을 뒤돌아 살펴보았다.

-이번엔 영하에게 참가 여부를 물어봐야 하나?

앞으로 1주일 후, 영하의 일정을 기정은 명확하게 알지 못한다.
"보스. 이번엔 참가 선수가 몇 명입니까?"
기정은 오래 통화하면서 다은이 신경 쓰였다.
영하와 다은은 저만큼에서 대화 속에 웃으며 따라오고 있었다.
"진. 사실 나도 아직 정확한 인원은 알 수 없습니다. 참여 의사가 있는 후원자가 대여섯 명 정도로만 알고 있습니다."
보스의 응답을 들으며 기정은 그럴 것이라는 생각을 했다.
후원자끼리도 서로 눈치도 볼 것이며, 자신 있는 자만이 먼저 참가 의사를 밝힐 것이다. 체스 대국은 드러내놓고 진행하지만, 경기 전까진 깜깜이 진행일 것으로 짐작되었다. 어느 후원자가 어떤 선수를 내세웠다는 것쯤 서로 알까? 모를까?
"보스. 언제까지 대답해야 합니까?"
"진. 내일 중으로 안 되겠습니까?"
"친구에게 참가 여부를 알아봐야 합니다. 대국 장소와 대국료 등 친구한테 협상할 카드를 먼저 주십시오."

기정은 그렇게 말하며 내가 좀 노련해졌나' 라는 생각으로 웃음이 나왔다.

"장소는 솔로… 필로소퍼 때문에 강릉으로 굳어져 있습니다. 대국료는 지금까지의 금액보다 100% 상향 조정된 금액을 지급할 예정입니다."

솔로라고 발음하다 필로소퍼로 수정했다. 아직 익숙한 솔로에서 한층 더 예우하는 차원으로 탈바꿈하기가 쉽지 않게 느껴진다.

-100% 상향 조정된 금액?
-그렇다면 승=10만 불. 패=6만 불?

기정은 얼른 계산해냈다.

"보스. 리그나 토너먼트에 상관없이 경기의 한 대국마다 적용되는 대국료입니까?"

"그렇습니다. 진."

"보스. 제가 한 번 더 확인하겠습니다. 1국당 승리는 10만 불, 패배는 6만 불이 맞습니까?"

"맞습니다. 진."

보스는 대답이 짧고 명확하다.

"보스. 그럼 다시 하나만 더, 리그나 토너에서 만일 우승한다면 상여금은 없습니까?"

"하하하. 진. 좋은 질문입니다. 우승 상여금 더 만들겠습니다. 참가자가 4~5인일 때 우승하면 10만 달러를 더 지급하겠습니다. 경기만 성사되게 철학자와 잘 협상해보십시오."

보스는 미리 생각해놓은 것처럼 화통했다.

-우승할 수만 있다면 상여금 정도야 얼마든지.

보스의 계산은 그럴 것이다.

기정은 다음 말을 꺼내려니 웃음 먼저 나왔다.

"보스 매니저 몫은 없습니까?"

"하하하. 진. 당연히 있지요. 역시 100% 상향금액입니다."

보스는 오히려 그 얘길 기다린 듯이 웃는다.

적지 않은 금액이지만, 상대적으로 좀 적게 느껴지는지 영하의 금액을 화끈하게 말할 때와는 다르게 분위기가 처지고 있었다.

-우승=2만 불. 패=1만 불이었는데, 100% 상향?

-그렇다면 이번에는 우승=4만 불. 패=2만 불?

기정은 매니저 비용으로 일단 2만 달러 확보지만, 이번엔 왠지 괴리감을 느끼고 있었다. 통역 겸 매니저 비용은 대국당 승패에 의하여 액수가 결정되는 것이 아니라 경기당 계산한 비용이다. 흔한 말로 나쁘진 않지만 좀 미흡한 느낌이었다.
"진. 섭섭합니까? 왜 말이 없나요?"
보스는 기정의 대답을 기다리다 먼저 묻는다.
그도 기정과 유사한 느낌의 음성이 들어 있었다.
"아닙니다. 보스 전… 좋습니다."
기정은 조금 더 깊이 생각했다.
우승했을 때 보다 승리했을 때로 수당 지급을 요구하고 싶었다.

-영하가 패배하여 보스가 상금을 가져오지 못한다면?

보스는 이중 삼중의 손실을 보게 된다. 지금까지는 영하가 계속 승리했기에 한쪽으로 기울게 계산하고 있던 자신을 발견했다. 욕심이 늘 화근이며, 그보다 더 많은 걸 노리기에 주어진 것에 대한 기쁨을 마음 가득 느끼지도 못하고 누리지도 못한다.
"보스. 친구가 경기에 참여한다고 결정하면 경기는 확실하게 열리는 겁니까?"
기정은 더 시간 끌 필요가 없었다.
"그렇습니다. 진. 저쪽은 철학자가 참가하지 않아도 자기들끼리라도 경기를 열 것입니다."

"그래요? 그럼 친구가 참가하겠다면 우리나라로 입국하는 거고 만일 친구가 불참하면 외국 어디선가 늘 하던 대로 경기를 열겠다는 건가요?"

"맞습니다. 진. 그러나 저들은 우리의 필로소퍼와 대국하기를 갈망하고 있습니다."

"알겠습니다. 보스 내가 오늘이라도 가능하면 친구에게 의사타진 후 바로 연락하겠습니다."

"진. 언제나 수고가 많습니다. 경기가 성사되게 부탁합니다."

기정은 통화를 마치고 천천히 걸으며 일행과 보조를 맞췄다.
기정은 다은이 안 보는 틈을 타서 고개를 아래위로 한번 주억거리며 영하에게 경기가 열린다는 신호를 보냈다. 누구 전화인지 영하도 알고 있었으므로, 어떤 내용인지 두 가지라고 짐작하고 있었다. 만일 저번에 건네준 자료에 대한 다른 부탁이면 다은도 그때 동행했기 때문에 말로 할 텐데, 살짝 신호만 보내는 것은 통화내용을 궁금해하는 영하를 배려하여 체스 경기를 알렸다.
셋은 호수 나룻배에서 15분 남짓 걸려 경포해변에 닿았다.
다은이 먼저 신이 나서 바다를 향해 뛰어간다.
기정과 영하는 조금 처진 곳에서 다은을 지켜보고 있었다.

"다음 주 월요일쯤에 경기가 열린다는데, 참가할 거지?"

기정은 은근 참가하라는 투로 밀었다.
"그래? 어디서?"
영하는 다은이 신발을 양손에 들고 밀려오는 파도를 이리저리 피하는 모습을 보며 묻는다.
다은의 천진한 모습에 영하는 문득 미래 생각이 났다.

-미국에서 대학원 진학에 대한 일 처리가 끝나지 않았을까?
-미래가 보고 싶다!

"여기 강릉에서. 대국료를 100% 인상하겠대."
기정은 일부러 활짝 웃는다.
"오 정말? 이번엔 몇 명이야?"
영하는 인상된 대국료에 관심을 보였으나 그건 기정이 말했기 때문에 관심을 더 드러낸 것에 지나지 않았다.
체스 대국에 승리하여 전리품으로 대국료를 받는 것도 좋지만, 자신이 AI와 대결하며 연구하고 배운 수법을 실전에서 대국하며 응용하는 재미가 컸다. 어쩌면 미세한 실력 차이에서 반드시 이기고자 하는 탐승을 외면하고 겨루기에 들어간 깨끗한 마음이 승률을 더 높일 수도 있는 경우이다. 승리에서 따라오는 전리품 수당은 부수적인 것. 승부에 집착하지 않고 대국에 임할 수 있다는 것은 가히 축복이다.

"보스도 아직 정확한 참가인원은 모르지만, 5~6명 정도를 예상하긴 했어."

"경기에 출전한다고 보스에게 알려."

영하는 경포해변에서 밀려오고 밀려가는 파도 따라 소리 지르며 이리저리 뛰어다니는 다은을 바라보며 말했다.

영하는 문득 미래가 더욱 보고 싶다는 생각이 들었으나, 다은을 바라보는 기정의 얼굴에 가득한 웃음을 보며 위안 삼았다.

다음날.

"보스, 여긴 강릉입니다. 친구가 경기에 출전한답니다."

"오, 수고했어요. 진. 변동 사항이 생기면 바로 연락하겠습니다. 진. 어떻게 할까요? 오늘부터 한옥마을에 숙소를 예약할까요?"

보스의 음성에서 기쁨이 묻어나고 있었다.

"아닙니다. 제가 알아서 하겠습니다."

기정은 강릉에 더 머물 예정이지만 체스 경기가 열리는 기간도 아닌데 굳이 보스의 신세를 질 필요가 없었다.

"알겠습니다. 진. 숙소가 필요하면 바로 연락 주세요."

보스의 음성에서 즐거움이 뚝뚝 떨어지는 느낌이었다.

6. 눈치 싸움

 6월 하순으로 가는 길목의 토요일 오후.
외국의 한국 관광 및 문화교류단 명목으로 11명이 입국했다.
서울에서 보스 외 1명이 합류하여 총 13명이 강릉에 도착했다.
경기에 출전할 선수는 5명인데 후원 및 진행자는 10명이었다.
이번에는 인원이 많아서인지 미문화원의 직원이라는 윌리엄도
동행하여 보스의 지시에 따라 교류단에 도움을 주고 있었다.
그중에는 보스 케빈의 절친이라는 제프리도 입국했다.
보스가 예약한 오죽 한옥마을에 여장을 푼 후, 보스는 한옥마을
한가운데 자리 잡은 사물재에 모두 모이게 했다.
한옥마을이 좋은 점은 30여 명도 모이는 사물재가 있어서다.
 "반갑습니다. 여러분. 다시 한번 인사드리겠습니다.
저는 대한민국 서울 주재의 미문화원에 근무하는 케빈입니다."

보스는 사물재 앉은뱅이 다탁에 2열로 앉아 있는 명색만 교류단을 향해 가벼운 인사를 했다.

입국자 11명. 보스와 직원 2명. 기정과 영하까지 15명이었다.

입국자 대부분 안면이 트인 사이라는 보스의 귀띔이 있었다.

"멀리 날아오시고 또 멀리 달려왔습니다. 대한민국의 아름다운 도시 강릉에 오신 것을 환영합니다."

보스는 가볍게 손뼉 치는 소리가 잦아들기를 기다린다.

"여러분은 대한민국과 문화교류가 목적으로 내한한 것입니다. 경기 중 모든 일정을 책임진 저를 그저 보스라고 불러주십시오. 이 친구는 윌리엄이며 문화원에서 같이 근무합니다."

보스의 인사와 안내 말에 다시 토닥거리며 손뼉 치는 소리가 들리고 "오, 보스"라고 부르는 소리도 들린다.

"먼저 대한민국 강릉의 산속에서 홀로 AI와 대국하고 연구하며 실력을 키운 '체스의 철학자'를 소개하겠습니다. 여러분."

보스는 제일 먼저 영하를 소개했다.

"멀리 오셨습니다. 반갑습니다."

영하는 그냥 앉은 자리에서 고개만 꾸벅거리고 인사를 마쳤다.

솔로라든가, 체스의 철학자든가 어떤 별명이라도 밝혀야 하는데, 쑥스러운 듯 그렇게 넘어갔다.

"그 옆은 철학자의 통역 겸 매니저 진입니다. 미국에서 대학과 대학원에서 수학을 공부한 수재입니다."

보스는 영하와 기정이 체스 실력 외적으로 무시당하지 않도록 배려하는 의미로 미국 유학까지 일부러 밝히는 분위기였다.

"진입니다. 멀리 오시느라 고생하셨습니다."

기정은 짧게 환영 인사말을 하며 고개를 두 번 숙였다.

영하가 말없이 고개만 숙이는 인사와 함께 기정이 통역사라는 말에 둘러앉은 사람들은 영하가 왜 그렇게 인사했는지 알겠다는 얼굴을 하고 있었다. 기정은 인사하면서 사람들 표정을 살폈다. 오늘 주목받는 철학자가 영어가 안 되는가보다는 인상들이어서 나오는 웃음을 참아야 했다.

"이번에는 저에겐 가장 반가운 손님이자 대학 동기이며, 오랜 절친 제프리를 소개합니다."

"여러분 반갑습니다. 방금 소개받은 제프리입니다. 저의 소중한 친구가 동방의 작은 나라 대한민국으로 떠나서 섭섭했습니다. 그런데 이렇게 멋진 선수인 철학자를 발굴하여 놀라게 하면서 제게 한국 땅을 넓게 할 줄은 몰랐습니다."

제프리는 섭섭함과 감동으로 소개를 끝냈다.

후원자들은 케빈과 제프리가 오랜 친구라는 것도 알고 있었다. 그들의 놀이터 '우리들의 리그'에서 좋은 동지로 때론 적으로 겨루기와 베팅을 한다는 것도 이미 여러 번 경험한 터였다.

케빈도 경기에서 베팅의 적중률이 높지만, 제프리 역시 예리한 관찰력을 지니고 있다는 것도 알고 있었다.
무엇보다 요즘 제프리는 우리들의 리그가 지루한 감이 있다며 새로운 경기방식을 운영하려고 준비한다는 것도 알고 있다.
은근히 그런 소문을 내며 여론을 조성하는지는 모르지만, 리그 후원자들은 나름대로 기대하며 은근히 출범을 기다리고 있었다.
"괴물로 출발하여 끝 간 데를 모르는 솔로라고 호칭하던, 지금 체스 철학자 실력을 눈으로 직접 확인하고 싶은 열망으로 제프리와 함께 미국에서 들어온 후원자 브랜든을 소개합니다."
"브랜든입니다. 방금 케빈의 말처럼 체스의 철학자가 궁금하여 그 실체를 눈으로 보고자 한국에 왔습니다."
브랜든은 케빈보다 나이가 조금 더 들어 보였다.
"또 한 명의 미국 친구 패트릭을 소개합니다. 방금 소개한 브랜든과 유사한 열망으로 한국에 들어왔습니다. 철학자와 겨루던 상대에게 멀리 미국에서 베팅만 두 번 했는데 다 패배했습니다. 어떤 면에선 조금 기이한 대국 태도를 보인다는 철학자를 직접 확인하고 싶다며 이번에 시간 내어 강릉까지 왔습니다."
"반갑습니다. 여러분. 패트릭입니다. 케빈이 방금 소개한 대로 베팅만 하다 제가 직접 선수를 선발하여 출전시켰습니다. 저의 재능있고 우수한 선수 벤자민을 여러분께 소개합니다."

패트릭은 자신이 선발한 선수 벤자민을 소개했다.

"반갑습니다. 미국에서 온 벤자민입니다. 저도 체스 괴물에서 멋진 체스 철학자 별칭을 얻은 선수와 겨루려고 여기까지 오게 되었습니다. 체스의 철학자, 너무 멋있고 그 실력이 두렵기도 하지만, 소문 듣고 한 번쯤 대면하여 대국하고 싶던 차에 패트릭이 후원하며 선수로 기용해 주셔서 오게 되었습니다."

미국인들은 그렇게 후원자와 선수까지 4인이 소개되었다.

"이번엔 두 번 거푸 선수를 내세우며 방한하던 러셀을 대신하여 영국에서 들어 온 크리스토퍼를 소개합니다."

미국의 출전팀 소개가 끝나고 영국팀으로 넘어갔다.

"반갑습니다. 영국의 크리스토퍼입니다. 멀리까지 날아와 개최된 리그 덕분에 다시 뵙게 되었습니다. 친구 러셀에게 듣기로는 관전하는 것만으로도 매료된다는 체스 철학자의 대국을 관전하고 싶었습니다. 함께 건너온 후원인 찰스를 소개합니다."

"반갑습니다. 찰스입니다. 체스 철학자의 대국을 직접 관전하고 싶어 왔습니다. 우리 영국 선수 제임스를 소개합니다."

"영국에서 온 제임스입니다."

영국 선수 제임스는 보기에도 조용한 내성적 성품으로 보였다. 간단하게 인사를 마무리했다. 얼핏 봐도 지금 모인 사람 중 가장 어려 보였다. 후원자 크리스토퍼가 소개한 대로 유망한 실력인지 모르겠으나 보스는 우리들의 리그에 참가하는 선수는 모두 우승하기 위한 목표 하나라고 말했었다.

보스는 짧게 말한 후 얌전히 앉아 있는 제임스를 지켜보다 다시 소개를 시작했다.

"다음은 프랑스에서 날아온 마티유입니다."

"안녕하십니까? 여러분. 프랑스 파리에서 온 마티유입니다. 저도 앞서 소개하신 분들처럼 체스 철학자 소문 듣고 확인도 할 겸 관전도 할 겸 이렇게 두루두루 한국까지 오게 되었습니다. 오는 김에 저와 우리들의 리그에 여러 번 참가했던 선수 앙리와 함께 오게 되었습니다. 앙리를 소개합니다."

"반갑습니다. 프랑스 파리에서 온 앙리입니다. 정말 멀리까지 와서 인사드립니다. 여러분한테도 체스 철학자한테도 한 수 잘 배우고 가겠습니다."

앙리는 우리들의 리그 출전 경험도 많고 실력도 출중해 보이며, 첫인상도 진중한 모습이었다.

"다음은 캐나다에서 온 토마스를 소개합니다."

보스는 쉴 틈 없이 소개했다.

"반갑습니다. 캐나다에서 온 토마스입니다. 저도 여러분과 마찬가지로 은둔자로 알려지다 실력과 품격이 격상된 체스의 철학자 실력을 직접 눈으로 보기 위하여 캐나다에서 오게 되었습니다.

언제나 저와 함께 하는 헨리 선수를 소개합니다."
"반갑습니다. 헨리입니다. 저도 토마스 후원인과 마찬가지로 요즘 한창 떠오르는 체스의 철학자와 직접 대면 대국하고 싶어서 이렇게 참가하게 되어 영광입니다."
헨리를 끝으로 입국한 후원인과 선수의 소개를 마쳤다.
보스는 흡족한 얼굴로 잠시 그들의 얼굴을 살피고 있었다.
"각자 본인 나라에서 날짜와 시간 맞춰 오느라 수고하셨습니다. 다들 한 번 이상은 만난 적이 있을 겁니다. 오늘 대한민국의 강릉에 거주하는 체스의 철학자 때문에 모이게 되었고, 그래서 다시 한번 더 인사하게 되었습니다. 다들 아시다시피 철학자는 은둔 생활을 하는 중이라 여기 동해안을 벗어나지 않습니다."
보스는 후원자와 선수가 하나 같이 얼굴을 익힌 것을 강조하며, 철학자의 생활방식을 설명하고 있었다.

-체스의 철학자는 실력이 뛰어나고, 개성과 품격도 갖추었다.
-그러므로 너희가 베일에 싸인 철학자를 찾아오는 게 당연하다.

은근히 그런 투로 들려와 영하는 자부심보다는 좀 어색한 분위기를 느끼고 있었다. 보스와 모인 사람들의 언어를 누구보다 잘 알아듣고 있었으나, 잘 모르는 투로 얌전히 앉아 있었다.

"이번 경기는 5인 리그전으로 치러집니다. 내일 하루 쉽니다. 시차 적응 등으로 월요일 오후에 1라운드를 치를 예정입니다. 월요일 오후 대국이 힘들다면 지금 말씀해주십시오."
보스는 천천히 한 명마다 눈을 마주치며 살펴보고 있었다.

-일정과 장소가 사전에 약속되었나?

영하와 기정은 그런 느낌의 의문이 들었다.
영하의 특수한(?) 생활로 도전하든 도전을 받든 카페 바체프에서 대국하는 것으로 후원자끼리는 조율이 된 듯한 느낌이었다.
"월요일만 오후 1라운드 대국합니다. 화요일부터 금요일까지는 오전 9시부터 한판씩 대국할 예정입니다. 각자 네 판을 두면 되는데 하루 한 명씩 휴식하기 때문에 대국은 5일 걸립니다. 무승부 등으로 재대국을 치러야 할 경우, 아마겟돈 체스로 승패를 결정하겠습니다. 혹 이의가 있으면 지금 말씀해주십시오."
보스는 한 번 더 앉아 있는 사람들을 살폈다.
하루 한판씩 5일간 열전에 들어간다. 그러나 중간에 전패자가 나오면 기권할 수도 있어서 진행해봐야 할 일이다.

-경기방식과 장소에 대해 사전 조율과 약속이 있었나?

영하는 상황에 따른 경기방식에 어떻든 맞출 수 있었다.
보스의 재량으로 후원자끼리 말을 맞춘 느낌이었다.
어쩌면 그렇게 안 한다는 것도 이상할 수 있었다.
이미 강릉에서 4인 토너먼트, 3인 리그, 개인전 등 경기를 고루 치른 상황이었다. 기정과 영하만 우리들의 리그가 어떻게 돌아간다는 것을 아직 자세히 모를 뿐이다.
체스의 철학자(영하)는 어떤 조건이든 거기에 맞춰 대국할 수 있다고 보스는 믿고 있었다. 다만 영하의 대국 조건이 장소를 강릉으로 한정했다는 것이 상대들에겐 불편할 수 있었다. 그런 의미에서 영하는 장소가 강릉이라면 더할 나위 없이 좋은 편이라 보스가 사전에 조율했을 것으로 믿고 있었다.
아마 베팅도, 베팅 액수도 이미 결정되었을 것으로 추정되었다.
그러나 이번엔 전처럼 그렇게 물 흐르듯 넘어가지 않을 것이다.
영하와 기정은 승패에 대하여 차이나는 대국료만 받고 대국하는 방식에서 이번 경기에선 한 차원(?) 높이려 하고 있었다.
"그럼 한국까지 멀리 날아오시고 강릉까지 멀리 달려오셨으니 쉬시면서 지금부터 각자 자유롭게 행동하십시오. 내일 아침에 다 같이 만나도록 하겠습니다. 필요한 게 있는 분들은 저에게 연락하십시오."
보스는 경기에 대하여 설명한 후 자리에서 일어났다.

사물재 밖에서 문화 사절단으로 포장된 외국인은 각자 배정받은 한옥 숙소로 들어가는 모습을 보스는 확인했다.
영하와 기정은 보스가 눈짓과 몸짓으로 이끄는 대로 한옥마을 담장 밖으로 나왔다.
"보스 정말 궁금해서 묻습니다. 보스의 절친인 제프리는 누구에게 얼마 베팅했는지 솔직히 말해주세요."
기정은 주위를 살핀 후 기회를 잡았다.
기정의 물음에 보스는 좀 곤혹스러운 표정을 짓고 있었다.

-이 친구는 하나를 알려주었더니 하나씩 더 파고들려고 하는가?

보스는 본인에 관한 것이 아니라 타인에 관한 내막에 대해 발설하기를 고심하고 있었다.
"진. 그게 왜 알고 싶나요?"
"보스 이번 경기엔 친구와 저도 베팅을 해볼까 합니다."
"선수인 철학자가 스스로 베팅을? 그리고 진도?"
"네. 보스 우리가 상금이 탐나 '우리들의 리그'에 출전하여 지금껏 체스 대국한 건 아니라는 걸 보스도 알 겁니다."
"진. 그건 나도 아주 잘 알고 있지요. 그런데요?"
보스는 둘의 순수함을 잘 알고 있는데 새삼스럽게 베팅을 왜?

그런 얼굴이었다.

"친구와 제가 지금까지 받은 대국료와 수당 등을 모아서 이번 경기에 베팅할까 고심하고 있습니다."

"음, 진. 놀랍네요. 나는 지금까지 출전하는 선수가 베팅하는 걸 한 번도 본 적이 없습니다. 선수는 거의 다 승패에 상관없이 안전하게 대국료만 챙겨갔습니다."

"그렇습니까?"

"그래요. 진. 지금 상황이 참 특이한 경우입니다. 그런데 본인들의 베팅하고 제프리의 베팅하고 어떤 관계가 있습니까?"

보스는 고개를 갸웃거리며 어떤 저의가 있는지 묻는다.

"저는 지금까지의 경기와 베팅에 대해 외국에서는 어떤 생각을 할까? 궁금해서 그럽니다."

"음. 나는 어차피 철학자에게 베팅할 것이고, 철학자도 어차피 본인에게 베팅할 것인데, 제프리는 이번에 어떤 생각을 하는지 궁금한 건가요?"

"맞습니다. 아직은 실험 단계이겠지만, 그래도 인정받는 단계라고 생각합니다."

"실험 단계? 인정받는 단계? 지금 철학자의 체스 실력에 대해 하는 말입니까? 진."

"그렇습니다. 보스."

"진. 철학자는 이미 실험 단계라든가 하는 수준은 넘었습니다. 실력을 의심받는 단계를 넘어 세계 최상위의 누구와 겨루어도 아마 대등한 대국을 할 것으로 믿습니다."

"보스 그건 보스의 개인 생각입니까? 아니면 우리들의 리그에 참여하는 후원인과 선수의 의견입니까?"

"다, 후원인, 선수, 전부 다의 의견입니다."

"그럼 오늘 강릉에 온 저 선수들도 세계 최강이라고 자부하는 선수들이라는 거잖아요."

"맞습니다. 진. 전에도 잠깐 얘기했지만, 리그든 토너먼트든 참가하는 선수들은 한결같이 우승하려고 하지 참여하는 데 의의를 둔다고 하는 아마추어적인 발상을 하지 않습니다."

"저와 친구도 전에 보스한테 들어 잘 알고 있습니다. 그러기에 묻는 겁니다. 제프리는 누가 더 강하다고 느끼는지?"

"하하하. 진. 그렇다면 다른 각도로 묻겠습니다. 만약 제프리가 다른 선수에게 베팅했다면 진과 철학자도 그 선수에게 베팅할 건가요?"

보스는 그렇게 묻고 진을 가만히 들여다본다.

아주 천천히 걷는 셋 중 보스와 기정만 대화를 이어간다.

영하는 알아듣지만, 잘 모른다는 얼굴로 나란히 걷기만 했다.

주말 오후지만 아직 숙소로 들어올 시간이 아니어서 한옥마을 담장 길은 지나는 사람이 거의 없었다.

"하하하. 그건 아니라는 것은 보스도 잘 알겠지요."

"그럼 혹시 베팅 액수를 정하려고 하는 겁니까?"

"보스. 그것도 사실 궁리 중의 일부지만, 우린 그동안 대국료로 받은 액수 전부를 베팅한다는 방침을 세워놓았습니다. 그렇게 묻는 건 밖에서 볼 때 어떤 시선인가 궁금한 거고, 우리가 베팅한다면 승패에 관련하여 어떻게 배분되는지 궁금한 겁니다."

"음. 그러니까, 누가 어느 선수에 얼마를 베팅했고, 그 액수는 얼마인지, 그리고 우리가 우승했을 때 철학자에게 얼마가 배분되는가? 진은 그게 궁금하다는 거죠?"

"맞습니다. 밖에서는 어떻게 보는지, 어떤 베팅이 오고 갔는지, 우리가 베팅하면 어떻게 되는지, 오늘 입국하지 않은 후원자 중 누가 어느 선수에게 얼마 베팅했는지도 궁금합니다."

기정은 '우리들의 리그' 운영 시스템도 명확하게 알고 싶다고 말할까 하다가 일단 멈추었다.

이 정도면 보스도 기정의 의도를 명확하게 알리라 짐작했다.

"잘 알겠습니다. 역시 진은 수학자라 계산부터 하네요. 하하하. 진. 나도 확실한 게 좋습니다. 그럼 본인에게 얼마 베팅할 건지 액수부터 말해주세요. 진."

"그런 다음에는?"

"물론 계좌 이체를 해야지요."

"알겠습니다. 보스. 베팅은 언제까지 할 수 있는 건가요? 예를 들면 경기가 시작되기 전까지 베팅할 수 있는 건가요?"

기정은 보스의 태도로 보아 아직 베팅할 기회가 있는 것으로 보이지만, 이미 베팅 시기를 놓쳤는지 알고 싶었다. 그리고 출전 선수도 베팅이 가능한 것인지 궁금했다.

–이를테면 내일이라도 외국의 또 다른 후원자가 선수 구성원을 파악한 후 베팅할 수도 있지 않을까?

약삭빠른 후원자는 그럴 수도 있겠다는 생각이 불현듯 들었기 때문이었다. 누군가는 현지의 상황을 파악한 후, 베팅 기류까지 살핀 후, 행동에 옮길 수도 있다는 추정이었다. 그러나 한편으론 적은 액수는 아니지만, 우리들의 리그에 참여하는 후원자에게는 큰 부담을 줄 정도는 아닐 것이다. 자신 있는 자는 선제적 공격을 할 수도 있겠으나, 가만히 눈치 보는 사람도 있게 마련이다.
한 번도 만난 적 없고/
체스 대국도 본 적이 없는/
그야말로 그저 괴물로 통하는/
세계 어디에서 듣도 보도 못한 이름조차 없던 선수가 느닷없이 나타나 어느 날 '체스 철학자'라는 멋진 별칭과 함께 찬사를 받으며, 별처럼 빛나며 등장했다.
나름대로 실력 있는 선수를 하나둘 물리치며 승승장구하는데, 점점 더 최고수들이 작은 나라 대한민국으로 모여들고 있었다.
영하와 기정이 판단할 때 이번 우리들의 리그는 지극히 정상적인 시일이 지나면서 후원인과 선수가 모여드는 것이 아니었다.
경기는 급조된 모양새를 띠고 있는 느낌이 강하였다.
다들 체스 철학자 실력의 그 끝을 확인하고 싶은 것일까?
"월요일 아침까지 베팅할 수 있으며, 제프리는 미국인 벤자민에게 베팅하는 게 당연한 거 아닌가요?"

-선수가 베팅한 적은 한 번도 없다?
-선수가 본인 외에 타인에게 베팅할 수도 있을까?

기정은 그런 생각과 함께 이미 베팅하기로 마음을 굳혔으므로 타인의 베팅에 마음이 요동치지 않았다. 기정+영하는 탈탈 털어 오십만 불을 월요일 오전 중 입금하기로 하고 보스와 헤어졌다.

-보스는 이번 경기에는?
-보스는 과연 얼마 베팅할 것인가?

선수를 출전시키는 후원인은 최대 일백만 불. 최소 오십만 불.
사이에서 베팅해야 하는 규정이 정해져 있었다.
지금까지 보스는 영하의 승승장구에 상당한 전리금을 취했다.
한옥마을에 여장을 푼 외국인들을 윌리엄에게 맡겼으나, 챙기러
가는 보스는 이번 경기에 얼마 베팅할까?
퍽 궁금했지만 묻지 않았다.
둘의 오십만 불에 보스가 오십만 불 더하여 백만 불 베팅?

"다은 어디야?"
기정은 보스와 헤어지고 제일 먼저 다은에게 연락했다.
다른 곳으로 이동하지 않고 강릉에서만 일주일을 지내며 동해안
에서 가볼 만한 곳은 모두 돌아다니고 있었다.
지루해할 법도 한데 다은은 오히려 너무 좋다는 얼굴로 기정과
영하를 안심시키고 있었다.
"여기… 바체프."
다은은 뭔가 비밀 하나 간직한 소녀 같은 목소리였다.
"바체프? 알았어. 바로 갈게."
한옥마을 담장에서 카페까지는 걸어서 3~4분이면 닿는다.
기정과 영하가 부지런히 걸어서 카페에 도착했을 때였다.
다은은 누군가와 깔깔거리며 미니 골프를 치고 있었다.

그 누군가를 알아봤을 때 기정과 영하는 기절할 정도로 놀랐다. 미국에 있어야 할 미래가 대한민국의 동해안에서 다은과 함께 미니 골프를 치고 있는 모습이었다.
"미래! 연락도 없이 어떻게 여길 왔어?"
반가움에 묻는 영하는 본인이 바보 같다는 생각이 바로 들었다. 미래는 다은과 미니 골프를 치고 있었다.
한달음에 달려가 미래를 안아주는 영하의 모습에 기정은 평소 찾지 않던 "감사합니다. 하나님." 하고 기도했다.

"며칠 동안 대국해야 하는데 다은이는 어떡하지?"
영하가 걱정스레 말문을 열었다.
"그러게. 뾰족한 수가 안 떠오르는데……."
조금 어두워진 낯으로 기정도 궁리하고 있었다.
둘은 한옥마을에서 카페로 걸어오면서 그런 대화를 나누었다.
며칠간 대국할 때마다 다은이 홀로 있어야 한다는 점이 기정은 마음에 걸렸다. 이번 경기에서는 무엇보다 둘의 전 재산을 털어 넣고 겨룬다. 여느 때의 대국보다 더 잡념이 없어야 한다.
그런 근심을 미래가 단번에 해결해주었다.
어느 날 문득 기정과 영하는 우리들의 리그에 베팅하며 관전하는 후원인과 경기에 출전하는 선수들의 심정이 궁금했다.

"우리도 한 번 베팅해볼까?"

기정의 농담 같은 말에 영하가 고심하다가 내린 결정이었다.

돈을 더 불리려고 베팅하는 게 아니었다. 참가 선수들이 모든 힘을 쏟아붓는 승부 세계를 똑같이 절박한 심정으로 치르고 싶다는 기정의 생각 때문이었다. 이미 보스와도 금액까지 약속된 사안이라 돌이킬 수도 없었다. 다은이 모르게 결정한 터였다.

그렇다고 다은이를 저번처럼 겉돌게 할 수는 없었다. 아직 다은은 기정의 고교선배가 부탁하여 영하가 외국의 문화교류단과 작은 상금을 걸고 체스 경기를 하는 줄 알고 있었다. 디마와의 몸싸움은 개인전에서 패배한 디마의 행패인 줄 알고 있었다.

미래와 다은의 미니 골프 치는 모습에서 묘수를 찾아내었다.

영하와 기정은 안도할 수 있었다.

영하는 귀국한 미래가 여러모로 고마웠다.

기분대로라면 영하는 본인에게는 말없이 다은과 연락하며 귀국하여 강릉까지 와준 미래에게 키스 세례라도 퍼붓고 싶었다.

결혼을 약속한 사이라서 보다는 대국 때 마음의 걸림돌이 될 것 같던 다은과 놀아줄 수 있기 때문이었다. 안아주는 시간이 길어지자 미래가 영하의 품속에서 빠져 나왔다.

"미래. 선생님께는 인사드렸어?"

문득 생각난 듯 영하는 미래에게 물었다.

"오빠. 걱정하지 말아요. 내가 인사드리게 했어요."

다은이 얼른 나선다.

영하는 싱긋 웃는 미래를 보면서 안심했다.

잠깐 재회 기쁨을 나누고 기정과 영하는 배 사범을 찾았다.

"사범님. 월요일 오후의 체스 대국을 승낙하셨나요?"

기정은 싱글거리고 있었다.

"월요일에 체스 대국? 난 모르겠는데?"

기정이 무슨 말을 하는지조차 모를 일이었다.

그 순간 기정은 낯빛이 변하면서 영하를 쳐다본다.

둘은 서로 당황하는 기색이 역력했다.

"선생님. 혹시 보스한테서 아무 소리도 못 들으셨나요?"

이번엔 영하가 나섰다.

"난 모르는 얘기야."

"알겠습니다. 선생님. 잠깐만 실례하겠습니다."

그렇게 말하며 영하는 기정을 툭 치고 있었다.

둘이 잠깐 얘기하다가 다시 내게로 왔다.

"선생님. 저희가 갑자기 체스 경기를 며칠간 하게 되었어요. 월요일부터 열리기로 했는데, 저흰 선생님과 보스 간에 협의가 된 줄 알았어요."

영하가 조심스러운 태도를 보인다.

"보스는 아마 입국한 일행 모두 내일 같이 와서 소개도 할 겸 협의하려고 생각했나 봅니다. 선생님이 장소 제공을 거절하시면 한옥마을에서 경기가 열릴 수도 있고요."

영하의 말을 들으며 상황이 어떻게 돌아가는지 짐작이 갔다.

긴박하게 돌아가는 일정에 그들은 먼저 경기에 대해 협의하고 그다음 나하고 대국 장소에 대해 협의하려 한 정황이었다.

사실 우리 카페가 대국 장소로 편하긴 하지만 다른 곳에서 얼마든지 할 수 있었다. 꼭 한옥마을이 아니더라도 호텔에서 열릴 수도 있었다. 아직 하루와 반나절 시간이 남아 있었다. 체스판만 펼칠 수 있으면 어디든 가능했다.

"보스는 저희가 사범님께 부탁드리면 늘 흔쾌히 승낙하시니까 믿고 있나 봅니다. 제가 지금 보스한테 연락해보겠습니다."

기정이 휴대전화를 꺼내 들며 카페 밖으로 나갔다.

한참 통화 후 다시 들어온 기정은 조금 머뭇거리며 난처한 기색이었다.

"사범님. 저희 예상이 맞았는데, 어떡하죠?"

"그래? 보스가 뭐래?"

"내일 다 같이 와서 사범님께 선수단을 소개하고 여기 카페를 관람시켜주려고 계획하고 있었답니다. 일단 월요일 오후 대관할 수 있는지, 화~금요일은 오전 대국이 가능한지 저에게 먼저 알아보랍니다. 절차가 바뀌어서 죄송하다고 합니다."

기정은 보스를 대신하여 송구한 태도를 보였다.

"크으, 보스가 이젠 카페에서 월요일 경기에 재미 들렸나 봐. 이건 나 혼자 결정할 일이 아니야."

"죄송합니다. 사범님. 저희도 조금 전에야 경기방식 등 내용을 모두 파악했습니다."

"기정이 죄송할 게 있나. 경기가 급조되어 참가하는 선수나 일정이 잘 맞지 않아 그리된 건데… 내가 아내와 상의해볼게."

이리저리 끼어맞추듯 일단 우리 카페가 대국 장소로 정해졌다.

다음날 일요일 오전 귀국한 외국인들 모두 함께 온 자리에서 이번에 대국 장소를 그렇게 할 수밖에 없었던 이유로 전날까지도 적확한 선수 인원 및 베팅 액수가 정해지지 않았기 때문이었다고 변명처럼 말했다. 보스는 그러면서 나를 믿었다고 한다.

그러나 보스가 가고 내게 온 기정은 살짝 다른 얘기를 한다.

지금까지 이런 경우가 없었는데 한국의 괴물, 은둔자, 철학자 등으로 불리는 영하 때문에 후원인 간 눈치 싸움이 치열해졌다고 한다. 그건 보스가 기정에게 살짝 귀띔한 내용이라고 한다.

그리고 은밀히 AI가 사용되는 게 아닌가 의심하는 소문도 돌아다닌다고 했다. 영하가 AI를 통해 공부했다고 하면서 아주 은밀하게 AI로 장난치는 것 아닌가, 하는 소문이 돈다고 했다.
그런 소문에 평소 당당하던 후원인이 선수 선발에 눈치를 보고, 베팅 액수에 또 눈치를 본다는 것이다.
이번 경기의 베팅 액수인 미니멈(최소액수) 오십만 불도 후원인 여럿이 나누며 간을 보는 것 같다는 소문이다.

-왜 경기 장소가 꼭 대한민국의 동해안 강릉이냐?

이 부분도 후원인들에겐 망설이는 부분이라고 했다.
영하의 은둔 생활 때문이라고 처음부터 말하고 시작한 강릉의 경기라는 설득이 다행히 통했다. 그런 까닭에 서로 알게 모르게 베팅액을 일부분씩 보태어 선수를 선발하고 후원하는 걸 암묵적으로 모른 체하고 있다는 설명이다.
그들의 오랜 규정은 철학자의 AI 인공지능 사용에 대한 의심에서 서로 암묵적으로 깨고 있었다.
아마 월요일 오전 기정이 보스에게 오십만 불을 입금하며 베팅했다는 것을 그들이 알게 된다면 두 가지 측면에서 더 놀라지 않을까?
-선수가 오십만 불 베팅을?
-그렇다면 정말 인공지능을?

로마 체스

영하는 다은, 미래를 데리고 카페로 들어서서 나에게 정식으로 인사하게 했다. 잠시의 소개시간이 지난 후 미래는 영하가 설명해주는 전시물 중 로마 체스에 관심을 보였다.
영하는 나를 흘낏 쳐다보며 눈치를 보고 있었다.
내가 말없이 고개를 주억거리자 영하가 웃는다.
"멀리서 온 어여쁜 미래 씨는 이 로마 체스가 궁금하시나요?"
내가 다가가 설명할 채비의 말을 건넸다.
"아, 여긴 누드 체스라고 써놓았는데 원래 로마 체스인가요? 그런데 사범님. 저희한테도 오빠들처럼 말씀 좀 낮춰주세요. 저희가 듣기 너무 불편해요."
미래는 다은에게 뒤지지 않을 만큼 성격이 활달했다.
"그럴까? 나도 좀 어색하긴 해."
"그게 좋겠어요. 선생님. 저희도 듣기에 좀 불편해요."
옆에서 영하도 한껏 거든다.
미래가 관심을 보인 체스를 설명하기 전 잠시 어수선했다.
"사범님. 전 체스를 이렇게 예술적인 성인용으로 제작했는지 궁금한데, 로마 시대상을 표현한 건가요?"
미래는 본인의 속내를 그대로 드러낸다.

카페 바체프 - 누드 체스

카페 손님은 보통 자기들끼리 수군거리고 낄낄거리며 관람하는 누드 체스였다. 남이 들리게 떠들기는 망설여지는 성 풍속도가 적나라하게 표현된 조각이었기 때문이다.

"솔직히 꼭 로마 시대 체스라고 단정 지을 어떤 표식도 없어. 하지만 세계사와 이 체스의 복식에 비추어 볼 때 그럴 것으로 추측하는 거야. 물론 나 혼자만. 그래서 여기에 로마 체스라고 써놓지 않고 그냥 누드 체스라고 한 거고."

나는 그럴 것이다, 라는 조금 자신 없는 말투로 설명했다.

누드 체스는 성 행위적인 묘사를 너무 노골적으로 표현해놓아 처음 접할 때 좀 놀라웠다.

우리나라에는 내가 사는 강릉에서 아랫지방으로 내려가 삼척에 가면 온통 성 풍속도로 작품을 만들어 놓은 공원이 있다.
'해신당 공원'으로 남근을 거대하게 표현하며 제작한 작품이 대다수이며 서양 작품도 여럿이다. 삼척의 그 지역에 전해지는 처녀와 총각의 이루지 못한 사랑 이야기의 설화를 토대로 꾸며 놓은 공원의 조각작품들이다.

"선생님. 저도 이 체스를 처음 봤을 때 좀 놀라웠는데 묻지는 못했거든요. 그런데 선생님이 말씀하신 세계사라면 로마뿐만이 아니라 이집트도 그에 못지않을 텐데요."
미래의 관심에 영하도 적극적으로 나서고 있었다.
열린 공간에서 감상하며 젊은 여성이 스스럼없이 대화하기에는 사실 좀 민망한 모양새를 하고 있었다. 그런 연유일까?
영하가 미래를 지원하면서 성적으로 문란해질 수 있는 대화의 분위기도 은근슬쩍 회석하고 있었다.
"맞아. 세계사적으로 성적인, 혹은 성 풍속 측면에서 관능적인 사실을 그대로 표현한 나라는 로마와 이집트를 꼽을 수 있겠지. 이집트는 특히 왕을 통해 신격화하기까지 하며 더 노골적이지. 이집트 체스도 세 작품이나 전시되어 있어. 이따 설명해줄게."

누드 체스 - 룩

누드 체스 - 폰

로마와 이집트는 성 풍속이 다르고 체스도 다르게 제작된 데에 따른 것도 다음에 설명해주고 싶었다. 성생활과 성 풍속도를 적나라하게 드러내며 표현한 작품과 왕(지배자)을 신격화한 작품은 체스를 통해서도 확연히 다르게 나타난다.

누드 체스 - 비숍

"기정과 전 저쪽에 전시된 이집트 체스도 봤습니다. 선생님. 유독 멋있다는 느낌은 들었지만, 성 풍속은 전혀 못 느꼈어요."
영하와 기정은 우리 카페를 벌써 여러 번 들락거리며 보고 또 보며 관심이 가는 전시물은 세심하게 관찰했다.

"그럴 거야. 전통적인 고대 이집트 문화와 복식을 나타냈는데, 이 체스처럼 성 풍속을 두드러지게 표현하지 않았으니까."
이집트의 성 문화는 왕이 신격화되어 연례행사로 처러지는 신비함도 기록으로 뚜렷이 나타나고 있었다.
그러나 그렇게 제작된 체스가 존재하는지 알 수 없었다.
내가 소장하는 이집트 체스에는 그런 조각작품이 없었다.
"이 비숍 앞부분도 일부러 이렇게 표현한 것이겠죠. 선생님?"
영하는 신하의 복식을 한 비숍의 볼록한 부분을 가리켰다.
"나는 이 누드 체스를 보고 있으면 여러 가지가 보여."
나는 일부로 좀 의미심장한 표정을 하려고 애썼다.
"네? 선생님은 이 체스에서 여러 가지가 보인다고요?"
영하가 놀라워하고 있었다.
"그래. 아주 작게는 사연이 전해지는 것 같아. 그리고 돌아보면 개인적인 인생이 느껴지고, 길게 보면 역사가 들어있어. 그리고 무엇보다 중요한 건 이 체스 속에 무시할 수 없는 오랜 문화가 들어있는 거야."
나의 설명을 들으며 넷은 서로의 얼굴을 쳐다보고 있었다.
체스 형태가 좀 특이하다고 생각했지만 여긴 워낙 각양각색의 체스가 전시되어 있어서 모양과 나라에 관심을 두고 있었다.
누드 체스에서 인생과 역사와 문화까지? 그런 얼굴들이었다.

누드 체스 - 퀸 ♡ 킹

넷의 반응을 잠시 기다렸으나 그들은 나의 설명을 기다렸다.
"한 나라의 문화는 어디서 나올까?"
내가 독백처럼 툭 던진다.
"정신에서 나오는 게 아닐까요?"
대화를 듣고만 있던 기정이 머뭇거리며 나선다.
"그럼 그 정신은 어디서 오는 걸까?"
뭔가? 하는 얼굴로 넷은 일제히 나를 빤히 보고 있었다.
마치 "문화에서 오는 건가요?" 라고 말하고 싶으나 말장난으로 비추어질까, 살짝 망설이는 눈빛들이었다.
"모두의 눈빛에 드러난 것처럼 문화는 정신에서 나오는 거야. 혹 틀릴까, 선뜻 못 나서는데, 로마 제국은 일인 친정으로 운영되면서 쇠락해진 거야. 노블레스 오블리주~ 정신으로 원로원의 자식들도 전쟁에 참전하면서 삼분에 일 정도 희생되었다고 해. 그 정신을 로마의 시민도 믿고 따른 건데, 주변의 여러 나라를 정복하고 지배하면서 퇴폐적이며 향락적으로 발전하면서 서서히 스러져 간 거야."
나는 내친김에 체스를 핑계로 길게 말하고 있으나, 공부가 깊은 넷은 세계사를 나보다 더 잘 알고 있을 것이다.
그런 세계사 속에 왜 이런 성 풍속도의 적나라한 체스를 제작했는지, 보는 이에게 어떤 영감 혹은 교감을 갖고자 했는지, 나는 왜 이런 체스를 구매하여 여기 전시했는지 말하고 싶었다.

-노블레스 오블리주(noblesse oblige)

내 얘기를 듣고 있는 넷은 노블레스 오블리주가 어느 무엇보다 강하게 뇌리에 박힐 것이다. 왜? 라는 물음과 함께.
고귀한 신분을 뜻하는 노블레스(noblesse)
의무-책임 등을 나타내는 오블리주(oblige)
19세기 프랑스에서 처음 사용한 프랑스어지만 라틴어에서 왔다고 전해진다. 그 정신은 로마를 제국으로 만드는 힘이 들어있다.
"전 선생님이 이 체스에서 정신과 문화와 역사를 말씀하시면서 노블레스 오블리주 정신을 왜 강조하시는지 감 잡았습니다.
하하하. 이제 선생님의 어법을 좀 이해할 수 있겠어요."
그렇게 말하며 흡족한 표정을 짓는 영하를 모두 주시한다.
"그래? 그렇다면 적어도 난 아는 체만 하는 고리타분한 꼰대라는 말은 안 들을 텐데… 김 박사가 제대로 이해했을까?"
나는 영하가 나의 어법 운운하며 파악했다는 내용이 궁금했다.
내 말은 거창한 의미는 없었으나 은근 기대하고 있었다.
"우리 넷이 앞으로 지향해야 할 삶에 대해 체스에 비유하시는 말씀에 들어있는 건 확실합니다. 그리고 그 정신이 저번에 내신

선생님 책 내용 중 일류인생으로 사는 길이라는 거죠?"
영하는 자신만만하게 말하며 묻고 있었다.
미래가 옆에 있어서일까, 전에 없던 말투였다.

나는 놀라고 있었다.
영하의 설명을 들으며 문득 떠오르는 건 영특함을 지닌 아이(?)
와 대화하다 보면 하나에서 둘 셋을 생각해내기도 했었다.
영하는 맑은 사고력에서 나오는 깊은 공부가, 눈에 보이지 않는
단면도 살피는 능력을 키워온 것일까?
궁금했다.
나이가 들어가면서 사회의 모진 경험에서 우러나온 것과 같은
내공을 영하가 나타낸다면 나만의 착각일까?
내 설명을 넷이 듣고 있었으나, 영하만 로마와 작금의 우리나라
현실과 개인적인 삶을 이해하는 걸까?
셋은 단순하게 로마의 향락적인 문화만 느끼고 있었을까?
아니라면 미처 말하지 못한 걸까?
나는 왜 아이나 젊은이와 대화하다가 문득 이런 옆길로 빠지는
생각을 하는 걸까?
내가 책을 많이 읽은 아이(원생)와 대화하는 걸 좋아하는 이유
는 기본이라는 뿌리에서 여러 꽃도 피게 하고 맛과 멋도 있는

열매도 맺을 줄 알기 때문이었다. 그게 유치하든 유치찬란하든.
무언가 바라보며 상상 속에 이상도 찾아내고 -비록 현실적이지
않더라도- 그 내면을 드러내며 궁금함도 풀어가고 다른 사람의
생각, 말도 끝까지 경청할 줄 아는 기본을 갖추었기 때문이다.
지금 지식이나 지혜, 기타 여러 방면에서 영하가 나를 앞선다는
걸 알고 있다. 그러나 나는 영하의 인생보다 두 배 넘는 수많은
경험을 지니고 있다. 그 경험에서 우러나온 단면 하나를 말한
것뿐이었다. 아이만 상대하다 성인을 상대하며 지식의 높낮이를
못 맞추며 나 혼자 괜히 놀라는 것일까?
나는 잠시 침묵하며 내가 만일 네 명 중 하나라면?
나는 내 앞에서 아는 체하는 나이 많은 그저 바둑 스승의 말이,
그 말의 수준이 나한테 맞는 걸까?
나름대로 생각해볼 것이라는 느낌이 불현듯 다가왔다.
똑같은 말을 반복해 듣는 것이나 뻔히 알고 있는 걸 듣고 있는
것이나 지루한 건 마찬가지다. 단지 지루하기만 하면 잠시라도
참을 텐데 짜증까지 유발할 정도라면?

"이 체스를 보면 킹, 퀸, 비숍, 라이트, 룩 등 모두 향락적인
성 문화를 보여주고 있어. 폰 까지도 적나라한 표현 자체이지.
귀족이나 왕족, 일반 시민까지 성의 탐미적인 향락에 젖어 2세

의 생산을 등한시했어. 그 결과 군사력과 노동력의 감소는 아주 자연스럽게 다가온 거고 나라가 힘을 잃게 된 거야."

"전 선생님께서 뒤의 그 말씀 하실 줄 알았어요. 젊은 우리가 결혼하면 자식은 최소한 기본 인원은 낳고 말씀하시는 일류인생의 길을 가라는 거잖아요. 지식인답게 노블레스 오블리주 정신도 이어가라 하시는 거고요."

"하하하. 맞았어. 우리나라 유명인과 정치인 등 지도층의 도덕성을 잘 살펴봐. 징병제인데 군대 미필자가 수두룩해. 그런 자가 권력을 잡으니까 수단 방법 다 동원하며 자식을 군대에 안 보내려고 하잖아. 재산 증식도 탈세, 부동산 투기 등 비도덕적인 경우도 수두룩해. 노블레스 말라드(Noblesse Malade-병든 귀족)이라고 어느 학자가 꼬집는 기사를 읽은 적도 있어. 우리나라는 다 발전하는데 유독 정치만 가장 저질이라고 다들 이구동성으로 말하잖아. 바닥에 떨어진 정도가 아니라 땅 파고 지하로 들어간 지경이야. 내가 정치 얘기를 왜 구구절절 말하는지 여기 계신 네 분은 충분히 아시리라 믿어."

"하하하. 사범님. 아하하하."

미래가 대화를 음미하는 것 같더니 느닷없이 남자처럼 호탕하게 웃고 또 웃어 재낀다.

미래의 그 모습과 내 말의 의중을 알아차린 넷 다 웃고 있었다.

"전 사범님 의도대로만 되었으면 좋겠어요."

다은은 숨길 것 없다는 듯 부르짖고 있었다.

오해가 다 풀리고 기정과 결혼할 수만 있다면 아이도 한 다섯 정도는 낳을 자신이 있다는 태도였다.

하하하. 나와 넷은 또 다 같이 웃었다.

하나부터 열까지 설명하지 않아도 분위기의 흐름으로 어떤 내용인지 어떤 의미의 웃음인지 다 같이 공감하고 있었다.

"우리나라 사회지도층을 잘 살펴봐. 권력을 가진 자는 그 권력을 이용해 재력을 얻으려고 하고, 재력을 가진 자는 그 재력을 활용하여 권력을 가지려고 노력하지. 사회지도층이라고 하니까 거창하고 대단한 위인을 말하는 것 같지만 소도시의 지역 유지라는 사람들만 살펴봐도 그런 현상이 뚜렷해. 위로 올라갈수록 셈 단위가 커질 뿐이며 비도덕적이고, 언행 불일치의 사고력은 타의 추종을 불허하는 세계의 월등한 1위일 거야."

나는 내 말에서 우러나오는 육중한 어휘들이 제발 좋은 뜻으로 흘러가길 바라며 길게 설명했다.

넘쳐야 할 곳과 부족해야 할 곳의 접점에서 사욕이 맹독을 지닌 뱀 대가리처럼 먹이를 노리는 자가 득시글하다. 서민은 **땅뙈기** 몇 평을 논하는데, 지도를 펼쳐놓고 선을 그으며 설계할 수 힘 있는 자의 사심불구(蛇心佛口)가 난무하며 이 지경에 이르렀다.

마음은 뱀처럼 사악하면서 입은 부처님처럼 말하고 다닌다.

"그런데 사범님. 전 노블레스 오블리주 정신은 알겠는데, 오빠가 말하는 일류인생은 모르겠어요."

미래였다.

"그건 나중에 선생님 책을 읽으면 알게 될 텐데… 내가 지금 얘기해줄까? 나중에 들을래? 다은이도 궁금하지?"

체스의 설명이 진도가 더디게 나가자 영하가 내게 좀 미안함을 느꼈는지 빠르게 묻고 또 묻는다.

"네. 오빠. 저도 궁금해요. 일류인생이 여러 번 나와서요."

영하는 주위를 한번 둘러보았다.

"이제는 우리가 일류대학이나 일류직장을 목표로 살아선 안 되고, 진정으로 추구할 것은 일류인생이다. 꿈의 발견, 실력증진, 사회 헌신의 3요소로 구성된다. 일류대학이나 일류직장은 소수만 성공하지만, 일류인생은 누구나 할 수 있다. 어때?"

영하는 다은과 미래를 살핀다.

"우와. 그게 사범님 인생관인가요? 너무 멋져요."

"그건… 아니고, 고려대 강수돌 교수님이 우리가 추구해야 할 삶에 대해 강연하신 걸 선생님이 책에 인용하신 거야."

"공감 가는 일류인생이에요. 가슴에 새겨 넣을게요. 오빠."

미래는 공감하고, 다은은 손뼉을 치고 있었다.

"그럼 일류인생에 대해 공부도 했고, 가슴에 새겨 넣기로 했고, 한번 신나게 웃기도 했으니까, 이 누드 체스에서 드러난 형태의 로마로 다시 떠나볼까."
젊은이들과 생기 넘치는 대화는 활력소이다.
옆길로 좀 새면 어떤가. 말이든 행동이든 좋은 건 나눠야 한다.

"내가 로마의 역사를 다 설명할 수는 없고, 여기 체스 형태와 유사한 행동을 한 남녀 로마인에 대해서만 아는 대로 말해볼게. 고대 로마 제국의 제4대 클라우디우스 황제의 세 번째 아내였던 메살리나는 궁궐을 빠져나가 고급 매춘부로 성욕을 충족시키며 음란한 행위를 일삼았다고 전해지지. 낮에는 황후인데 밤에는 매춘부가 된 거야. 당시는 매춘부도 계급사회였어."
"어휴. 황후가 매춘하러 밤에 궁전을 빠져나갔다는 거잖아요. 그런 행위가 그 당시에는 가능했던 건가요?"
미래가 놀라워했다.
"가능했다기보다 비밀리에 그런 행위를 하다가 발각되었겠지. 오죽하면 불륜을 저지른 대표적인 음탕한 여성으로 황후가 역사에 남았겠어."
영하가 거든다.
"메살리나는 처음엔 궁전 안에서 본인의 마음에 드는 사내를 유혹해서 성욕을 충족시켰는데, 그마저도 욕구 해소에 미진함을 느꼈던 거지. 칼리굴라(Caligula)라곤 다 들어봤을 거야?"

"칼리굴라? 들어본 것 같은데… 우리가 알아야 할 정도로 로마에선 유명한가요?"

미래가 묻는다.

영화로 제작되어 우리에게 알려졌다.

"그럼. 당연하지. 네로 황제 다음으로 워낙 유명해. 칼리굴라는 기행이 지나쳐서 황제재위 4년 만에 독살당했어. 그 뒤에 황제 직위를 물려받은 클라우디우스이며, 아내 메살리나는 로마에서 손꼽히는 명문가 출신이야. 아름다웠다는 말은 불필요하겠지. 너무 퇴폐적이고 방탕한 생활이 지나쳐서 신하들이 황제에게 처벌을 요구했는데 황제는 처벌을 미루고 있을 때, 황제의 측근이 메살리나 황후를 찾아가서 칼로 찔러 죽였다고 전해지고 있지. 그녀 나이가 서른하나였어. 불과 열여섯의 나이에 황후가 된 뒤, 아들까지 낳았는데 차마 눈 뜨고 못 볼 정도로 온갖 음욕을 즐겼다고 기록되어 있어."

"어느 황제는 회의 중에 남의 아내를 끌고 가서 성욕을 채웠다는 역사는 저도 들은 적이 있어요."

기정이 나직이 말했다.

로마의 어느 황제인지 명확하게 모를 뿐 전해지는 역사는 맞다.

음행의 형태가 다양한 체스를 넷은 한 번 더 살펴보고 있었다.
"시기는 다르지만 로마 제국의 어느 황제도 그렇고 메살리나 황후도 귀족도 왜 이렇게 문란해진 거죠?"
다은의 음성이 가라앉아 있었다.
"다들 알고 있겠지만 서양의 언어를 말할 때 '라틴어에서 왔다'라는 인용을 자주 하는데, 라틴어는 고대 로마 주변의 라티움이라는 지역에 정착했던 사람들의 언어야. 로마가 지중해를 중심으로 정복해나가며 현대 프랑스어/이탈리아어/스페인어/포르투갈어/루마니아어 등 문학, 철학 그리고 문화와 언어에 지대한 영향을 주었어."
"맞습니다. 사범님. 그건 저희도 배워서 알고 있습니다."
기정이 나에게 설명을 잠시 쉬어가라는 의미로 거든다.
"그렇지? 이 체스가 아니라면 거꾸로 내가 설명을 들어야 하는데 말이야. 어떡할까. 다 알고 있는 역사일 텐데 여기서 그만둘까?"
"아니요. 사범님. 이 체스와 연관된 부분만 더 설명해주세요."
다은이 말하며 셋을 둘러본다.
"네. 저도 체스 얘기는 마저 듣고 싶어요. 사범님."
미래도 흥미를 보였다.
"그렇게 정복해 나갈 수 있었던 힘은 초기 로마의 왕과 귀족들의 솔선수범하는 도덕의식에서 나오잖아. 노블레스 오블리주 정신이지. 사회적으로 신분이 높을수록 전쟁터에서도 앞장서서 싸우며 많은 희생을 보여준 거야. 그런 가운데 사회적으로 명예와 권력은 쾌락을 추구하면서 성문화는 비도덕적인 행위도 어느 정도 면죄부를 주었다고 볼 수 있지. 여러 나라의 영토를 정복하고, 나라마다 다양한 문화를 접하면서 다양성과 함께 부적절한 행위도 유연하게 받아들였다고 할 수 있지."

"그런 비도덕적인 쾌락을 추구하는 행위가 오랫동안 지속하였고, 결국 군사력과 노동력 부족이라는 사회적인 근간이 무너지며 로마도 멸망했다는 거죠?"

다은의 부연 설명이다.

"맞아요. 난 다은 양처럼 정리 잘하며 끝맺는 사람이 너무 좋더라. 권력이 황제라는 개인에게 쏠리면서 로마는 급속도로 쇠퇴했다고 역사가들은 말하지. 도덕성이 쾌락에 파묻혀 너무 해이해졌거든."

나는 네 명과 함께 누드 체스 앞에서 발길을 옮길 수 없었다.

-누드 체스가 우리에게 주는 교훈은 무엇일까?

다들 말없이 역사를 되새길 때 난 뭔가 어떤 말이라도 덧붙이며 교훈적인 말을 찾아내려고 애쓰고 있었다.

단지 역사가 그랬다…!?

여태 길게 설명해놓고 이렇게 끝맺기에는 뭔가 허전했다.

"우리나라도 저출생이 지속 되면 군사력과 노동력이 약해져서 예전처럼 침략의 대상이 될 수도 있어. 로마가 멸망한 것처럼 방탕한 건 아니지만 젊은이들이 결혼하면서 자연스럽게 2세를 낳아야 하는데 포기하는 경우가 많아지고 있어. 점점 부모 노릇 힘들어지고, 아이도 힘들게 성장하는 모습이 마치 자신을 보는 것 같을 거야. 내가 30년이 넘도록 아이들을 가르치면서 보아온 현대 생활상이야."

찬란했던 로마 제국은 게르만족이 서서히 파고들다가 대대적인 침략으로 결국 멸망했다.

우리 주변을 둘러보면 우울한 젊은 군상이 널려있다.

자식 얘기하면 한숨 섞인 탄식이 나오는 게 작금의 현실이다.

"지금 이 시점에서 사범님이 왜 그런 말씀 하시는지 알겠어요. 젊은이라면 우리 들으라고 하시는 것 같은데 명심하겠습니다."

희미한 미소가 잠시 머물다 사라지는 기정이다.

"자. 그럼 이번엔 이탈리아의 다른 모습을 볼까. 내가 이 카페 문을 열고 얼마 후 장년의 부부가 들어왔어. 부인이 전시물을 관람하다가 갑자기 앉아 있던 남편에게 소리치더라고."

내가 그렇게 말하며 바로 옆자리로 이동했다.

에트루리아 체스

에트루리아 체스

"조금 전 얘기하던 장년 부부가 오셔서 카페를 둘러보다가 이 체스를 보며 부인이 '여보 여기 에트루리아 체스가 있어' 라고 소리치는 거야. 그 부인은 체스를 관람하면서 나하고 이런저런 담소를 나누던 중이었거든."
누드 체스 바로 옆자리에 있던 체스를 가리키며 내가 설명했다.
"사범님. 이 체스에 어떤 특별한 의미가 들어있나요?"
미래가 체스를 자세히 살피며 묻는다.
"여기 에트루리아 체스라고 쓰여 있네요. 그런데 꼭 방금 땅속에서 출토한 것 같은 상태인 게 신기하네요. 사범님."
내가 미처 대답도 꺼내기 전 미래가 소리친다.
"그래. 이 체스는 아주 작아. 그리고 명칭이 에트루리아인데, 그저 이탈리아의 옛 변방으로 멸망한 민족으로만 알고 있었어. 그런데 로마 체스를 공부하다가 알게 된 사실은 에트루리아는 초기 로마에 정치적, 문화적, 종교적으로 영향을 끼치기도 했고, 고대 그리스 문화를 로마에 자리 잡게도 했다고 나와 있었어. 로마(Roma)라는 이름도 에트루리아어에서 유래한 거래."
인터넷으로 검색하며 공부하다가 알아낸 사실을 들려주며 다음 말을 곁들였다.

"저기 원형바둑판의 탁자 의자에서 차를 마시던 남편이 이쪽으로 오신 후 두 부부끼리 대화도 하시고 내게 설명도 해주었어. 불과 얼마 전 에트루리아 지방을 여행한 적이 있어서 이 체스의 이름을 보는 순간 너무 반갑다는 거야. 요즘은 토스카나라고 부르는데 이탈리아를 찾는 여행객들이 즐겨가는 지방이라며, 옛 유물도 많이 출토된다고 하시는 거야. 그런 대화 속에 나도 많이 배우게 되었어. 내가 지식이 풍부해야 설명도 잘하겠지."
카페 문을 연 후, 체스나 역사에 대하여 지식이 풍부한 손님이 방문하면 나는 주저 없이 대화하며 배운다는 걸 알려주었다.

에트루리아 체스

"이건 체스라기보다는 출토한 유물 같은 느낌이 드네요."

영하가 체스를 요리조리 살핀다.

"맞아. 나도 그런 느낌이 들어서 경매로 구매한 거야. 물품을 소개할 때 에트루리아라고 쓰여 있어서 경매에 참여하기 전에 검색하여 로마와 연관성을 찾았고, 결국 경매로 낙찰받은 거지. 난 이런 걸 수집하면서 즐거움의 하나는 어떤 사연이나 역사가 들어있나 검색하며 공부하는 재미를 만끽하는 거야."

에트루리아 체스

보통 일반적인 체스 색은 화이트 : 블랙, 아니면 골드 : 실버로 체스의 피아를 구분한다. 에트루리아 체스는 골드와 하늘색으로 피아를 구분하고 있었다. 다만 이 체스는 실전 대국을 한 까닭에 하늘색 바탕이 상당 부분 지워져 있었다.
폰은 동물인데 종류를 알 수 없었다.
뿔이 양쪽에 나 있고 꼬리가 두툼하게 길며 위로 올라갔다.
체스판의 문양은 고대의 어떤 비밀을 간직한 문양일까?
킹의 높이는 6cm가 조금 안 된다. 체스판 위의 체스 기물들이 서로 밀려서 나란히 정렬해있지 못한다. 기물 크기에 대비하여 체스판이 너무 협소하기 때문이다. 경우로 보아 이 에트루리아 체스는 게임용이기보다는 감상용으로 추측할 수 있었다.
그러나 그건 나만의 생각일까? 대국을 수도 없이 치른 기물이나 체스판은 칠이 벗겨진 흔적이 역력하다.

"체스를 잘 살펴봐. 이 에트루리아 체스의 라이트는 말일까? 아니면 고대 다른 동물일까?"
구분이 잘 안 되는 기물에 대해 숙제를 내듯 맞춰보라고 했다. 룩이 의자인 건 확실하다.
"여하튼 전시된 특이한 체스 중 더 특이하네요."
영하가 그렇게 말하고 다 같이 에트루리아 체스를 들여다보고 있었으나, 아무도 선뜻 다음 말을 하지 못하고 있었다.
사실 킹, 퀸, 룩, 비숍, 라이트, 폰 등 눈으로 대충 식별이 가능했으나 동물 이름은 정확히 알 수 없었다.
"고고학자가 방문하여 고대 생존하던 동물에 대하여 설명해주지 않는 한 우리끼리는 알 수 없겠어요."
그나마 미술에 조예가 깊은 다온이 세밀히 살피고 결론지었다.
장년 부부는 "이 체스는 작은 체구에 지나지 않지만, 역사적인 크기와 깊이는 수 세기를 담고 있어서 어떤 체스보다 더 크게 느껴집니다."라는 감상을 나타냈었다.

우리 카페에서 체스를 통해 토스카나(에트루리아)를 여행하던 추억이 새롭게 떠올라 너무 감동적이며 기쁘다고 했다. 카페에 손님이 많았다면 계속 이야기를 할 수 없었을 텐데 마침 손님도 별로 없던 시간이라 부부와 그런 대화를 할 수 있었다.

나는 넷에게 후일담처럼 거기까지 설명해주었다.

"나의 설명은 여기까지. 네 사람이 각자 바둑과 체스의 전시물을 관람하도록."

내가 영하가 망설이던 누드 체스에 대하여 거기까지 설명을 마치고 발을 빼자, 영하와 기정이 번갈아 가며 미래와 다은에게 다른 전시물들을 설명하며 카페를 돌아다녔다.

미래의 합류로 평소와 다르게 영하까지 들뜬 기색이 역력했다.

에트루리아(Etruria)

에트루리아인이 거주하여 나라를 세운 고대 이탈리아의 지명. 지금의 이탈리아 토스카나주에 해당하는데, 로마인은 이 지방 사람들을 투스키(Tusci)라 불렀고, 그들이 살던 지방을 투스키아라 불렀기 때문에 오늘날 토스카나라는 지명이 생겼다.

7. 다섯 별의 리그

6월 중순의 월요일. 오후.

미국-제프리-브랜든-패트릭(벤자민32)

영국-크리스토퍼-찰스(제임스27)

프랑스-마티유(앙리35)

캐나다-토마스(헨리30)

대한민국-보스-진-윌리엄(철학자30)

일요일인 어제 카페에 와서 바둑과 체스에 대한 전시물을 둘러보고 차를 마시며 의견을 교환하던 15명이 다 같이 들어왔다. 괄호 안이 출전 선수이다. 캐나다에서 온 후원인 토마스와 선수 헨리는 미니 골프에 관심이 많았다.

"요즘 유럽은 미니어처 골프가 성행하며 프로 경기도 심심찮게 열리는 광경을 목격하고 있습니다."

토마스가 카페 현관에서 미니 골프에 대하여 설명하고 있었다.
"미니어처 골프도 프로가 있습니까?"
누군가 토마스의 설명을 듣고 놀라워하고 있었다.
"그럼요. 미니어처 골프도 역사가 제법 되었어요. 홀의 거리는 물론 규격에 따르며 경기에 임해야 하죠."
"하긴 필드에 나가면 퍼팅에서 점수 다 까먹잖아요."
외국인들은 그런 대화를 하고 있었다.
마침내 5인 체스 경기가 시작되는 순간이다.
이때 카페 밖에서 까마귀가 '까악 까악' 울고 있었다.
까마귀가 시작을 알리나, 하며 내가 밖을 내다보았다.
까마귀는 현관 바로 앞의 전선에 앉아 있었다. 사람들은 대부분 까마귀를 별 이유 없이 꺼리지만, 나는 까마귀가 좋았다.
아주 오래전, 연도로 따지면 40년도 넘은 이야기로 70년대 말의 산장에 홀로 있을 때 까마귀가 울면 꼭 사람이 나타났다.
까마귀는 정적에 휩싸인 산장 주변에 날아다니며 누가 나타나는 모습을 미리 알고 내게 알려 주는가? 그때부터 나는 까마귀가 까치 대신 길조로 가슴에 품고 있었다. 카페 문을 열고, 카페가 별로 알려지지 않은 상황에서 이따금 아침에 까마귀가 울면 꼭 반가운 손님이 왔다. 아니면 나에게 좋은 소식이 꼭 당도했다.
-막 1라운드가 시작되기 전 까마귀의 울음은 어떤 의미일까?

물론 여기 경기에 참여하는 사람들은 그런 내막을 모른다.
까마귀의 울음소리도 귀에 들리지 않을 것이다.
경기 시작을 알리고, 대국 결과를 겸허히 받아들여 본인 성장에
도움이 되게 하라. 라고 까마귀가 일깨워주는 것일까!

지난번은 바둑 대국에 사용하는 재래식으로 내게 부탁하여 각자
고유번호를 부여받고 먼저 대국하기도 하고 쉬기도 했다.
오늘은 선수 5명이 랜덤으로 무작위 추첨하여 1번부터 5번까지
각 고유번호를 확정하기로 했다.
먼저 1번은 쉬고, 2 vs 3 겨루기. 4 vs 5 겨루기로 진행된다.
이후 승패와 상관없이 2-5번이 차례로 쉬면서 대국이 이어진다.

2-3 4-5 = 1-0
3-4 1-5 = 2-0
2-5 1-4 = 3-0
1-2 3-5 = 4-0
1-3 2-4 = 5-0

대국 차례 정하고 각자의 고유번호를 다시 랜덤으로 돌렸다
그리하여 다음과 같이 각자 고유번호가 정해졌다.

1. 철학자 한국

2. 헨리 캐나다

3. 제임스 영국

4. 앙리 프랑스

5. 벤자민 미국

1라운드 (2)헨리 vs (3)제임스. (4)앙리 vs (5)벤자민

2라운드 (3)제임스 vs (4)앙리. (1)철학자 vs (5)벤자민

3라운드 (2)헨리 vs (5)벤자민. (1)철학자 vs (4)앙리

4라운드 (1)철학자 vs (2)헨리. (3)제임스 vs (5)벤자민

5라운드 (1)철학자 vs (3)제임스. (2)헨리 vs (4)앙리

나는 랜덤으로 대국 순서와 쉬는 순서가 정해지는 진행을 주의 깊게 살펴보고 있었다.

철학자가 고유번호 1번이 되자 보스 얼굴에 의미심장한 웃음이 스쳐 지나가는 것을 보게 되었다.

나도 슬며시 웃음이 나왔다.

보스의 얼굴에 웃음이 스치는 의미를 알고 있었기 때문이다.

서로 실력을 모르는 소수의 홀수 인원이 리그전을 벌이면 가장 먼저 쉬는 순번이 여러모로 유리하다.

우선 다른 선수들의 실력과 대국 습관 등을 알아낼 수 있었다.
보스는 웃음이 살짝 스쳐 갔으나 영하는 무덤덤했다.
그런 대국 외적인 요인에 의해 유불리는 혹 나타날지 모르지만 결국 체스판 위에서 본인의 지략이 승패를 좌우한다.

5인 리그전은 선수보다 후원하며 대국을 참관하는 인원이 훨씬 많아서 대국자 4인을 중앙에 두고 양쪽으로 갈라서 관전하도록 좌석을 배치했다.
4인 대국에 쉬는 순번의 선수 1명, 참관인 10명이었다.
양쪽을 오가며 자유롭게 참관하도록 6명씩 자리를 배치했다.
보스 케빈이 총괄하여 진행하였으나, 그들 모두가 참관인이며 심판이었다.
후원인들도 선수 못지않게 체스 실력이 출중했다.
그중엔 처음 '우리들의 리그' 라는 이 체스 경기가 출범할 때 선수로 출전하기도 했었다.
사실 이 리그가 처음 출발할 때는 선수를 내세우지 않고 후원인 본인들이 직접 선수로 참가하며 실력을 겨루었다고 했다.
그렇게 운영하다가 시간이 지나면서 그 얼굴이 그 얼굴이고, 그 실력이 그 실력이라 후원인이 선수를 내세우기도 하고, 베팅만 해도 되는 운영방식으로 바뀌었다고 보스가 설명했었다.

월요일 오후 1시 30분. 1라운드 대국 시작.

헨리 vs 제임스

영하는 카페 안쪽에 마련한 참관인 자리에 앉아 여유로운 자세로 4인의 대국을 지켜볼 수 있었다.

캐나다인 헨리와 영국인 제임스의 겨루기는 초반부터 숨 막히는 흐름으로 지속하고 있었다.

서로 틈을 주지 않고 본인이 준비한 오프닝으로 흐른다.

오프닝이 끝나가며 반면 운영이 좀 더 노련한 헨리가 조금은 앞서가는 듯한 양상으로 흘러갔다.

제임스의 체스 스타일은 단단하다는 느낌을 받고 있었다.

나서기보다는 자기 진영에서 방어적인 태세를 갖추고 있었다.

제임스의 체스 스타일이 그런 탓인지 발이 좀 느리며 중앙으로 기물이 많이 나오지 않고 있었다.

중앙에서 최소한의 기물만 빼고 빠르게 캐슬링부터 해버렸다.

헨리는 제임스의 단단한 오프닝을 한 수 한 수 지켜보면서 좀 더 공격적인 태세를 갖추게 되었다.

캐슬링은 뒤로 미루고 일단 중앙으로 전진할 수 있는 기물은 앞으로 나가고 있었다.

-이 대국은 한참 후 결국 공격적인 헨리가 승리를 거두었다.

앙리 vs 벤자민

이번 강릉 경기는 우리들의 리그 중 하나로 진행되고 있으나, 급조된 경기라고 할 수 있었다. 그리고 5인 리그전으로 경기가 진행되지만, 체스 철학자에게 도전하는 성격이 강했다.

우리들의 리그에서 활약하는 우수한 선수 여럿이 변방의 은둔자 1명에게 달려들어 차례로 나가떨어지며 세계적인 GM의 자존심에도 스크래치가 심하게 났다.

체스의 철학자라는 찬사도 바쳤다.

그 철학자가 1번으로 쉬며 4인의 두 대국을 관전하고 있었다.

외국에서 입국한 4인의 실력을 살펴볼 절호의 기회를 놓칠 리 없는 영하는 앙리의 대국 태도가 어딘지 의심스러웠다.

아닌 척하면서 더욱 앙리의 대국 태도를 유심히 살피고 있었다.

영하는 대국 자세에 들어가면 특별한 일이 발생하지 않는다면 자리에서 뜨지 않으며 석고상처럼 움직이지도 않는다.

그래서 철학자와 대국한 상대들은 한결같이 사이보그하고 대국하는 줄 알았다고 소감을 말하기도 했다.

영하는 부동의 자세로 관전하며 무덤덤한 표정이다.

그러나 엄청난 집중력으로 앙리와 벤자민의 대국을 지켜보았다.

앙리의 대국 태도 중 앙리의 시계가 이상했다.

앙리의 왼 손목에 찬 시계의 윗면을 보기 위해 영하는 카페를

원을 그리듯 한 바퀴 돌았다.

-저런 유형의 시계를 어디서 보았을까?
-저런 대국 몸짓을 어디서 보았을까?

영하는 물음표에 따른 머릿속 회전으로 잠시 후 알아냈다.
앙리는 전체를 AI의 도움을 받는 것이 아니라 본인의 실력으로 한 두수 정도 두다가 판단이 어려운 장면이 나오면 왼쪽 손목을 살짝 체스판을 향했다.
앙리 손목이 그렇게 되면 시계 윗부분이 체스판을 비추게 된다.
앙리는 잠시 고심하는 척하다가 한 수씩 두고 있었다.
좀 복잡하게 제작된 시계와 그 시계에 의한 비밀을 모르고 그저 체스판만 쳐다본다면 이상한 점을 발견할 수 없다.

영하는 보스 옆으로 가 앉으며 관전하는 척하다, 손으로 옆으로 나오라고 손짓했다.
보스는 본인 선수인 철학자가 대국하는 것도 아니었고, 특별한 상황도 일어나지 않은 상황에서 철학자가 잠깐 보자는 태도에 의아하게 생각하며 영하를 따라 카페 밖으로 나갔다.
좀 심각한 얼굴의 철학자를 보스는 눈치챌 수 있었다.

"보스"

철학자는 보스를 굵직하게 한번 부르더니 다음 말은 하지 않고 보스의 얼굴만 눈에 힘을 주어 쳐다보았다.

보스는 처음 대하는 영하의 태도에 따라 나온 기정을 쳐다본다.

기정에게 "무슨 일입니까?" 눈으로 묻고 있었다.

기정은 기정대로 보스와 영하를 번갈아 쳐다보며 사태를 파악하려고 애쓰고 있었다.

기정은 자신에게 먼저 말하지 않고 보스를 데리고 나온 영하의 저의가 무엇인지 역시 눈으로 묻고 있었다.

영하도 기정의 그 눈빛에 답답했다.

-어디서부터 어떻게 말해야 할까?

기정은 영하의 표정에서 수상함을 느꼈고, 그 수상함이 쉽게 말을 꺼내기 어려운 것이라는 걸 직감하고 있었다.

"누구야?"

기정은 직감으로 나직하게 묻는다.

"앙리"

"왜?"

둘이 짧게 주고받는 대화를 보스는 말없이 지켜보고 있었다.

앙리라는 이름이 둘의 대화에서 튀어나왔다.

보스는 그 둘이 먼저 상황을 파악한 후 본인한테 말할 것이라고 짐작하며 우선 지켜보고 있었다.

"시계가, 시계를 사용하는 수법이 저번의 아미뜨와 똑같아."

영하의 설명에 기정은 어떤 상황인지 알아들었다.

이번엔 아미뜨라는 이름이 튀어나왔다.

-아미뜨라면? 얼마 전의 인도 선수?
-앙리와 아미뜨가 어떤 문제인가?

한국말을 못 알아듣는 보스는 그 둘의 대화 중 이름만 머릿속에 새기며 잠자코 있었다.

"그럼 1차전이 끝난 후 승패를 보고 판단해야 하지 않을까?"

조심스럽게 접근하는 기정이다.

"보스한테 저 앙리나 그의 후원인하고 아미뜨의 후원인이었던 인도인과의 친밀도를 알아봐 달라고 요청해."

영하는 의심을 구체화했다.

-앙리. 아미뜨 보스 이젠 나까지?
보스는 인내심을 갖고 기다린다.

"왜, 네가 직접 요청하지 않고."

"네가 중간에서 말하기 좋잖아. 그냥 조금 의심 가는 부분이 있다고만 말해 봐."

영하는 한발 뒤로 뺐다.

영하는 묻고 싶지만, 길게 그리고 깊이 있게 묻거나 요청하기엔 언어가 짧다는 느낌을 주려고 애썼다.

"보스. 친구가 궁금한 게 있나 봅니다. 혹시 지금 저기서 대국하는 앙리 선수와 지난번 인도인 아미뜨 선수와 어떤 사이인지 알아볼 수 있을까요?"

기정은 나직하지만, 또박또박하게 양쪽 이름을 말하며 보스에게 요청했다.

"무슨 일입니까?"

보스는 본인 대국도 아닌데 심각한 표정으로 대화하는 영하와 기정에게 물었다.

자초지종을 모두 털어놓으라는 보스의 짧은 물음이다.

"보스. 지금 단정할 순 없어요. 보스 자세한 건 묻지 마세요. 앙리와 아미뜨 간의 친밀도 등 어떤 관계인지나 알아봐 줘요."

기정은 보스의 질문은 이제 거절할 터이니 빨리 그들의 관계나 알아보라는 의미로 강하게 못 박았다.

"앙리와 아미뜨?"

보스는 입 밖으로 나직하게 말하면서 기정을 쳐다보다가 영하의 얼굴을 주시했다.

-그 둘의 관계는 왜 알고 싶은가?

보스는 눈빛으로 철학자에게 그렇게 묻고 있었다.
영하는 그 눈길을 애써 피하지 않고 정면으로 마주 봤다.

보스 빨리 알아보시오!
보스는 영하의 눈빛에서 절박함이 아니라 아주 강렬한 명령조의 강한 기운이 들어있는 걸 느꼈다.

-분명 어떤 일이 벌어지고 있는데 아직은 말 못 할 단계인가?

보스는 영하의 눈빛에서 무언가 읽어내려 했으나 알 수 없었다.
본인의 대국이라면 카페 밖으로 나가서 노래를 부른다든지 어떤 식으로든 돌발적인 이상한 행동이라도 취할 텐데……

-참 여러모로 신비하다고 해야 할까?
-아니면 비밀이 많다고 해야 할까?

보스는 더는 묻지 않았다.
대국 중 어떤 흑막이 내재 된 느낌인데, 철학자는 그 무언가를 말하지 않고 그 둘의 관계만 알아보라고 했다.

영하와 기정은 지난번 3인 대국 때 아미뜨가 시계로 장난치는 것을 알아챘지만 보스에게 말하지 않았다.
영하는 중반전에 아주 깔끔하게 체크메이트로 이겼다.
아미뜨의 수상한 짓을 영하가 눈치챈 것을 아미뜨도 모르게끔 그런 내색을 전혀 하지 않고 넘어갔다.
그렇다면 아미뜨는 영하가 자신의 그런 부정행위를 눈치채지 못했다고 알고 있을 수도 있었다.
대국이 조금 더 진행되었으면 아미뜨는 본인이 이길 수 있었다. AI 인공지능조차 전혀 예상하지 못했던 철학자의 절묘한 수에 의해 승리 직전에 패배했다.

-통탄할 일이지만 돌아가 앙리에게 그 수법을 전수한 것일까?
-앙리와 아미뜨와 연관성이 없다면?
-저 프랑스인 앙리는 같은 수법을 준비해왔다고?
-영하와 기정은 모를 수도 있으나 보스도 모른다고?
-외국에서는 은밀하게 그런 시계와 그런 수법이 개발된 것일까?

사람들이 몸에 지니고 다니는 1순위가 휴대전화이다.
그다음의 2순위는 시계이다.

-너희들 그런 거니?

영하는 갑자기 앙리에게 그렇게 묻고 싶었다.
우리들의 리그에 출전하는 외국 선수의 안목으로 주시해보자.
영하는 괴물, 솔리터리, 솔로, 필로소퍼 등 경기를 치를 때마다 찬사와 품격이 높아지고 있었다.
안개 속의 체스 세계를 홀로 들락거리는 동양인 한 명을 이기기 위하여 AI 인공지능 수법을 사용한다고?

영하는 다시 카페 안으로 들어가 4인의 대국을 지켜보았다.
보스를 데리고 나가 잠깐 요청만 하고 들어왔기에 대국은 몇 수 더 진행되지 않고 있었다.
영하는 아무것도 모르는 척 앙리를 주시하고 있었다.
매우 불편한 마음으로 다른 선수도 유심히 관찰하기 시작했다.
기정도 편한 마음으로 관전하던 4인 대국을 매서운 눈초리로 그들의 대국 태도와 실전의 수를 노려보듯 하고 있었다.
보스는 영하와 기정이 카페로 들어간 후 어딘가로 전화를 걸고 들어왔다.

보스는 절친 제프리 옆에 앉는가 싶더니, 이내 차 한잔하자는 손짓으로 제프리를 밖으로 데리고 나갔다.

나는 영하가 보스와 나가고 기정도 따라 나간 후 잠깐이지만 심각하게 대화하는 모습에 또 심상찮은 사건(?)이 일어났다는 것을 알 수 있었다.

그런 나의 의구심은 보스가 가만히 제프리를 데리고 나가는 것에서 확신할 수 있었다.

영하는 신중하게 처신하는 인물이다.

기분이나 심증만으로 누굴 의심하거나 공격하지 않는 성품이다.

저번 경기를 치르고 체스판도 점점 순수함이 사라지고 이기는 수법만 등장한다고 나에게 실망감을 표현했었다.

우리들의 리그에 출전할 실력이면 가히 세계 정상급이다.

왜 남달리 뛰어난 두뇌와 실력으로 이길 생각은 않고 AI 지배를 받으려고 하는지 실망이 크다고 했었다.

영하는 본인이 AI와의 겨루기 등에서 얻는 것은 인간의 두뇌로 기계를 이기기 위한 것이 아니라고 했다. 기계를 상대로 연습도 하고 연구도 하며 감성도 실린 인간다운 수법을 찾아내는 것이라고 했다. 체스를 두는 즐거움과 동시에 연구한 수로 좋은 수를 찾아내 이기는 기쁨을 맛보고자 해야 한다는 논리였다.

조금은 우울한 그런 대화가 오고 간 며칠 후,
"선생님. 이제 이런 체스 경기는 그만둬야 할 것 같아요."
영하가 좀 어두운 얼굴로 말했었다.
"왜? 김 박사는 한 번도 진 적이 없는데?"
그렇게 되묻는 까닭은 아직 한계가 다 드러나지 않았는데, 너무 이르게 체스판을 떠나려는 게 아니냐는 세속적인 면도 있었다. 바꿔 말하면, 다른 사람은 베팅에 실패하면 물질적으로 엄청난 손해를 보면서 이런 경기에 참여하고 있다. 그건 후원자의 입장이고, 선수로 출전하여 패하면 대국료 차이도 상당하지만 그래도 꿋꿋이 참가하는 선수도 존재한다는 의미였다.
"선생님. 그래서 이 친구와 전 깊이 있게 상의한 게 있습니다. 저희가 우리들의 리그에 참가한 것이 물질적인 욕심 때문만이 아니었다는 걸 증명하려고 합니다."
영하는 물욕에 의하거나 승부욕으로 참가한 것이 아니라는 걸 나에게 설명하고 싶어 했다.
하지만 영하는 체스 경기에서 단 한 번도 패배하지 않았다. 승리도 일구고 그에 따른 전리품도 챙겨 왔다.

영하는 말하기 따라 혹 듣기에 따라 어찌 보면 앞뒤가 안 맞는 설명일 수 있어서 버벅거리며 주춤거릴 수밖에 없었다.

나도 이따금 아이들한테 어떤 걸 설명하려고 서두는 꺼냈는데, 적절한 다음 말이 떠오르지 않아 멈칫거릴 때가 간혹 있었다. 잘못하면 변명이나 혹 왜곡되게 들릴 수도 있기 때문이었다.

"어떻게?"

짧게 물으며, 나는 ……설마?

일부러 패배하고 이 경기에서 이제 빠지려는 건가?

말도 안 되는 생각이 찰나에 말도 안 되게 스쳐 지나간다.

보스가 챙겼던 상금이라든가 그런 걸 보스가 눈치 못 채게 돌려주는 수법?

그리하여 원점에 가까운 지점에서 후퇴한다?

후원자는 대국자가 패배해도 일정액의 대국료는 지급한다.

아쉽지만 승리 수당만 못 챙길 뿐이다.

"이번 경기에는 저희가 그동안 대국료, 승리 수당, 우승상금, 성과금 등으로 받았던 모든 금액과 저희가 지니고 있던 돈 모두 베팅하고 참여하고 있습니다. 사범님."

영하가 주춤거릴 때 이번엔 기정이 깜짝 발언하며 나섰다.

"뭐? 있는 돈, 없는 돈 몽땅 쓸어모아 올인했다고?"

놀라운 일이었다.

그게… 베팅이… 물욕이나 이기고 지는 것에 개의치 않았다는 것하고 무슨 관계인가? 둘은 사심이 없었다는 걸 밝히기 위하여 가진 것 몽땅 베팅하고 경기에 임하겠다는 건데…….

-내가 아둔하거나 아니면 세대 차이가 커 못 알아듣는 건가?

"네. 사범님. 이번 경기에서 만일 영하가 패하여 전부를 잃는다 해도 저흰 아쉬움 없이 물러나려고 합니다."
기정의 말투에서 이번이 마지막 경기라는 힘이 실려있었다.
"음. 만일… 말이야. 김 박사가 전부 잃어도 후원자나 선수가 틀리잖아. 그게… 난, 어떤 의도인지 감이 안 오는 데?"
"저희가 물질적인 걸 챙기려고 하지 않았다는 게 중요한 거죠. 경기에서 승리하여 대국료나 상금을 탐낸 게 아니라 인공지능 프로그램으로 다져온 영하의 실력을 점검해보려는 시도였다는 것을 알아달라는 겁니다. 사범님."
기정의 말끝에 이젠 어떤 의도가 깔려 있는지 알 것 같았다.

-이번 경기에서 둘의 재산(?) 전부를 쓸어 넣고 우승한다면?

그렇지만 다른 의문 하나가 그렇게 불쑥 솟는다.

우리들의 리그에서 유례가 없었던 상황으로 출전 선수가 적잖은 금액의 가진 것 전부 베팅하고 AI를 사용하여 우승했다고 의심받을 수도 있을 것이다.

"그런데 김 박사가 이번 경기에도 우승한다면?"

"우승한다면 다음 행보는 그때 가서 생각해볼 겁니다. 다만 점점 더 강한 선수들이 들어오고 있습니다. 사범님. 사실은 저희가 마음이 편치 않은 것은 따로 있습니다."

기정의 눈빛에 의미를 알 수 없는 우울함이 담겨 있다.

"그래? 내가 모르는 다른 이유가 있나?"

"영하가 은둔하며 홀로 AI 프로그램으로 실력을 키웠다니까, AI 실력으로 이기려고 하는 자들이 우리나라로 몰려들까 염려되는 겁니다. 이미 러시아의 디마, 그리고 얼마 전 대국에서 의심되는 사례가 드러났습니다. 영하가 다행히 중반전에서 체크메이트로 승리하면서 엔드게임 끝까지 가지 않았을 뿐입니다. 체스 실력 외적인 다툼이 우려됩니다. 사범님."

기정은 가까운 곳을 살핀다.

그러나 멀리 내다보고 있었다.

자칫하면 우리나라에 세계적인 정상급 체스 선수들을 불러들여 AI 프로그램을 사용하며 후원자들의 주머니를 턴다는 이미지를 남길까, 두려워하는 것이었다.

괴물에서 체스의 철학자라는 찬사를 받으며 본인이 사는 동네로 끌어들여 감쪽같은 AI 기술을 사용하여 모두 KO 시킨다는.
물론 케빈을 믿고 경기를 진행하지만, 케빈도 선수를 내세운다. 그 선수에게 케빈이 맥시멈으로 베팅하는 것 자체도 공정성에 색안경을 끼게 만드는 의심 대상으로 볼 수도 있었다.
"우승할 경우 취할 행동은 결정이 유보된 상태지만, 잠정적으로 보스 등 후원자가 진행하는 우리들의 리그는 불참할 의사가 거의 굳어진 거네."
나는 느낌으로 그렇게 해석하고 싶었다.
영하도 기정도 말이 없었다.
둘 다 잠깐 나를 바라보다가 끝내 입을 열지 않았다.
영하의 체스 경기에 대해 다 알고 있는 나에게도 말을 아끼는 건 말해주기 싫어서가 아니라 자신들도 거기까진 아직 결정하지 않았다는 느낌이었다.
둘 다 전공한 분야에서 실력을 인정받고 있다.
자연스러운 경로로 여기까지 왔지만, 굳이 부정행위가 눈에 띄는 아름답지 못한 체스 경기에 더 머무르고 싶지 않은 것이다.
치팅으로 승리를 얻고자 하는, 그런 무리와 더는 체스 대국을 하고 싶지 않은 것이다. 반면에 오히려 이쪽이 AI로 연구한 것이 아니라 AI로 치팅 한다는 의혹만 사고 있을 수도 있었다.

케빈과 철학자는 후원자와 내세우는 선수의 관계이다.
스스로 순수를 상실하면 안 되겠지만, 내가 순수하다고 세상은 나를 그렇게 깨끗하게 인정해주지 않는다.
"그래. 김 박사. 본인의 생각이 그렇다면 일단 이번 경기를 잘 치르고 다시 생각하고 결정하자."
더 끌어도 더는 얻을 게 없는 대화였다.
"알겠습니다. 사범님."
"심려를 끼쳐 죄송합니다. 선생님."
"아니야. 나한테 죄송할 건 없어. 즐거이 체스를 연구하고 대국하려는 마음은 온데간데없고, AI 인공지능을 이용하여 오로지 이겨서 상금만 챙기려고 대드는 자들이 문제지."
나와 영하와 기정과는 이번 경기가 시작되기 전 그런 좀 우울한 대화가 오고 갔다.

나는 며칠 전의 그런 대화를 떠올리며 경기를 지켜보고 있었다.
대국하는 선수가 손을 들어 커피 등 차를 주문하면 나는 얼른 가져다주면 되는 역할을 하고 있었다.
오늘은 벤자민 선수만 커피를 거푸 두 잔 더 주문했었다.
탁자 위 빈 커피잔과 새 커피잔을 바꾸며 가까이서 흘깃 쳐다본 벤자민의 얼굴이 왠지 심각하면서 조금 일그러진 느낌이었다.

세계적인 선수들은 대부분 대국 중엔 포커페이스로 일관한다.
나는 그동안의 전례랄까 경험으로 느끼고 있었다.
그런데 벤자민은 어딘가 아픔을 참는 듯한 고통을 느끼는 얼굴을 하고 있었다. 그런 모습에 대하여 대국 중인 카페 안에서는 기정이나 영하에게 물을 수도 없었다. 그렇다고 그중 한 명을 카페 밖으로 나오라고 하여 물을 수도 없었다.
나름대로 4인의 대국자에게서 전력을 탐지하고 있을 터였다.

시간이 흘러 1라운드는 캐나다인 선수 헨리가 노련함으로 젊은 영국인 선수 제임스에게 첫 승을 거두었다.
다른 대국에서는 프랑스인 선수 앙리도 미국인 선수 벤자민에게 압도하는 내용으로 이겼다.
나는 대국 후의 약간 어수선한 광경을 지켜보고 있었다.
기정이 좀 차가운 눈빛으로 앙리를 쳐다보고 있었다.
앙리가 대국 자리에서 웃으며 일어나는데, 그 일어나는 움직임 따라 눈길을 주면서 주시하는 기정의 모습이 들어왔다.
기정의 그런 모습을 보다가 영하를 살펴보았다.
놀랍게도 영하 역시 기정과 유사한 태도를 보여주고 있었다.
서늘함이 그 눈빛에 들어있었다.

체스 철학자의 면모

화요일 오전.
철학자의 상대는 미국의 벤자민.
드디어 체스의 철학자가 대국 자리에 앉았다.
영하는 첫 대국이지만 벤자민은 어제 1라운드를 치르고 오늘은 2라운드에 들어선 장면이다.
미국인 벤자민은 앙리에게 시종일관 밀리다가 패배했다.
영하는 그 대국을 유심히 지켜보다가 보스에게 무언가 긴밀히 건의한 게 있었다.
분명 제프리가 선출했을 텐데 제프리는 명확하게 자신이 지명한 선수라고 밝히지 않았다. 다만 벤자민에게 후원자로서 일정액을 베팅했다고만 밝혔다.
기정과 영하는 보스를 통하여 그런 내막을 들어 알고 있었다.
그만큼 이번 경기는 급조되며 후원자와 선수가 다소 불투명하게 이루어졌다는 것이 실감 나게 한다.
우리들의 리그에 참여하는 세계 속의 후원자는 철학자의 대국을 더 보고 싶고 베팅도 하고 싶었다. 실력의 끝을 보고 싶었으나 상대로서 마음껏 베팅하기에는 왠지 불안감도 엄습했다.
좀 격이 떨어지는 품격이지만 친한 후원자끼리 상의를 거듭한

결과는 십시일반 격으로 베팅하자는 결론이었다.

그건 우리들의 리그 규정에 선수를 출전시키면 미니멈(최소한)으로 50만 불을 베팅해야 한다고 정해놓았기 때문이다.

이번 경기에 미국에선 5인이 벤자민에게 10만 불씩 베팅했다. 그들의 규정에 어긋나므로 한 사람에게 몰아주고 그 한 사람이 대표 격으로 선수 벤자민을 출전시킨 상황이었다.

그리고 한국에 입국할 수 있는 여건이 마련된 제프리, 브랜든, 패트릭, 이렇게 3인만 대한민국 강릉까지 오게 된 것이다.

그들에게는 그동안 없었던, 한 번도 보지 못한 조금은 치졸한(?) 행태의 베팅을 했다.

만일 그런 방식의 베팅이 이루어지지 않았다면 선수 벤자민이나 후원인 3인은 한국에 오지 못했을 것이다.

그 상황을 제프리가 은밀히 케빈에게 알려주었고, 보스는 다시 기정과 영하에게 은밀히 알려주었다.

그러나 그들이 경기 직전 정말 놀란 건 따로 있었다.

경기에 선수로 출전한 체스 철학자와 그의 매니저 진이 스스로 50만 불을 베팅한 것을 눈으로 확인한 다음이었다.

후원인에게는 누가 누구에게 얼마의 액수를 베팅했는지 경기 전 알려주게 되어 있었다.

경기 규정에 걸맞게 베팅했는지 서로 점검하는 차원이었다.

그리고 내세운 선수가 우승했을 때의 배당금 지급도 투명하게 처리해야 할 부분이었다. 리그에 출전할 정도면 우승할 수 있는 잠재된 실력을 뽐낸다. 이즈음 공식 체스 대회에서 한발 물러나 있던 세계적인 선수가 하나둘 한국에서의 대회참가를 희망하는 현상이 물밑에서 벌어지고 있었다.

보스 케빈도 부담을 느끼며 약간의 갈등을 느끼던 차에 선수가 50만 불을 베팅한다는 말에 고마움을 느낄 지경이었다.

보스도 체스의 철학자에게 똑같이 50만 불을 베팅했다.

선수를 출전시킨 후원인은 경기 당 베팅최소액이 50만 불이며, 베팅최고액이 100만 불이었다.

우리들의 리그에선 특이한 사례지만 어쨌든 미국인들은 전례가 없는 짬짜미로 미니멈 50만 불을 넘겼으며, 슬쩍 변칙적인 베팅으로 경기에 참여하고 있었다.

다른 때라면 그런 불법(?)적이고 변칙적인 베팅은 허용되지 않았을 것인데, 각자 소액으로 체스의 철학자라는 체스 괴물의 대국 모습도 보고 싶었고, 그 실력의 끝을 파헤치고 싶었다.

무엇보다 암묵적으로 여럿의 육안으로 철학자가 AI 인공지능을 사용하는지도 주시할 작정이었다.

보스는 좀 불안했으나 지금껏 철학자가 우승한 덕에 전리금을 상당히 챙겼으므로 50만 불을 베팅할 수밖에 없었다.

체스 필로소퍼 vs 벤자민

이번 경기에서는 대국 때마다 흑백을 정하기로 규정했다.
연속으로 흑이 나오게 된다 해도 그건 그 선수의 운이었다.
철학자가 백으로 대국하게 되었다.
생각 시간 : 각 90분으로 타임아웃제이다.
심판 겸 진행자 보스가 대국 개시를 외치고, 벤자민은 상대에게 두라는 신호로 초시계의 흑 꼭지를 꾹 눌렀다.
누름과 함께 초시계의 백 바늘은 째깍째깍 소리 내며 돌아가기 시작했다.
그 순간 입회인 겸 관전자들은 침을 꼴깍 삼키는 소리조차 낼 수 없을 정도로 정적에 휩싸였다.
영하는 스르르 눈을 감았다.

-이건가?

영하 앞에 앉은 벤자민은 한국으로 오기 전, 철학자의 특이한 대국 자세에 대해 들은 바 있었다.

-어떠한 경우라도 절대 혼들리거나 당황하지 마!

벤자민은 그런 충고를 떠올리며 같이 눈을 감았다.
아직 대국 상태가 아니어서, 보지 않으면 보이지도 않을 터.

영하는 명상에서 강릉의 돌 바둑판 하나를 떠올렸다.
며칠 전 살펴본 땅재봉 돌 바둑판.
강릉지방 향토사학자의 견해는 약 5백여 년은 되지 않았을까, 하고 전해져 내려오는 추정 연도.
어릴 적 강릉의 바둑 스승 책에서 읽던 내용보다 더 좋았다.
직접 왕복하면서 체감하던 느낌은.
소나무 숲속의 솔잎이 살포시 깔린 길.
그 길에 대한 묘사는 책에 별로 없었고, 세계 속 명사의 바둑과 체스 명언(예찬)에 대하여 서로 얘기하는 장면이 대부분이었다.
그런데 막상 가보니 시간 내어 산책하러 가고픈 숲길이다.
강릉의 옛 선비들은 그런 풍광 속에서 수담을 나누고, 고품격의 담론도 나누었을 것이다.
그런 멋스러운 문화유산이 있는 강릉에서 태어난 것에 자부심을 느끼며 자랑스러워해야 할 것이다.
수백 년 전에 지금과 엇비슷한 크기의 바둑판을 암반에 새기고 대자연 속에서 자연과 혼연일체가 되어 깨달음을 얻고자 했다.
바둑판이 있는 곳까지 오르내리며 심신을 단련했을 것이다.

오르면서 오늘의 전략에 대해 머릿속으로 생각해냈을 것이고, 내려가며 머릿속으로 복기를 통해 오늘의 대국에 대해 잘 잘못을 떠올려보았을 것이다.

바둑을 대하는 강릉의 선비다운 품격의 행동과 생각이었을 터.

요즘 벌어지고 있는 지하 체스 세계라는 '우리들의 리그'는 그런 점에서 강릉의 옛 선비에게서 배우고 또 배워야 한다.

영하는 AI 체스 프로그램이 더없이 좋은 것은 묵묵히 연구하고 배울 것은 배우며, 안 좋은 것은 버릴 수 있어서 좋았다.

그 묵묵한 노력이 결국 나의 자산으로 남는다.

그런데 그런 묵묵한 노력은 조금 가미하고, AI를 활용하여 치트 혹은 치팅으로 보다 쉽게 보다 큰 것을 노리는 자가 있었다.

지금까지 우리들의 리그는 단 한 번도 AI가 등장한 적이 없다고 보스를 비롯하여 후원인들은 이구동성으로 말하고 있었다.

영하가 냉정하게 살펴볼 때는 그런 행태를 발견하지 못했을 뿐, 없었던 것은 아니라는 견해가 지배적이었다.

-단 한 번도 없었던 행위를 동방의 작은 나라에서 사용한다?
-무명의 체스인 단 한 명을 물리치기 위하여?

영하는 돌 바둑판과 강릉 선비의 무위자연(無爲自然)에 대하여 떠올리며 오솔길을 한 발자국씩 정신적으로 내디디고 있었다.
어디선가 솔향이 은은하게 흘러들어 머리를 맑게 했다.
오로 삼매경에서 지금은 체스 삼매경으로 들어가야 한다.

눈을 뜬 영하는 킹 앞의 폰을 두 칸 올리고 초시계의 꼭지를 톡 누르며 시간을 살폈다.
오늘은 3분여의 시간이 명상 속에 흘렀다.
머릿속은 마치 오솔길 숲속에 들어선 것처럼 신선했다.
이 깨어 있는 정신, 이 상쾌한 느낌은 지금 체스를 두고 있지만, 대자연의 숲속 돌 바둑판을 마주하며 솔향을 느낀다.

-필로소퍼, 드디어 시작인가?

드디어 '체스 철학자'와의 대국인가!
벤자민은 상대가 초시계 누르는 소리에 반갑게 눈을 떴다.
그동안 체스 대회에 참가하면서 동양인들을 수도 없이 만났다.
수도 없는 동양인 중 지금 앞에 앉아 있는 체스의 철학자처럼 초침이 돌아가는 상황에서 눈을 감은 예는 떠올리기 힘들었다.
더구나 이 대국은 시간을 되돌리며 얻을 수 있는 피셔 방식도 아니고 타임아웃제이다.

벤자민은 퀸 옆의 비숍 앞 폰이 두 칸(e5) 올라갔다.

일단 견고한 오프닝으로 철학자의 날카로운 공격에 대응하는 전략을 구상했다.

-시실리안 디펜스?

벤자민이 변화가 무궁무진한 시실리안 오프닝으로 시작했다.

영하는 가장 평범한 대응으로 오른쪽 라이트가 나갔다.

바둑의 정석 중 백 가지의 변화가 일어난다는 대사백변.

바둑의 그 대사 정석처럼 변화무쌍한 체스의 시실리안 오프닝.

벤자민은 본인 퀸 앞의 흑 폰을 한 칸 올렸다.

영하 역시 퀸 앞의 백 폰을 두 칸 올렸다.

벤자민은 빠른 손놀림으로 방금 나온 백의 폰을 낚아챘다.

영하도 상대의 흑 폰을 라이트가 나가면서 다시 잡았다.

여기까진 시실리안 디펜스 오프닝 갈래 중 하나의 기본적인 수의 절차라 할 수 있었다.

그리고 몇 수 더 서로 교과서적인 대응을 해나갔다.

미동도 없던 영하는 다시 눈을 감았다.

벤자민은 미국 체스 챔피언 자리에도 올랐던 막강한 실력이라고 보스에게 애길 들었다.

각 나라에서 챔피언에 올랐거나 그에 버금가는 실력이 아니라면 이제 한국에 선수로 데려올 후원자도 없을 것이다.

조금 더 평범하게 진행할 것인가, 지금부터 난해하고 변화무쌍하게 비틀어 갈 것인가, 감은 눈 속에서 잠시 고심에 잠겼다.

아직 100% 확신할 순 없지만, 1라운드에서 앙리의 불미스러운 행위가 영하의 눈에 들어왔다.

앙리의 장난질이 아니면 앞에 앉아 있는 벤자민은 호락호락하게 당할 실력이 아니었다. 어쩌면 벤자민의 막강한 실력을 앙리도 알고 있었기 때문이라는 짐작이 갔다.

-벤자민은 알고 있을까?
-앙리가 더 강했기 때문이라고 패배를 인정하고 있을까?
-아니면 느낌은 오는 데 물증이 없기에 잠자코 있는 것일까?

영하는 그게 궁금했다.
영하는 지금 상대가 어느 나라 챔피언이거나 세계 챔피언이어서 두려워하거나 하는 심리 상태가 아니었다.
기정과 함께 굳은 결심을 했다.

앞으로 다시는 막강한 상대와 대국 기회가 없을지도 모른다.
그러므로 어떤 전략으로 겨룰 것인가, 고심하고 있었다.

오늘 5인 리그전을 벌이는 선수들은 영하만 빼고 수년 전부터 서로 한두 번 이상은 겨룬 경험이 있다고 했다.
세계체스대회에서 맞닥뜨린 경험. 보스와 후원자들이 운영하는 우리들의 리그에 이따금 출전하며 맞선 경험 등. 이 선수들이 여기 모인 목적은 오직 하나.

-무명의 체스인 - 체스의 철학자?

GM은 아예 없다.
그저 IM 몇 명 정도 활동하는 동방예의지국.
작은 나라 대한민국에 '체스의 철학자'라는 별칭을 헌정 받은 선수와 겨루어보고 싶어서 자청타청 온 것이다.
세계체스대회에 참가했던 선수라면 이름과 어느 정도 실력인지 들어라도 봤을 텐데, 그는 신비에 싸인 인물이었다.

-틀림없는 한국인?

한 나라의 체스챔피언에 오를 정도의 실력이라면 승부욕을 자극할만한 실력과 인물이다.
본인이 베팅한 영하와 기정을 빼고, 대부분 출전 선수는 누가 얼마의 액수를 누구에게 베팅했는지 별로 관심도 없다고 했다.
일단 출전료를 받고 경기를 치른 후 우승한다면 우승 상여금을 더 받는 정도의 옵션이 보장되었을 것이다.
철학자와 겨룬다는 바람에 솔깃하여 달려온, 아니 날아온 것.

영하는 눈을 감고 여러 전략을 머릿속으로 회전시키고 있었다.
본인이 개발한 AI 체스프로그램에서 같은 장면이 나타났다.
그 한 장면에서 여러 번 사투(?)를 벌이고 깨지고 또, 또 도전.
스스로 피드백을 얻어낸 전략 하나가 선명하게 다가왔다.
AI가 홀로 연구하기 좋은 건 같은 장면에서 크게 실패하더라도 그 장면으로 되돌아와 또 도전하여 수수를 늘려가는 것에 있다.
실패하여 판 전체가 급속도로 기울어질 때까지 도전하고 다시 도전하며 연구 할 수 있는 기회가 무한하게 주어진다.

-얼마나 좋은 기회인가?
-대면 대국의 실전에서 강자는 어떻게 대응할까?

영하는 눈을 떴다.

그 장면, 그 수의 절차로 들어가는 한 수.

그리고 가뿐한 손놀림으로 초시계 꼭지를 눌렀다.

-음. 철학자! 눈을 감고 수를 생각?

-이제부터 홀로 AI 프로그램과 단련했다는 수법이 나오는 건가?

벤자민은 상대에게 미리 듣고 온 것보다 더 이상한 대국 태도를 느끼고 있었다. 마치 사이보그처럼 움직이지 않고 체스판만 들여다보며 대국한다는 소문이었다.

아. 맞다.

때로는 대국장 밖으로 나가서 홀로 노래를 부른다고 했지.

그런데 오늘은 처음부터 자주 눈을 감고 있었다.

이런 건 이상한 대국 태도의 범주에 들지 않는 건가?

미국에서의 한 장면이 떠오른다.

"미들게임에 들어가며 점점 무기력해졌어."

미국에서 친구 브라이언이 하던 말이다.

"철학자가 어떠한 움직임을 보이더라도 동요하지 마."

오기 전 후원인 제프리가 하던 말이다.

친구는 철학자와 직접 대국 후 경험을 말하고 있었다.
제프리는 철학자와 그간의 경기 중 벌어진 상황을 듣고 정리해 말해준 것이다. 친구는 대국적인 견지에서의 경험담이었다.
제프리는 대국 외적으로 총체적인 상황을 말했다.
어제 대국에서 앙리도 상당히 예리한 수들만 구사했다.
왠지 좀 무기력해지며 전세가 흘러갔다.
엔드게임에서 결국 기물 부족으로 앙리에게 패퇴하고 말았다.

철학자도 듣던 대로 AI처럼 예리한 공격적인 수만 구사할까?
지금처럼 견고하게 방어적인 진형을 갖추며 상대의 빈틈을 노려야 할까? 같이 공격적인 수로 나가야 할까?
벤자민은 잠시 전략에 대해 고심하고 있었다.
그런 순간 철학자는 특이하게 기물을 하나 희생하고 있었다.
벤자민은 잠시 살펴보아도 특별히 튀는 수가 없었다.

"철학자가 뭔가 희생할 때 다시 한번 더 생각해!"
문득 브라이언의 충고가 떠오른다.
그러나 아무리 봐도 안 잡을 이유가 없었다.
이때 철학자는 체크
벤자민은 킹을 1선에서 1선으로 옆으로 피한다.

다시 철학자의 비숍이 날아와 체크

이번엔 어쩔 수 없이 2선으로 올라와야 했다.

다시 철학자의 체크

벤자민은 2선에서 2선으로 다시 킹을 피신시킨다.

철학자는 다시 체크

으음. 벤자민은 잠시 신음을 토해낸다.

별거 없을 것 같은 체크가 이어지며 킹이 1선으로 내려가거나 2선에서 움직이지 못하고 3선으로 올라섰다.

주변에 본인의 기물이 있는데도 별 도움을 주지 못하고 있었다. 그렇다고 킹이 매우 위험하다는 생각은 들지 않았다.

철학자는 거기까지 체크를 이어가다가 멈추고 요소 하나를 점거한다. 일단 상대의 킹을 밖으로 끌어내는 데 성공했다.

영하는 카페 바체프에 처음 왔을 때를 떠올렸었다.

바둑 스승이 아이에게 신의 한 수에 대해 문제를 냈을 때이다.

본인이 AI 체스 프로그램과 사투를 벌이던 문제와 유사하다는 생각을 했었다.

다르다면 신의 한 수는 연속으로 체크를 하며 딱 한 자리 피할 곳을 내주며 연속으로 나의 진영으로 한 칸씩 오도록 만들었다.

그러나 본인이 AI와 벌인 겨루기에선 한 박자씩 쉬면서 내 진영으로 상대 킹을 몰아 오는 수법이었다.

철학자와 벤자민의 대국을 지켜보던 관전자들은 연속된 체크에 숨죽이고 지켜보면서 속으로 감탄을 연발하고 있었다.
그렇게 진행되기 전 철학자의 희생타에 "헉" 하는 신음이 절로 나왔다. 뒤이은 체크에 등 떠밀리는 벤자민의 킹을 보고 있었다. 입회한 관전자는 철학자의 얼굴을 체스판보다 더 보고 있었다. 보스만 빙긋 미소를 지을 뿐이었다.

벤자민은 좀 당황하고 있었다.
본인 진영 1선에 있던 킹이 연속된 체크로 인하여 3선까지 떠밀려 오리라곤 전혀 생각하지 못했다. 앞에도 옆에도 본인 기물이 있었기 때문이다. 그러나 그 기물은 체크를 당했을 때 아무런 도움을 주지 못했다. 속절없이 2선으로 다시 3선으로 등 떠밀려 나올 수밖에 없었다. 이젠 다시 돌아가는 길은 보이지 않았다. 어쩔 수 없이 킹을 방어하면서 공격적으로 활용하는 방법을 모색해야 했다. 앞에는 퀸이 나와 있었지만, 그 퀸으로 체크를 막으며 희생할 수도 없었기에 난감했다. 킹의 호위무사가 거의 없는 상태로 3선까지 올라가 있었다.

철학자는 쌍 비숍으로 적절하게 체크 하며 상대 킹을 끌어내는 데 성공했다. 뒤에서 퀸과 룩이 그 비숍을 보호하면서 교묘하게 상대 킹을 끌어내고 있었다.

사실 이건 영하가 AI 체스 프로그램을 상대하며 유도한 수법이 아니라 반대로 그렇게 당한 수법이었다. 마침 그와 유사한 장면이 나타나 그 수법을 시의적절하게 구사하고 있었다.

한 수 쉬는 듯 기물을 중앙으로 보강하는 데 시간이 걸려 체크를 못 했을 뿐 승리는 눈앞에 두고 있었다. 상대 킹은 다시 돌아갈 수도 없었고, 특별히 방어할 기물도 없었다. 늘 AI에게 당하던 수법을 대면 대국에서 역으로 사용하여 상대를 매우 곤혹스럽게 만들었다.

벤자민은 몇 수 전 철학자의 희생타를 잡은 것이 패착이라는 것을 절감하면서 아직 포기하기에는 이른 감이 있었다.

상대 기물이 중앙으로 나오며 체크 하지 않았다. 그러나 킹을 호위할 기물을 앞으로 전진시키기도 만만치 않았다.

벤자민의 생각처럼 국면은 뜻대로 풀리지 않았다.

한 수 쉰 철학자의 체크가 이어진다. 나의 진영으로 킹이 내려오며 피신하는 것이 아니라 상대 진영으로 더 전진하고 있었다.

킹이 연속으로 체크 당하면서 상대 진영에 거의 다 올라간 후 도저히 이길 가망성이 없었다.

-저런 수는 언제부터 내다보고 있었을까?

관전자들은 철학자의 수법에 혀를 내두르고 있었다.
체스의 철학자라는 별명에 걸맞는 낭만적인 수법은 아니더라도 수준 높은 수법을 눈으로 지켜보게 된 것이다.
벤자민은 고개를 들어 앞에 앉은 상대 철학자를 쳐다봤다.
철학자는 사이보그 같은 자세로 체스판을 주시하고 있었다.
담담한 얼굴로 요지부동의 태세였다.

-이건가?
-한 번 걸리면 빈틈없이 걸려든다는 철학자의 수법인가?

벤자민은 눈을 감았다.
대국 중 눈을 감은 건 처음이라는 느낌이었다.
벤자민은 머릿속으로 첫수부터 복기를 시작했다.
그 수까지 특별히 눈에 띄게 악수는 없었다.

-특별한 수가 없다고 여겨 상대의 희생 기물을 잡은 게 결정적 패착인가?
-그때 그 기물을 잡지 않았다면?

벤자민은 눈을 감고 거기까지 복기한 후 다른 수를 찾아보았다.
만일 그 기물을 잡지 않았다면?
그 수를 외면한 채 이후를 진행했으나 뾰족한 수도 없었다.
그 희생 기물이 더욱 공격적으로 기세가 올라 전세가 기운다.
벤자민은 어제와 오늘 1, 2라운드 모두 힘 한번 제대로 쓰지도 못하고 패퇴한 자신이 허탈했다.
눈을 뜨고 철학자에게 악수를 청했다.
"체스 철학자. 대국하여 영광이었소"
"나도 좋은 대국을 할 수 있어서 영광이었소"
벤자민의 악수하고자 내미는 손을 잡으며 영하가 말했다.

옆의 대국이 아직 끝나지 않아 박수는 터지지 않았다.
영하와 벤자민은 조용히 입회인들이 앉은 자리로 이동했다.
기정은 수고했다는 표정으로 눈을 마주치며 고개를 끄덕거렸다.
보스가 영하의 등을 두어 번 토닥거리고 다시 자리에 앉았다.
영하는 잠깐 앙리와 제임스의 대국을 눈여겨보다가 천천히 걸어 카페 밖으로 나왔다.
기정이 따라 나가고, 내가 따라 나갔다.
"김 박사. 수고했어."
밖으로 나와서야 내가 승리를 축하해주었다.
"고맙습니다. 선생님. 전 여기서 잠깐 쉬겠습니다."
영하가 꾸벅 인사하며 우리가 자주 앉던 테이블 의자에 앉았다.
"그래. 쉬어. 난 들어가 볼게."
나는 영하와 기정이 편하게 대화하도록 자리를 피해 주며 다시 카페로 들어왔다.
앙리와 제임스의 대국은 팽팽하게 균형을 갖추고 있었다.
철학자와 벤자민의 대국이 의외로 일찍 끝이 난 터였다.
이 둘의 대국은 이제 미들게임을 통과하고 있었다.

둘의 대국은 한참 뒤 앙리가 체크메이트를 성공시키며 승리.
대국의 결말을 보면서 영하와 기정은 무거운 표정이 되었다.
영하도 기정도 앙리가 100% 의심스러운 건 일치했다.
잠시 어수선하며 칭찬과 격려와 함께 열 명이 넘는 외국인들이 카페를 빠져나갈 때 기정이 얼른 내게로 다가왔다.
"사범님. 이들과 헤어지고 다시 오겠습니다."
기정은 나지막이 말하고 있었다.

얼굴엔 카페에 처음 왔을 때처럼 조각구름이 들어있었다.
"왜? 김 박사가 쉬어야 낼 오전 대국하지?"
조각구름 때문에 조금의 염려가 들어있는 되물음이었다.
"그 오전 대국 때문에 잠깐 검토할 게 있습니다."
"그래? 내가 도울 일이 있나?"
"네. 사범님이 꼭 도와주셔야 해결되는 일입니다."
"알았어. 그럼 늦기 전에 빨리 따라가고 있다 다시 와."
"고맙습니다. 사범님."
기정은 바쁘게 외국인들의 뒤를 쫓았다.

이번 5인의 경기는 리그전으로 단 1명의 기권도 없이 모두 돌아가며 대국하도록 순번을 정해놓았다. 보통의 대진처럼 승자는 승자끼리 패자는 패자끼리 두어서 순위를 정하고 1등을 뽑는 방식이 아니었다.
기정이 모종의 부탁과 함께 다시 온다는 말 때문에 나는 리그전의 대진표를 살펴보았다.
내일 영하는 앙리와 겨루게 대진표가 짜여 있었다.
어제 앙리를 주시하던 기정과 영하의 눈길이 심상치 않았다.
나는 무언가 흑막이 잠재해있다는 느낌을 떨칠 수 없었다.
이따 둘이 카페에 다시 오면 거기에 대한 비밀이 풀릴까!

8. 체스 필로소퍼 vs 앙리

한참 후, 다시 온 기정과 영하는 경기 관계자 전원이 같이 점심을 먹었다고 했다.

"이젠 쉬셔야 하는데 귀찮게 해드려 죄송해요. 선생님."

다시 온 영하가 미안해한다.

"아니야. 괜찮아. 슬슬 오후 장사 준비해야지."

보스의 인솔하에 외국인들은 점심 식사 후 정동진으로 관광하러 떠났다고 한다.

어지간하면 내일 대국을 위하여 영하는 쉴 텐데, 아직 변장한 모습으로 다시 카페에 왔다.

"어서 와. 뭘 검토한다는 거야?"

"저희가 카페에서 좀 확인할 게 있습니다. 선생님."

"그러니까, 뭘 확인한다는 거냐고?"

계속 같이 있었는데, 나는 도무지 알 수가 없었다.

"선생님. 지난번 인도인 아미뜨와의 대국 때 찍힌 cctv 화면을 확인할 수 있을까요?"

영하는 조심스럽게 묻는다.

그 표정에 얼핏 간절함도 들어있다면 나만의 착각일까.

"인도인 아미뜨?"

아미뜨라면 불과 얼마 전 대국이었다.

그 정도 기간은 cctv 화면이 사라지지 않았을 것이다.

"여기 카페의 cctv 녹화 보관 기간이 어느 정도죠?"

이번엔 기정이 미처 내 대답도 나오기 전 재차 묻는다.

"내가 그것까진 정확하게 모르겠는데, 그때 대국 장면은 지금 볼 수 있을 거야. 뭘 보고 싶은 건데?"

나는 움직임을 멈추고 둘의 얼굴을 쳐다보며 다시 물었다.

둘은 확신할 수 없는, 그 무언가를 찾으려는 것으로 여겨졌다.

명확하게 밝히면 좋으련만, 둘은 불분명한 태도로 cctv 화면만 확인하러 들었다.

카페에는 안팎으로 열 개가 넘는 cctv가 설치되어 있었다.

"대국 때라면 카페 안 화면이 필요하겠지?"

카페 안은 모두 다섯 대의 cctv가 있었다.

"네. 선생님."

"잠깐 기다려봐. 내가 먼저 녹화를 확인해볼게."

나는 cctv를 녹화하는 DVR을 점검한 후, 카페 안 화면을 그때 날짜로 되돌리기를 시도했다.

화면엔 여러 각도에서 입회인들과 대국자의 모습이 나타났다.

대국자의 마음까지도 투시되지는 않았으나, 화질은 선명하다.

"자. 여기서부터 둘이 살펴봐."

나는 그 부분까지 화면을 되돌려 주고 자리를 비켜주었다.

둘은 다섯 대 cctv 중 대국자가 가장 잘 보이는 화면을 앞뒤로 돌려가며 살펴보고 있었다.

나는 둘의 뒤에서 체스 대국하는 화면을 같이 살펴보고 있었다.

나는 눈을 부릅뜨고 주시하지는 않았다.

그러나 찬찬히 살펴도 이상한 점을 발견해내지 못하고 있었다.

기정은 두 번, 다시 세 번, 같은 화면을 잠깐씩 돌려보았다.

아미뜨와 영하의 대국 장면이었다.

기정은 고개를 돌려 영화와 눈을 맞추고 있었다.

영하도 아무 말 없이 고개를 끄덕거리고 또 끄덕거렸다.

기정도 "역시"라고 말하면서 고개를 끄덕거리고 있었다.

"뭔데? 난 아무리 봐도 모르겠는데, 뭘 찾는 거야?"

나는 궁금해서 몸이 달아오를 지경이었다.

"저기 대국하는 아미뜨가 보이시죠?"

기정이 비로소 입을 열었다.
"응. 당연히 보이지."
"아미뜨가 왼손에 차고 있는 손목시계도 보이시죠?"
"응. 보여."
"사범님. 저 시계를 오늘은 못 보셨어요?"
기정은 뜬금없이 손목시계를 보았냐고 묻는다.
"시계를…? 글쎄… 난 모르겠는데."
나는 말하는 기정도 지켜보는 영하도 어떤 의도로, 어떤 의미로 시계 부분을 묻는지 오히려 궁금했다.
"저 시계와 똑같은 시계를 오늘 앙리가 차고 있었습니다."
기정은 알 듯 모를 듯 시계만 얘기하고 있었다.

-아미뜨가 차고 있던 시계와 유사한 시계를 앙리가 차고 있는 게 어떤 연관성이 있다는 건가?

잠깐의 침묵이 흐른다.
나는 나대로 기정과 영하는 그들대로 어떤 상념이 스쳐 간다.
"그런데?"
둘은 상념의 침묵에 빠져 있었다.
"아미뜨가 영하와 대국 때 저 시계로 외부인과 송수신을 하지 않았나, 하는 의심을 했었습니다."

기정은 뜻밖의 얘기를 하고 있었다.

그 대국은 분명 영하가 이기고 끝낸 대국이다.

"그때 김 박사가 체크메이트로 이겼잖아?"

나는 기억을 더듬으나 마나였다.

"그렇죠. 중간에 이겼지만 길게 갔으면 위험할 뻔했습니다."

기정은 그렇게 말하며 고정된 화면을 다시 짧게 돌렸다.

"뭐 이상한 자세가 안 보이시나요?"

기정은 문제를 내고 있었다.

"글쎄. 아, 저게!"

나는 비로소 아미뜨의 어떤 동작을 읽을 수 있었다.

그것은 아미뜨가 생각하는 자세를 취하며 자주 손목을 세웠다.

체스판을 시계 윗면으로 비추고 있는 모습의 그런 동작이 자주 이어지고 있다는 느낌이 들었다.

"그럼 저 시계로 외부와 송신도 하고 수신도 했단 말이지?"

아미뜨는 대국하면서 자주 자세를 바꾸고 있었다.

자연스러운 움직임이지만, 의심하면서 보면 어딘지 어색한 부분이 도드라지고 있었다.

안 그런 척하면서 왼 손목을 세워서 체스판을 향했다.

"네. 사범님. 수신까진 몰라도 분명 송신은 하는 것 같았어요.

저 시계에 어떤 장치가 있는 것 같아요."

기정은 다시 화면을 고정했다.

시계는 보통의 시계보다 특이했다.

대다수 시계는 1부터 12까지 원을 그리며 시간을 나타낸다.

아미뜨가 차고 있는 시계는 1 ~ 12까지의 시계 속에 또 하나의 톱니바퀴가 들어있었다.

그런데 그런 시계는 흔한 건 아니지만 가끔 볼 수 있었다.

시계 속에 나침판이 들어갈 수도 있었다.

맞춤형 수제라면 장식용으로 원하는 것을 뭐든 시계 속에 넣을 수 있었다. 가격이 문제겠지만.

"정확한 명칭은 모르겠는데, 저런 유형의 시계는 시중에 제법 돌아다니지 않나?"

나는 화면 속 손목의 시계 가죽 벨트도 확인하고 있었다.

"네. 사범님. 아주 흔한 건 아니지만 저희도 다른 사람이 차고 다니는 걸 가끔 봤습니다."

기정도 본 적 있다고 인정한다.

"아마 그래서 자연스럽게 보이도록 했다고 봅니다. 선생님."

영하는 화면에 시선을 고정한 채 말했다.

"선생님. 이제 확인했으니 저희가 대책을 강구 하겠습니다."

영하는 살짝 수심이 스쳐 지나가고 있었다.

짜인 대진표대로라면 내일 오전 영화와 앙리의 대결이다.
"보스한테는 얘기했나?"
"저희도 100% 확신할 수 없어서 보스에게 아직 자세히 말하지 않았습니다. 다만 아미뜨와 앙리와의 친밀감 등의 관계를 조사해달라고 부탁했습니다. 사범님."
기정의 말끝에 나는 아까의 움직임을 기억해냈다.
영하가 보스를 은밀히 불러내어 잠깐 대화를 나누었다.
그리고 보스가 제프리를 불러내어 대화하던 장면이 떠올랐다.
기정의 얘기를 들으면서 보스 주변을 떠올려보았다.
보스 케빈은 한국으로 좌천되기 전 오랜 세월을 여러 나라에서 우리들의 리그 후원인 및 출전하는 선수를 늘 상대했다.
기정과 영하는 그들을 전혀 모른다. 오는 선수를 맞아 대국만 할 뿐이라 그들끼리 서로 어떻게 얽혀있는지 알 수 없었다.
체스의 지하세계는 적이면서 아군이 될 수 있고, 아군이었다가 다시 적이 될 수도 있는 관계로 상황이 급변할 수 있었다.

-리그 중 승패로 장난칠 수도 있다는 건가?

나는 리그전의 특성에 비추어 짐작하고 있었다. 이를테면 리그에서 승률에 영향을 미치게 서로 져줄 수도 있고, 그렇게 도움을 받을 수도 있는 관계가 형성된다. 즉 서로 승패가 물고 물리는 상황에서 밀어주기도 나올 수 있는 관계라는 것이다.
그런 경우는 베팅한 후원인들끼리 은밀한 거래를 할 수도 있고, 선수들끼리 눈치껏 도움을 주고받을 수도 있는 것이다.
그러나 그렇다고 아무하고 그런 암묵적인, 혹은 금전이 오가는 뒷거래를 할 수는 없을 것이다.

-음. 친밀감이라?

기정이 말하는 서로의 친밀감은 그런 경우까지도 담겨있었다.
"당장 내일 오전에 앙리와 대국인데 언제 알 수 있지?"
나는 이런 불미스러운 부정적인 내용을 차라리 모르는 게 나았을 텐데, 알고 나니 내일이 걱정되었다.
이 경기가 열리기 전 기정과 영하가 크게 우려하며 큰 실망을 나타내더니 기어코 불미한 일이 코앞에 닥쳤다.
"그건 저희도 모릅니다. 보스의 능력을 믿을 뿐입니다."
지난번에도 디마가 퀸으로 하던 불미한 행동을 영하의 기지와 실력으로 이겨냈었다.
나와 기정과 영하는 cctv 화면을 살펴보고 테이블에 둘러앉아 어떤 조처나 궁리를 해보았으나 별무신통이었다.

혹시 유출될지도 모르는 우리 카페 내의 cctv 화면은 저번처럼 대국 중 모두 끄면 된다. 그러나 저들이 개인적으로 연결하는 외부와의 송수신은 차단할 수 없었다.

"앙리의 대국 중에만 전파 차단기를 활용하면 안 될까?"

찻잔의 차는 입도 안 대고 궁리하는 둘에게 내가 말했다.

"우리나라에서는 전파 차단기를 사용하는 게 불법입니다."

기정이 우울한 얼굴로 말하고 있었다.

거기에 대한 법적인 건 저번에도 말해서 나도 알고 있었다. 궁리해도 해답이 나오지 않아 말해본 것이다.

-만일 우리 카페에서 전파 차단기를 사용한다면?

카페 주변의 어느 경계까지는 모든 전파가 차단되므로 개인의 사생활 보호법에 저촉된다. 전파관리소 같은 기관에서 알아채어 당장 조사에 들어가면 국제적인 문제를 일으킬 수도 있었다.

-가장 좋은 방법은 앙리의 시계를 뺏는 것인가?

내가 생각하는 그 방법을 어쩌면 기정과 영하도 잠깐 하고 있을 것으로 짐작했다.

그러나 어디까지나 의심은 가지만 검증은 안 되었다.

외국에서 후원자와 선수를 불러다 놓고 치팅 운운하며 시계를 풀어놓으라고 하면 "네. 들켰네요. 알겠습니다." 하면서 앙리가 시계를 내놓을까?

어림도 없는 상상일 뿐이다.

명예훼손이라며 펄쩍 뛸 일이다.

이때 정적을 깨고 기정의 휴대전화가 울렸다.

"네. 보스."

"어디요? 진."

기정은 일부러 스피커폰으로 보스와 대화 내용을 나와 영하가 듣게 했다.

보스는 음성을 나직이 깔고 있었다.

무언가 들어있거나 알아냈다는 음성이며 분위기였다.

"한옥마을 근처에 친구와 잠깐 산책 나왔습니다. 보스."

"음. 일전에 왔던 아미뜨와 프랑스인 앙리의 후원인 마티유와 꽤 가까운 사이로 드러났소."

보스의 음성은 가라앉아 있었다.

보스의 휴대전화에서 사람들의 시끌시끌한 웅성거림이 가까이서 멀리서 들려왔다.

후원인과 출전선수 등 외국인들을 인솔하고 다니던 중 연락을 받고 기정에게 전화한 느낌이 짙었다.

-자, 무슨 일인가 자세히 말해보시오!

그들의 친밀도를 알아냈으니 너도 아는 만큼 털어놔 봐.
보스는 그런 느낌으로 기다리고 있었다.
기정은 기정대로 보스의 뒷말을 기다리고 있었다.
"보스. 사실은 앙리가 치팅을 하는 것 같은 느낌입니다."
기정은 보스가 더는 말이 없자 속내를 드러냈다.
"치팅? 진. 지금 치팅이라 했나요?"
보스는 음성을 높이고 있었다.
높아지는 음성 속에는 놀라움이 생생하게 묻어나고 있었다.
"그렇습니다. 보스."
"음. 그럴 수가. 이 세계도 이제 세월 따라 점점 혼탁해지는군. 그런데 진. 아미뜨와 앙리 사이는 철학자가 왜 묻는 겁니까?"
대인관계에서 노련한 보스는 일단 그것부터 알고자 했다.
"지금 아미뜨가 하던 짓을 앙리가 똑같이 하려고 합니다."
"진. 뭐라고요? 그럼 아미뜨가 치팅을 했다는 겁니까?"
보스의 목소리가 다시 높아졌다.

그 대국을 심판 겸 입회인으로 바로 옆에서 관전했는데 본인은 전혀 눈치채지 못한 것이 된다.
"그렇습니다. 그 대국을 더 끌었다면 철학자도 위험했습니다. 다행히 중간에 절묘한 체크메이트로 이기는 바람에 말썽 없이 마무리된 겁니다."
기정은 목소리를 차분하게 깔고 또박또박 설명했다.
"아미뜨가 어떤 방법으로 치팅을 했나요?"
보스는 치팅을 명확하게 입증할 수 있는지 묻고 있었다.
"사실 100%라고 말할 순 없습니다. 하지만 수상한 점으로 치면 90% 이상입니다. 보스 왼손에 차고 있는 손목시계입니다."
기정의 설명에 듣고 있던 보스는 신음하고 있었다.

-손목시계로 송신하고 다시 수신받는다?

요약하면 시계로 체스판을 비추어 밖으로 송신하고 다시 어떤 신호 체계에 의해 수신한다는 의미였다.
그렇게 하려고 들면 얼마든지 시계로 기능조작이 가능하다?
CIA 요원 케빈-보스는 시계라고 명확하게 말하자 그 가능성을 충분히 인지하고 있었다.
또 대화자 간의 침묵이 흐른다.

만일 들을 수만 있다면, 들리기만 한다면, 지금 보스의 머릿속 회전력은 엄청난 속도를 내고 있을 것이다.
만일 소리도 나타낸다면 굉음에 이를 것이다.
둘 다 침묵 속에 조금 멀리서 사람들의 떠드는 소리가 보스의 휴대전화에서 흘러나온다.
대부분 한국말이었다.
보스는 대화를 위해 관광객들과 조금 거리를 둔 느낌이었다.
"그렇다면 앙리도 시계를 이용한다는 건가요? 진."
보스의 음성이 조심스러웠다.
"그렇습니다. 오늘 오전 대국에서 앙리가 벤자민을 이긴 것도 그 시계를 사용했다고 보고 있습니다. 저와 친구는."
보스는 끄응 거리며 다시 신음한다.
아까 오전에 철학자가 자신을 카페 밖으로 불러낸 상황을 이제 이해하는 느낌을 주고 있었다.
"보스. 아미뜨가 차고 있던 손목시계와 유사한 시계를 앙리가 차고 있습니다. 그리고 아미뜨가 대국 중 치팅 한다고 의심받던 동작을 앙리가 그대로 따라 하고 있습니다."
기정은 거기까지 말하고 보스의 반응을 기다렸다.

-자, 보스 이제 대책을 내놓으시오!

나와 영하, 그리고 대화하는 기정은 숨죽이고 기다렸다.
기정이 설명한 대로라면 내일 오전 철학자와 앙리의 대국에서 앙리가 무조건 치팅할 것이라는 암시를 주고 있었다.
숨 막히는 시간이 흐르며 보스는 아무 말도 없었다.

-제프리에게 말해야 할까?

앙리에게 맥없이 밀리며 패배한 벤자민에게 좀 실망감을 느끼는 제프리는 어떤 반응을 보일까?
케빈은 머릿속에서 되뇌고 또 되뇐다.
절친 제프리가 출전시키며 후원자 여럿이 베팅한 미국인 선수 벤자민은 자타가 공인하는 강타자이다. 비록 지금은 모든 세계 체스대회에 참가하지 않고 있다. 본인의 전공 분야에서 일하고 있지만, 전미 체스챔피언이었으며, 경험도 많고 노련한 선수는 틀림없다. 그런 벤자민이 (월)오후 대국에서 앙리에게 패배했다. 그리고 오늘(화) 오전 대국에서는 철학자에게 역시 패배당했다. 그를 후원한 제프리와 친구들은 눈을 의심하고 귀를 의심하고 있었다. 앙리가 강하다고 해도 그간의 경력으로는 벤자민이 더 우세하다고 믿고 있었다. 실제로 예전 경기에서 벤자민이 앙리를 이기기도 했다.

체스 경기는 늘 변수나 이변이 발생하지만, 대국 내내 벤자민이 앙리에게 어딘가 밀리는 듯한 상황을 지켜보면서 좀 의외라는 생각을 하고 있었다.

그런 생각은 비단 보스만 그런 것이 아니라 지켜보던 제프리와 후원자 모두의 생각이었다. 그들은 벤자민과 앙리의 대국이 끝난 후 서로 눈을 마주치며 고개를 두어 번 절레절레 흔들었다. 그러나 하나 같이 내색을 안 했을 뿐이다.

-그런데 치트(cheat)라고?

지금 철학자와 매니저 진이 주장하는 것은 아미뜨가 이미 사용한 수법이었다.

아미뜨는 대국 중간에 철학자에게 아쉽게도 체크메이트 당했다. 아미뜨는 성과를 내지 못했으나, 그 수법을 들킨 건 아니라는 판단에 앙리에게 전수했다는 정황이다.

보스도 기정도 말 한마디에 침묵, 다시금 말 한마디에 침묵이 길어지는 만큼 상념과 대책에 골몰하고 있었다.

"진. 일단 알겠습니다. 그들끼리의 친분은 파악되었으니 오늘 일정을 마치고 우리끼리 잠깐 만납시다."

보스는 그렇게 통화를 끝냈다.

보스를 믿고 대한민국 강릉까지 온 문화교류단도 챙겨야 했다.

"보스가 어떤 대책을 강구 하겠지?"

숨죽이며 듣던 통화가 끝나고 내가 희망을 부르고 싶었다.

그러나 구체적인 방법은 하나도 떠오르지 않았다.

기정도 영하도 심각한 얼굴로 궁리만 할 뿐 아무 말도 없었다.

"보스가 어떤 조치를 할 겁니다. 영하는 열심히 대국에만 전념하면 될 겁니다."

기정은 보스의 능력을 믿고 있었다.

점심 식사 후, 차를 마시려는 오후 손님이 한 팀, 두 팀 카페에 들어오기 시작했다.

영하와 기정은 잠시 산책한다며 카페를 나갔다.

그 둘이 머리를 맞대고 논의하여 내일 대국을 잘 마무리할 것을 나는 믿고 있었다.

오늘 저녁 보스와의 대국 외적인 전략을 완성한다면, 늦게라도 나에게 알려줄 것으로 믿었다.

그러나 그 날은 기정과 영하에게 아무런 소식이 없었다. 저녁 무렵까지 둘에게서 연락이 없자 괜히 내가 초조해지고 있었다.

-어쩌면 밤새 보스가 어떤 모종의 대책을 강구 했을까?

-정말 대면 대국에서 앙리의 AI 인공지능과 영하가 겨룬다면?

다음날 수요일 오전. 3라운드.

영하와 기정은 일행과 함께 담담한 표정으로 카페에 들어선다.

오늘 대국자는 이미 정해져 있었다.

10분 전 9시에 랜덤으로 흑백을 가렸다.

이번 5인 리그는 대국 때마다 랜덤으로 흑백을 가린다.

그때마다 연속 백이 선택되어 유리할 수도, 흑이 나와 불리할 수도 있지만, 운으로 돌리고 실력으로 승리를 따내야 한다.

앙리와 마주 앉은 철학자는 백이었다.

경기 총괄 진행자 보스가 9시 정각에 경기 시작을 알린다.

필로소퍼 vs 앙리

헨리 vs 벤자민

3라운드 시작하는 현재 승패.

철학자-1승. (1라운드 쉼).

헨리-1승. (2라운드 쉼).

앙리-2승.

벤자민-2패.

제임스-2패.

"한 수 배울 수 있어서 영광입니다."
철학자와 악수하며 인사한 앙리는 싱긋이 웃고 있었다.
승리할 수 있다는 자신감, 믿는 게 있다는 자신감의 미소.
철학자가 들여다본 앙리의 얼굴은 표현하는 낱말과는 영 딴판인 비웃음이랄까, 그 야릇한 웃음이 묻어난다.
"반갑습니다. 저도 한 수 배우겠습니다."
그렇게 서로 마음에도 없는 말을 교환한 후 앙리가 초시계에서 흑 꼭지를 눌러 백 시간이 흐른다.
철학자는 본인 초시계의 째깍째깍 소리에 맞춰 눈을 감는다.

앙리는 철학자의 눈 감은 모습을 보며 또 한 번 씨익 웃는다.
마치 그럴 줄 알았다는 듯이.

-그런 명상은 나에겐 안 통해요!

앙리는 줄곧 철학자의 얼굴을 주시하였고, 그런 앙리의 모습을 입회인 자리에서 기정이 주시하고 있었다.
철학자는 누구에게 보이고자 명상에 드는 게 아니었다.
철학자 스스로 마음을 고요하게 다스리는 시간이었다.
철학자의 명상 속으로 웃는 얼굴의 미래가 들어왔다.

미래는 다은과 함께 영하가 경기하는 기간에는 서울에 간다고 했다. 체스 경기 내용은 잘 모르겠지만 어쨌든 승부를 가르는 행위인데 옆에서 신경 쓰이게 하지 않겠다며 둘이 서울로 갔다. 저녁마다 통화할 때는 서연이 운영하는 술집 〈leave〉에서 잘 놀고 잘 떠들고 잘 마시고 있다고 까르르 웃었다.

나는 나는 갈 테야. 꽃밭으로 갈 테야.
꽃봉오리 만지러 꽃밭으로 갈 테야.
나는 나는 갈 테야 연못으로 갈 테야
동그라미 그리러 연못으로 갈 테야.

강소천 시인의 동시 - 「보슬비의 속삭임」이 들려온다.

나는 나는 갈 테야 풀밭으로 갈 테야
파란 손이 그리워 풀밭으로 갈 테야

미래가 마지막 구절을 부르며 영하에게 다가온다.
영하는 미래의 손을 잡고 앉아 연못에 작은 돌멩이 하나 던져서 동그라미를 만든다.
그 동그라미 물결이 잠잠해지며 고요해진 연못을 바라본다.

미래의 음성이 경쾌하면서 부드럽게 오르내리는 멜로디로 귓전에 머물 때 영하는 눈을 감은 채 미소 짓고 있었다.
대국장인 이 카페의 책꽂이에 수줍게 숨어 있던 시어(詩語)들 사이에서 아주 오래된 동시를 발견한 기쁨의 미소였다.

눈을 뜬 철학자는 언제나처럼 킹 앞의 폰을 두 칸 올리지 않고 이번엔 퀸 앞의 백 폰을 두 칸 밀어 올렸다.
철학자의 고정된 오프닝에 대해 AI로 단단히 연구하고 준비해왔을 앙리의 의도를 첫수부터 깨고 들어갔다.
그리고 톡, 초시계의 꼭지를 누른다.
철학자는 흑의 초시계 바늘이 움직이는 걸 힐끗 확인하고, 늘 하던 대로 체스판만 쳐다보며 몰입 상태로 들어갔다.
그런데 입회인 자리에서 기정이 바라본 앙리의 옆얼굴은 왠지 묘한 비웃음 같은 게 서려 있었다.
뭔가 귀중한 것 하나를 잃어버린 표정이었다.
그게 본인을 향한 것인지 철학자를 향한 것인지 알 수 없었으나 보기에 그리 썩 좋은 인상은 아니었다.
앙리는 철학자를 쳐다보며 퀸 앞의 폰을 두 칸 밀어 올린다.
앙리의 얼굴에는 미소가 살짝 보이지만 기정이 보기에 어쩌면 쓴웃음으로 보였다.

앙리의 초시계 누르는 손놀림이 산뜻하지 않았다.
철학자는 노래라도 부르고 싶었으나 대국 중이라 참고 있다는 얼굴을 하며 퀸 옆의 비숍 앞 폰을 두 칸 올렸다.

-퀸즈 갬빗?

앙리는 응? 하는 몸짓이었다.
지금까지 철학자의 체스 기보에서 한 번도 본 적이 없는 수.
옆에서 관전하는 보스도 기정도 마찬가지 표정이다.

강공 대 강공. 철학자는 왠지 그러고 싶었다. 앙리가 인공지능 도움을 받는다면 강공으로 나올 것을 예상할 수 있었다.

-내가 개발한 AI 체스 프로그램으로 맞대결을 한다면 결과는?
-누구의 AI 체스 프로그램이 더 우수한가?

할 수만 있다면 철학자는 그러고 싶었다.
바둑은 AI 인공지능 프로그램끼리 세계 대회도 열린다.
지금 비록 지하세계의 돈 놓고 돈 먹기 체스 경기이지만 한쪽만 숨어서 몰래 AI로 치팅하는 게 얼마나 비겁한 짓인가.

이러기 위해 한두 명이 아니라 꽤 여럿이 모의를 했을 터였다.

-내가 불쑥 나타나 이들의 자존심을 건드린 걸까?

우리들의 리그에서는 이런 적이 한 번도 없었다면서 나에게는 인공지능을 사용하는 자만 나타나고 있었다.
철학자는 보스와 그들의 말을 믿지 못하고 있었다.
여하튼 이 대국은 그동안 AI와 대국하던 오프닝 중 가장 많이 해본 수법을 쏟아부을 작정이었다. 그건 가장 자신 있는 수법이 아니라 가장 변화가 많은 수로 상대의 AI를 공략하고 싶었다.

-AI(인공지능) vs AIQ (인공지능+인간지능)으로 겨룬다면?

오늘 그런 구도의 결과가 나올 수도 있었다.
앙리는 킹 앞의 폰을 한 칸만 올려 폰을 보호한다.
철학자는 퀸 쪽의 라이트가 나갔다.
앙리의 킹 쪽 라이트가 나왔다.
철학자는 기다렸다는 듯 빠르게 퀸 앞에서 대치하던 상대의 흑 폰을 낚아채듯 폰으로 잡았다. 그리고 빠른 손놀림으로 초시계를 탁, 소리 나게 눌렀다.

-자, 난 퀸즈 갬빗 익스체인지로 갈 건데 넌?

그동안 못 보던 철학자의 거친 대국 태도에 보스 그리고 기정도 놀라워하고 있었다. 오프닝 수야 다 훤히 아는 수법이지만 태도가 매우 도발적이었다. 적어도 그동안 보아오던 철학자의 담담한, 조금은 느릿하고 기계적인 몸동작은 아니었다.
앙리도 폰을 잡았고, 서로 폰 교환 후 다시 철학자는 또 빠르게 비숍이 달려나가 앙리의 라이트 대각선 앞에 섰다.
정말 다분히 공격적인 포진이고 빠른 손놀림이었다.

-나는 네가 하고자 하는 행위를 알고 있다!
-철학자는 그런 의도를 빠르고 거친 태도로 보이는 걸까?
-평소 태도와 수법에 변화를 꾀하여 혼란스럽게 하려는 것인가?
-철학자가 자신의 경기에 거액을 베팅하고 흥분한 걸까?

보스는 그렇게도 생각했다.
그러나 아닐 것으로 생각을 고쳤다.
철학자는 앙리가 인공지능을 100% 사용할 것을 알고 있다.
무엇이든 올 테면 와라. 나의 다른 면모를 보여주리라. 이건가?
기정도 보스와 유사하게 생각하고 있었다.

앙리가 AI를 사용할 것은 불을 보듯 뻔한 것. 아직 인공지능을 사용하기 전 심리를 흔들려는 움직임으로 보고 있었다.
앙리는 아미뜨가 실행했던 시계 치팅을 모방하고 있었다.
철학자에 대해 첫수부터의 수법, 대국 태도, 인성까지 두루두루 듣고 왔을 터.

-철학자의 타개는 심리전 양상인가?

기정은 영하의 현 대국 심리를 살펴보았다.
후원인이나 대국자나 철학자의 수법이 늘 엇비슷하거나 똑같은 줄 알지만, 사실 대국 때마다 오프닝부터 조금씩 변화를 준다.
상대가 본인에 대해 연구해 온 것처럼 느껴지면 전략이 완전히 다르게 나타난다. 아닌 듯하면서 이따금 일종의 심리전이다.
이 대국은 판에 박힌 듯한 수의 절차를 거친 태도로 따라갔다.
그 오프닝의 수많은 변화에 대해 서로 잘 알고 있으므로 빠르게 전개되었다.
다른 점이라면 철학자의 대국 태도가 거칠게 느껴질 따름이다.
철학자가 고액 베팅한 사실을 아는 관전자들은 그래서일까?
어쩌면 그런 의심도 하겠지만 철학자는 대국 시작과 동시에 그 베팅을 잊고 오로지 대국에만 몰입했다.

-이제 드디어 등장인가?

앙리가 드디어 손목과 시계를 은연중에 비틀어간다.
철학자가 평소와 다르게 대국 태도를 조금 거칠게 일관한 것은 그런 틈을 타서 AI가 나타나길 기다린 것이다.
한번 세게 부딪혀보고 싶었다.
-앞에서 언급한 대로 AI vs AIQ 겨루기.
-2명의 합작+인공지능 vs 지능과 지혜의 철학.
서로 양보도 없고 후퇴도 없이 강공 대 강공으로 맞섰다.
기정이 입회인 자리에 앉아 관전하며 지켜본 앙리는 두 수쯤에 한 번쯤 인공지능의 힘을 빌리고 있었다.
철학자는 굳이 앙리 시계를 살피지 않아도 앙리의 수에서 그런 쇳조각의 느낌을 감지하고 있었다.
이윽고 앙리가 한 수, 다시 한 수마다 인공지능의 수법을 끌고 온다는 확신이 들 때 철학자는 자리에서 일어났다. 일어선 채 앙리를 그저 힐끗 한 번 쳐다보고 고개 들어 천천히 입회인들 뒤로 걸어서 카페 밖으로 나갔다. 기정이 따라 나가고, 뒤미처 앙리 후원인 마티유가 조금 튀어나온 배로 육중하게 뒤따른다.
잠깐 지켜보던 보스도 밖으로 따라 나갔다.
철학자는 늘 노래 부르던 자리에 서서 노래를 부른다.

체스의 고백

한 발씩 앞으로만 걸어가 나만이 할 수 있는 멋진 변신은 꿈의 나라에 들어서는 마법의 탄생.
앞으로도 옆으로도 못 가고 삐딱하게 달리지만 밝음과 어둠의 세계를 멀리서도 지배한다네.
너의 손길에서 네모 위에 흐르는 낭만적인 음률에 맞춰 춤추며 나만의 노래를 불러.
멀리까지 단숨에 갈 수는 없지만 걸림도 막힘도 없이 뛰어넘는 자유로움에 나는 행복해.
화려하게 꾸며지는 아름다움은 그 존재만으로 만인의 부러움과 두려움으로 주위가 빛나네.
다 가진 것처럼 늠름해 보이지만 지켜주던 소중한 친구를 눈앞에서 잃는 슬픔이 너무 커.
이기기 위한 건 가장 아래야.
즐기기 위한 건 그다음이야.
내 안의 나를 찾아가는 과정이 최고야.
내 안에 가득한 아름다운 별세계에서 함께 춤추며 함께 놀다가 나를 찾아 내가 떠나온 곳으로 돌아가고파.
나는.

외국에서 온 후원인들은 입국하기 전 미리 들어서 알고 있는 듯 고개를 끄덕거리며 철학자를 쳐다보는 사람도 있었고, 밖으로 따라 나가 음악을 음미하듯 귀 기울이는 사람도 있었다.
철학자의 대국 중 특이한 행동 하나를 마주한 사람들은 미간을 좁히는 사람도 있었다. 철학자가 대국 중 늘 노래하는 건 아닌데 어떤 감정에 의하여 이따금 노랠 부른다고 소문이 났다.

-철학자는 대국 도중 왜 우울한 음성으로 노래를 부를까?

예전 두 번째 노래 부를 때 케빈이 기정에게 물었다.
노래 부르는 모습을 지켜본 후원자들이 케빈에게 물었다.
그리하여 한국어로 부르는 노래의 가사가 체스에 관한 것이라는 걸 대부분 알고 있었다. 왜 노래를 부르는지는 알 수 없었다.
지금 여기 모인 후원인 대부분 거기까지는 알고 있었다.
철학자 외 유일하게 알고 있을 법한 그의 통역 겸 매니저 진도 모르겠다고 시치미떼고 있었기 때문이다.

철학자가 부르는 노래 가사를 번역하면 왕이 다 가진 것 같지만 주위의 친구들이 하나둘 사라지는 것에 슬퍼한다는 내용이며, 즐겁게 춤추고 놀다 온 곳으로 되돌아가자는 의미라고 했다.

카페 밖에서 노래를 마친 철학자는 대국 자리로 돌아와 아무 일 없었다는 듯 자기 자리에 앉았다.

앙리는 대국 자리에 앉아서 그 모든 상황을 지켜보고 있었다.

철학자는 마주 앉은 앙리를 쳐다보더니 고개를 끄덕거린다.

그리고 철학자는 앞에 앉은 앙리와 똑같은 대국 자세를 취했다. 왼손을 세우고 손목시계가 체스판을 향하도록 하는 자세였다. 체스판 앞으로 살짝 숙인 채 조각상처럼 대국하던 자세를 바꿔 상체를 앞으로 조금 더 숙이는 자세가 되었다.

그리고 입으로는 나직하게 말했다.

"워치(watch)"
"치트(cheat)"

입회인 자리에서 관전하던 보스도 기정도 누구도 그 발음을 알아들을 수 없었다. 그러나 보스와 기정은 철학자의 그런 행동과 말이 어떤 의미이며 어떤 내용이라는 것을 잘 파악하고 있었다.

-분명 영어인데 무슨 소리인가?

프랑스인 앙리는 깜짝 놀라서 하마터면 소리를 지를 뻔했다.

철학자의 나지막한 독백 소리를 단순히 되새기던 중이다.
어눌한 철학자의 영어 발음 속에 시계와 속임수가 들어있었다.
앙리는 얼굴을 들고 철학자의 대국 자세를 관찰했다.
놀랍게도 본인과 똑같은 대국 자세를 취하고 있었다.

-그럼 눈치챘단 말인가?

철학자의 어눌한 독백과 앙리의 흠칫 놀라는 광경을 주시하는 후원인들은 하나같이 놀라고 있었다.
그들 중 앙리의 후원인 마티유는 동공이 점점 커지고 있었다.

"치트키(Cheat key)"

이때 다시 한번 철학자의 어눌한 독백이 조금 크게 들렸다.
이번엔 입회인 겸 관전하던 모든 사람.
철학자 옆에서 대국하던 다른 대국자 둘도 못 들으려고 해도 못 들을 수 없었다.

- "뭐! 치트키?"
- "지금 철학자가 치트키라 말한 거야?"

옆의 대국자 헨리도 벤자민도 한마디씩 속으로 묻고 있었다.
대국하는 그 둘은 철학자와 앙리의 대국에 대해 어떠한 내색도 할 수 없었으나 철학자가 내뱉은 독백의 의미는 눈치챘다.
보스가 철학자를 면밀히 살펴보면서 앞의 테이블 위로 상체를 약간 숙이더니 양손으로 턱받침을 했다.
그런 보스의 태도를 지켜본 윌리엄이 옆에 놓여있던 작은 가방 하나를 챙겨 들고 카페 밖으로 나갔다. 미니골프장을 빠져나가 카페 주인이 주차해놓은 차량이 있는 곳에서 멈춰섰다.
몸을 적당히 가릴 수 있는 공간을 찾아 벽에 등을 기댔다.
윌리엄의 행동은 글로 묘사되는 것보다 훨씬 민첩하게 움직이며 매우 숙련된 몸놀림과 손놀림으로 가방을 열어 놓았다.
어떤 행동에 대한 모든 준비를 마치고 차분히 기다리고 있었다.
보스의 두 번째 신호를.
평소 그저 사람 좋은 모습이나 그는 어엿한 CIA 요원이었다.

철학자는 독백 후, 공격 일변도의 강공으로 나아갔다.
철학자와 앙리의 폰은 각각 4개씩, 퀸-하나씩, 철학자는 룩-2개.
앙리는 룩-1개. 비숍-1개.
상대의 1선에는 영하의 백 룩 하나가 내려가 있었다.
앙리는 자기 진영에서 모두 2선 이상에 올라와 있었다.

흑 킹은 2선 끝(h7)에 있었다.

백 킹은 본 진영의 1선에서 가장 구석인 (h1)에 있었고, 그 앞에 백 폰이 하나 있었다.

흑은 2선 끝(a2)에 룩이 있었으며, 그 2선에 흑의 퀸이 백의 폰을 노리고 있었다.

이제 흑의 퀸이 그 백의 폰을 잡으며 체크를 한다면 백의 킹은 도망갈 곳이 없이 체크메이트가 되는 상황이었다.

다행히 백의 퀸이 유일하게 뚫려있는 곳으로 그 폰을 지키고 있었다.

그러나 2선에 있는 흑의 퀸이 2선의 백 폰을 잡지 않고 1선으로 내려서면 체크메이트가 된다.

백의 퀸은 백의 폰 두 개와 백 룩 등 내 기물에 싸여 있었다.

퀸은 지금 나의 킹 앞의 2선에 있는 폰을 방어하고 있다.

지금 나갈 수 있는 다른 곳 하나는 적진이었다.

백은 진퇴양난이며 사면초가의 형국이었다.

철학자는 지그시 눈을 감았다.

악천후의 백척간두에 홀로 서서 몰아치는 폭풍우에 위태로웠다.

-이 거센 비바람을 벗어날 길은 없는가?

머릿속은 폭풍우가 몰아치지만, 마음을 가라앉혔다.
폭풍우 속에 고요함이 서서히 그리고 잔잔하게 내려앉는다.
문득 어릴 적 바둑 스승이며 카페 주인장이 얼마 전에 들려주던 알바트로스가 떠오른다.
떠오른 알바트로스. 거친 비바람 속에서 한 줄기 빛을 후광처럼 등에 업고 철학자의 품으로 날아든다.

-알바트로스는 폭풍우가 몰아칠 때 바람을 타고 날아가!

알바트로스는 주로 해안가 절벽 위에서 서식한다.
평상시는 땅에서 뒤뚱거리며 잘 날지도 못하고 뛰지도 못하여, 사람들에게 몰리모크(mollymark, 바보 새)라고 놀림 받는다.
땅에 끌리는 긴 날개 때문이다.
날아갈 때도 뒤뚱거리며 힘껏 뛰어가 절벽에서 떨어진다.
절벽 위에서 땅을 벗어나 바다로 떨어지면서 알바트로스는 긴 날개를 펴고 비로소 폭풍우 속에서 하늘을 날아다닌다.
알바트로스가 땅에서 하늘로 나는 법이다.

-저 폭풍우 속에 알바트로스의 저 후광은 무엇인가?

무엇인가? 저 후광은.
철학자의 감은 눈 속으로 폭풍우가 다시 몰아친다.
저 후광은 무엇인가?

-절체절명의 순간에 긴 날개를 펴고 날아갈 수는 없을까?

내가 알바트로스의 모습이 되어 해안가 절벽 위에서 뒤뚱거리며 우스꽝스럽게 뛰어간다.
그리고 절벽 아래로 몸을 던진다.

-한 번만 날자꾸나!

철학자는 절박하게 소리친다.
철학자는 본인의 그 절규에 문득 고전 속 단편소설이 떠오른다.
그 소설의 주인공은 한번 날고 싶었다.
젊은 소설가 이상(李箱)은 1936년 단편소설 〈날개〉를 발표한다.
매춘부 아내와 함께 살면서 벌어지는 일을 그린 소설이다.
아내에게 기생해 무료하게 일상을 보내던 주인공은 백화점 옥상에서 '날자, 날자, 한 번만 더 날아 보자꾸나.'라며 한 번만 날고 싶어 한다.

-왜 그 소설이 생각났을까?

철학자는 문득 생각한다. 왜?
그건 벗어나고자 하는 절박함 때문이었다.
폭풍우를 피해 숨어서 지켜보던 모든 종류의 새들이 황당하다는 눈빛으로 "저 바보 같은 새" 라고 소리친다.
"저 바보 같은 놈" 이라고 소리쳤을까?
언뜻 지켜보던 눈동자가 사람이었다면?
알바트로스는 죽을 각오로, 죽기로 작정하고 바다로 뛰어든다.
죽으려고!? 그러나 그건 바라보는 새들의 마음일 뿐.

알바트로스
절벽 위에서 떨어지다 바다에 닿기 전에 힘차게 날아오른다.
나를 폭풍우 속의 바다에 던져 상승기류를 활용하여 날아오르는 비행술이다.
땅 위에서는 긴 날개 때문에 뒤뚱거려서 바보 소리를 듣지만,
한번 힘차게 날아오르면 적은 에너지로 아주 높이 오른다.
그리고 멀리까지 날아갈 수 있다.

-죽기를 각오하고 폭풍우 속의 바다에 뛰어든다?

철학자는 눈을 떴다.
온몸의 세포가 죽은 듯이 멈춘 느낌이다.
철학자는 숨을 멈추고 한 번 더 국면을 살폈다.

-알바트로스가 내게 다가오며 보이던 후광은 희망인가?
-아니라면? 희망 고문인가?
-그 후광은 죽음인가?
-그 후광은 삶인가?

분명 나인 듯 알바트로스인 듯 날아오른 건 희망이라는 암시가 담겨 있는 것.
후광이 건네는 한 줄기 빛처럼 한 가닥 희망을 찾아야 했다.

철학자는 자신의 퀸을 집어 들었다.
숨소리는 어디에도 없이 정적만이 흐른다.
카페 바체프 안의 숨소리는 어디에도 없었다.
그러나 열댓 명의 눈동자 돌아가는 소리는 어디에나 있었다.
다만 숨을 죽이고 있었을 뿐이다.
철학자 vs 앙리의 대국 초시계가 돌아가고 있었다.
서로 등을 돌리고 있었지만, 한쪽에도 대국하고 있었다.

헨리 vs 벤자민

그들의 대국 초시계도 돌아가고 있었다.

4인이 체스를 두든 안 두든 4인의 대국 초시계는 돌아간다.

철학자는 들었던 퀸으로 2선의 구석 자리에 있는 상대의 킹 앞(h6)으로 돌진했다.

그리고 시간에 쫓기면서도 여유 넘치는 손길로 초시계 꼭지를 자신 있게 툭 누른다.

숨소리조차 없던 카페 안은 순간 비명이 터져 나왔다.

"헉"

보스가 가장 먼저 비명을 질렀다.

그 소리가 시발점으로 양쪽의 관전자들이 비명을 쏟아냈다.

"으악"

"저건 뭐야!"

"저렇게 던진 거야?"

비명도 없었고, 냉철한 눈길로 자폭하는 퀸을 살피는 눈동자는 오직 기정뿐이었다.

-영하가 눈을 감으면 머릿속으로 수읽기 하는 것.

-영하가 눈을 떴다면 수읽기가 끝났다는 것.

기정은 영하를 누구보다 잘 안다.
주변 풍경을 모두 사라지게 만드는 감은 눈 속엔 사진 한 장이 들어있다.
오직 지금의 장면만 찍혀있는 체스판 사진 한 장.
그 사진 속에서 집중하여 늘 절묘한 수를 찾아냈었다.
뇌안이라 해도 좋고, 심안이라 해도 좋다. 영안이라 해도 좋다.
이따금 엉뚱한 면모도 드러내지만, 확신 없는 말과 자신 없는 행동은 하지 않는다.
나의 친구-체스의 철학자는.
그런 행동. 그런 생각. 그런 수읽기. 어떤 의미를 찾는 방법은 누구도 모방할 수 없는 친구-체스 철학자만의 장점이다.
보지 않아야 보이는 절묘한 수.

체스의 철학자.

알바트로스가 되어 절벽에서 떨어지는 심정으로 퀸은 달렸다.
바위 같은 흑 킹에게 쏜살같이 달려가 백 퀸은 쾅 부딪혔다.
나의 퀸을 바치고 상대 킹을 옴짝달싹 못 하게 옭아매는 수.
내가 죽어야 이윽고 내가 사는 수.

기정은 입회인들 속에서 다른 이의 비명과 놀라움을 뒤로 하고, 관전자 중 가장 먼저 퀸의 죽음에 대한 의미를 찾아냈다.
무념무상이 아니라, 유념 유상이었다.
죽어야 살 수 있는 그 하나를 찾기 위한 친구(철학자)의 절박함.

자폭하는 백의 퀸을 흑이 킹으로 잡으면 1선에 있던 백 룩이 킹 밑으로 달려가 체크 킹은 피할 데가 없이 체크메이트.
킹 옆에 있는 폰으로 퀸을 잡으면 5선에 있던 룩이 2선 체크.
킹은 피할 데 없고, 퀸을 잡으면 그다음에 체크메이트.

체스의 철학자는 상대 AI에 공격당하며 홀로 악전고투했다.
끝판에 멋진 수, 상대가 손을 쓸 수 없는 수를 찾아내어 상대의 킹이 얼어붙게 했다.

-죽어야 사는 수.

그 수를 찾아내어 앞에 앉은 앙리, 그리고 카페 밖의 정체 모를 수신자, 그리고 그들의 AI 인공지능 체스 프로그램.
사면초가 상태에서 철학자 홀로 그 셋과 싸웠다.
입회인 쪽에서 터지는 크고 작은 비명을 앙리는 듣지 못했다.

앙리는 상대의 퀸이 날아와 자폭하는 그 수를 눈으로 아주 잠깐 지켜보다가 넋을 잃었다.
동양인은 그럴 때 망연자실(茫然自失)이라는 표현을 쓴다.
서양인은 영어로 (**stupefy**)라고 소리친다.

-프랑스인 앙리는 stupefy라고 소리쳤을까?

보스도 기정도 입회인 누구도 그런 소리는 듣지 못했다.
비명조차 지를 수 없는, 경악을 맛보고 있을 터였다.
이런 광경을 이미 여러 번 경험한 터라 보스도 기정도 지금 앙리가 어떤 상태, 어떤 생각을 하고 있는지 짐작이 갔다.

-이럴 수가?
-그리고 이런 수가?
-철학자가 보는 수를 우리 쪽은 왜 못 본 걸까?
-철학자는 언제부터 이 절묘한 수를 보고 있었을까?
-설마 지금 절박한 순간 눈 감고 찾아낸 건 아니겠지?

승리가 목전인데… 아, 숲을 뚫고 힘겹게 올라 이제 하늘이 보이고 정상이 코앞인데… 어찌 이런 일이…

어쩌면 철학자는 다 알고 있으면서 극적으로 절묘한 한 수로 극적으로 승리하기 위하여 여기까지 끌고 온 것은 아니겠지?
-철학자 얼굴에서 무언가 찾는다면?
보스는, 기정은, 내색 없이 또 다른 맛의 승리를 음미하고 있었다. 아마도 버릇처럼. 아니면 습관처럼.
패배 선언 직전의 앙리를 주시하며.
아직 앙리가 패배를 선언한 건 아니었다.
하지만 어떻게 나올지 여러 각도로 짐작은 하고 있었다.
앙리는 초시계가 돌아가며 알리는 본인의 시간을 확인하더니 시계 꼭지를 눌러 정지시켰다.
철학자의 시간은 불과 5분여 남은 상태였다.
앙리는 아직 30여 분 남은 시간을 시계가 알려주고 있었다.
각자 생각 시간 1시간 30분의 타임아웃제였다.
앙리는 침울한 얼굴로 말없이 철학자의 퀸을 들어 올렸다.
그 동작은 퀸에 의해 패배를 받아들이며, 양쪽에 앉아 있는 입회인들에게도 알림이 되었다.
들어 올린 퀸을 움직이기 전 단계에 다시 갖다 놓았다.
앙리는 말없이 혼자 복기할 태세였다.
철학자는 대국하던 자리에서 일어섰다.
아주 잠깐 다른 대국을 지켜보았다.

헨리 vs 벤자민 대국이 다른 한쪽에서 진행 중이다.

양분하여 입회인 겸 관전하는 후원인은 큰 동작 없이 남은 대국을 지켜보는 자세를 취했다.
영하가 카페 밖으로 나오려고 할 때 보스는 현관 앞에 서서 누군가에게 휴대전화로 카톡을 보내고 있었다.
"수고했어요. 철학자."
보스는 카페 밖으로 나가려는 영하를 향해 나지막이 말하며 한 손을 들어 승리를 축하했다.
영하도 보스에게 말없이 손을 들어 보이며 밖으로 나왔다.
늘 토론하던 자리에 앉자 기정도 따라 나와 앉는다.
윌리엄이 알루미늄 케이스 가방을 들고 카페 뒤쪽에서 돌아나와 카페 안으로 들어가는 모습이 둘에게 포착되었다.
윌리엄이 카페 안으로 들어가기 전 손을 들어 보이는 모습에 영하와 기정은 손을 흔들어 화답해주었다.
윌리엄 가방에 무엇이 들어있는지 둘은 알 것 같았다.
"정말 일촉즉발 상황인데 용케 그 수를 찾았네."
기정은 대국을 끝낸 절묘한 수를 먼저 얘기했다.
"만일 그 수가 없었으면 보스가 도와준다고 해도 나도 아마 힘들었을 거야."

영하는 남에겐 뜻 모를 말을 했다.

"미리 보고 있던 거야, 아니면 그때 찾아낸 거야?"

기정이 가장 궁금한 부분이었다.

"그때 찾아냈어. 보스에게 막 신호를 보내려던 참이었는데 그 수가 떠올랐어."

영하가 미소 띤 얼굴로 나직이 말했다.

그때 카페 안에서 사람들이 다 같이 움직이는 모습이 둘의 눈에 들어왔다.

둘은 다시 카페 안으로 들어갔다.

"무승부야."

내가 카페로 들어서는 둘을 향해 짧게 말했다.

헨리와 벤자민은 아직도 대국 자리에 앉아서 복기하며 몇 수를 교환하고 있었다.

척 봐도 서로 기물 부족으로 무승부였다.

-체스의 무승부는 아쉬움이 남을까, 안도감이 다가올까?

나는 우리 카페에서 체스 경기를 벌이던 중 처음으로 무승부가 발생하여 문득 그런 의문이 들었다.

영하의 대국에서 무승부가 나왔다면 당연히 물었을 터였다.

10. 동서양의 지략

목요일. 카페 바체프에서의 아침.

4라운드가 속행되는데, 철학자는 1라운드에서 한 번 쉬었기에 오늘은 3번째 판을 맞이했다.

월요일 오후 대국으로 시작하여 다음 날부터 오전 하루 한 판씩 대국하여 벌써 4라운드가 열리고 있었다.

2승의 철학자와 1승 1무의 헨리가 맞붙었다. 다른 쪽에선 2패씩 안고 있는 제임스와 벤자민이 맥 풀린 대국이 벌어진다.

첫날 앙리가 AI 인공지능을 사용한다는 것을 100% 알아냈다.

철학자는 제임스가 인공지능을 사용하는 것이 아닐까 의심했다.

첫판을 헨리에게 패배하는 걸 보면서 아니라고 느꼈다.

언제부턴가 사람을 의심하려는 부정적인 느낌이 본인의 정신에 불미스럽게 스며들어 온다고 영하는 감지하고 있었다.

-그게 언제부턴가?

AI 인공지능 체스프로그램으로 대국하고 연구하며 실력을 높여와서 그런 느낌이 드는 게 아니었다.
철학자와 겨룬 상대들이 하나같이 의심할 때부터 비롯된 것이라는 생각이 들었다. 그런 생각이 들 때부터 우리들의 리그 같은 돈 놓고 돈 먹기식의 체스가 싫어졌다. 이길수록 예상하지 못했던 큰돈이 들어왔지만 이렇게 돈을 벌고 싶지도 않았다. 이런 의심의 눈초리가 나와 상대 모두에서 쏟아지는 경우의 향기롭지 못한 분위기에서 철학자는 대국을 더 하고 싶지 않았다.

2승 후 철학자에게 1패를 당한 앙리는 휴식.
캐나다인 헨리도 한때 자국 체스 챔피언까지 오른 실력자이다.
오늘은 철학자의 흑번.
"멋지게 한 수 배우겠습니다."
헨리가 '멋지게'를 강조하며 웃는 얼굴로 손을 내밀었다.
어제의 앙리처럼 비웃음이 살얼음처럼 깔린 웃음이 아니라 진정 겨루어 보고 싶었다는 얼굴을 하고 있었다.
"저도 멋진 대국을 하겠습니다."
철학자도 어눌한 발음으로 엉성한 화답을 하며 손을 잡았다.

정면에서 본 헨리는 체스 대국이 너무 즐겁다는 얼굴이다.
어제 큰 고비라고 생각되던 앙리라는 큰 산을 하나 넘었다.
오늘 헨리가 앙리보다 실력이 부족하다고 얕보는 건 아니었다.
앙리는 다른 사람들은 눈치채지 못했지만, 인공지능을 사용하고 있었기 때문에 어려운 상대였다.

9시 정각. 4라운드.
철학자 vs 헨리.
제임스 vs 벤자민

선수 4인은 각자의 대국 자리에 앉아 눈을 감기도 하고 커피를 마시기도 하면서 긴장감을 털어내고 있었다.
"대국을 시작해주세요."
보스는 긴장감이 배어 있는 음성으로 대국 개시를 선언했다.
철학자가 흑 초시계를 살짝 누른다.
잠깐 마음을 가다듬은 헨리가 퀸 앞의 폰을 두 칸 올렸다.
그리고 백의 초시계를 사뿐히 눌렀다.
본인 초시계가 돌아가는 걸 확인 후 철학자는 눈을 감았다.

-이런 모습이었나?

캐나다인 헨리는 나이가 비슷한 철학자와 꼭 대국하고 싶었던 사유가 되는, 말로만 듣던 장면이었다.

GM 정도의 체스 실력이라면 체스에 미쳐야 한다.

남다른 특별한 두뇌를 소유하는 것은 기본이다.

엄청난 시간을 들이고 엄청난 노력은 기본이다.

거기에 무엇을 더하여야 미세한 실력 차이에서 우위에 설까?

체스에 대한 진지함? 순수함?

세계 대회에서 체스로는 별로 두각을 나타내지 못하던 대한민국이라는 작은 나라에 괴물이 나타났다는 소문이 우리들의 리그에 참가하는 후원인과 선수들에게 퍼지고 있었다.

다들 모닥불 정도의 연기라고 애써 무시하곤 했었다.

그 괴물에게 패배한 선수는 GM급이라고는 했으나 이미 한물간 인물들이라고 애써 무시했다.

우리들의 리그에서 우승을 다투는 선수가 앞다투어 도전했다가 큰 코만 다치고 패퇴했다는 소문은 모닥불이 아니라 진화하기 까다로운 산불처럼 번지고 있었다.

마치 사이보그처럼 체스판만 응시한다는 대국 자세.

대국 중 대국장을 벗어나 한바탕 노래를 부르기도 하는 괴짜.

인공지능보다 더 날카롭다가도 시인처럼 한가하게 낭만을 찾는 수로써 상대를 현혹하여 패배로 유도하는 기막힌 수법.

날카로움과 부드러움을 자유자재로 구사하는 실력.

첫수에서 본인의 초시계가 돌아가면 명상에 잠겼다가 그 의미를 알 수 없는 옅은 미소를 머금고 눈을 뜬다는 전설 같은 태도.

어릴 적 얼굴에 화상을 입고 외진 곳에서 홀로 AI 체스프로그램으로 체스 실력을 높여 왔다는 전설 같은 이야기.

체스 실력은 세계적인 수준급인데 체스계의 동정은 전혀 모르며 자신의 실력이 어느 정도인지도 모르는 어린애 같은 순수함.

아주 작은 체스대회라도 한 번도 참가한 적이 없다는 경력(?).

세계체스계에서는 수준 높은 실력을 뽐내며 존경받는 러시아의 알렉산드르가 체스의 철학자라는 별칭을 헌정할 정도의 실력.

본인이 홀로 은둔자 생활하는 대한민국 강릉을 벗어나지 않기에 세계적인 선수들이 강릉으로 오게 만드는 (Solitary).

형세가 불리하면 눈 감고 절묘한 수를 생각해내는 경이로움.

늘 말이 없고 늘 이기지만 승리 후, 단 한 번도 뽐낸 적 없고 기쁨을 얼굴에 드러내지 않는 태도.

무술? 무도? 여하튼 몸을 쓰는 운동도 상당한 실력의 소유자.

한때 세계적인 체스 무대를 모두 밟고 다닌 헨리는 체스계에서 듣도 보도 못한 경이로운 존재와 한번 대면 대국하고 싶었다.

헨리는 본인이 소문으로 들었던 내용을 머릿속으로 나열해보며 철학자가 눈을 뜨기를 기다렸다.

영하는 문득 며칠 전 다은과 미래가 함께 있을 때 바둑 스승이 해주던 마음가짐에 대한 설명이 떠올랐다.

-미래는 왜 그랬을까?
-단지 호기심 때문에?

미래가 누드 체스에 호기심을 나타내고 내가 설명하기 난감하여 눈빛으로 살짝 도움을 청했을 때 선생님은 흔쾌히 누드 체스에 대해 자세하게 설명해주셨다.
천 년 넘도록 이어지던 찬란한 로마 제국도 황제부터 신하까지 그리고 시민들까지 내가 최고라는 자세로 몸과 마음이 쾌락만 탐하며 보낸 세월에 결국 멸망했다.
그런 생활은 주변의 모든 국가를 정벌한 후, 나태하고 안락한 정신에서 나왔다고 했다.

그리고 카페 밖 원탁에 모두 둘러앉아 차를 마시며 나를 낮추는 마음가짐에 대한 여러 가지 설명이 이어졌다.

-나를 최대한 낮추어라.
-그럼 안 보이던 것들이 보일 거다.

내가 몸도 마음도 더, 더욱 자세를 낮추면 평소 안 보이던 게 보인다고 했다.

"나를 최대한 낮추라고요. 선생님. 어떻게 낮추라는 거죠?"
"다 버리는 거야. 지식도 욕심도 자기 자신도."
"그러면요? 그럼 뭐가 남는 거죠?"
"남는 게 아니라 안 보이던 것들이 보일 거야."
"안 보이던 것들이 보인다고요? 선생님. 나를 낮추면!"
"그래. 나에 대한 모든 존재를 생각조차도 없는 상태로 낮춰봐. 그럼 만물의 움직임이 보일 거야."
안 보이던 것들이 보이는, 만물의 움직임이 보인다는 대목에서 듣고 있던 넷은 잠시 생각에 잠겨야 했다.

그렇게 자세를 낮추어야 하는 설명의 밑바탕에는 홀연히 스승을 찾아왔던 탁발승이 빛을 찾아다닌다는 전설 같은 얘기가 나와야 이해할 수 있을 것이다.
한때 바둑고수로서 전국을 평정하고 다니던 한 사람이 어느 날 탁발승 차림으로 찾아온 사연을 기정과 둘이 들은 적이 있었다.
"빛이 나를 찾아오지 않으니 내가 빛을 찾아 나섰지요." 라는 의미심장한 말을 남겼다는 탁발승.

탁발승 이야기 중 불교 심우도에서 동자가 소를 타고 구멍 없는 피리를 불면서 본래의 고향으로 돌아온다는 대목이 떠올랐다. 젊은 시절에 이기기 위한 수련과 이기기 위한 노력만 한 뒤의 노년엔 후회만 깔리는 황혼이 기다린다는 교훈을 그때 얻었다.

-스승을 거쳐 간 바둑 고수가 찾는 빛은 무엇인가?
-체스 대국하는 나에게 바둑 스승은 어떤 영향을 주는가?
-어릴 때 배운 바둑의 전술과 전략을 체스에서 잘 활용하는가?

누드 체스의 설명에서 나온 로마 원로원의 노블레스 오블리주 정신을 떠올리기도 하면서 탁발승이 찾아다닌다는 빛의 의미에 대하여 잠시 생각해보았다.
나를 낮추는 것. 찾아다니는 빛. 이것도 저것도 모두 희생이라는 의미로 다가오고 있었다.

-나를 낮추면 보이는 것은?
-나를 버리면 보이는 것은?
-체스에서는 갬빗?
-체스에서 가장 가치 있는 것은?

환한 한 줄기 빛이 정수리를 타고 들어와 몸속에서 돌아다닐 때 가뿐한 마음으로 영하는 눈을 떴다.
재깍재깍 돌아가는 초시계를 버릇처럼 흘깃 쳐다보았다.
오늘은 고뇌가 깊어야 의미를 캐낼 수 있는 대목이 여럿이어서 인가, 시간이 5분여 흘렀다.
바둑고수 탁발승의 빛. 바둑 스승의 나를 낮추는 법. 체스 역사. 여친-미래의 관심. 노블레스 오블리주-희생. 여러 부문이 떠올라 머릿속으로 정리하는데 시간이 좀 걸렸다.
그러나 영하는 몸은 가벼운 느낌이며 정신은 맑고 상쾌했다.

철학자가 명상에 잠긴 동안 체스판만 쳐다보던 헨리도 초시계의 상대방 시간을 확인하며 흡족한 표정이었다.
5분이면 고수는 빠르게 체스 한판도 둘 수 있는 시간이었다.
철학자는 옅은 미소를 띠며 아주 천천히 오른손으로 퀸 앞의 흑 폰을 두 칸 올려 백퀸 앞 두 칸 위의 폰에 부딪혔다.
헨리는 빠르게 킹 앞의 백 폰을 두 칸 올린다.
좀 더 적극적인 수법으로 맞서 보겠다는 헨리의 전략이었다.
철학자는 방금 두 칸 올린 상대 폰을 잡았다.
철학자의 그 흑 폰을 당장 잡는 수는 없으므로 헨리는 퀸 쪽의 라이트가 나왔다.

-블랙마 디머 겜빗?

철학자도 퀸 쪽의 라이트를 전개했고, 헨리는 킹 쪽의 비숍 앞 폰을 한 칸 올렸다. 역시 방금 올라온 폰을 흑 폰이 잡고, 백은 퀸이 대각선으로 달려가 상대의 폰을 잡았다.
여기까지는 백의 폰이 하나 부족하지만, 그건 겜빗(희생) 특성상 그리되었다. 백이 상당히 활발하고 공격적인 양상이었다.
흑 기물은 라이트 하나만 나와 있었고, 백은 폰, 라이트, 퀸까지 중앙에 머리를 내밀고 공격적인 자세였다.
그리고 두 칸 올라간 헨리의 백 폰을 철학자가 흑 퀸이 날아가 잡을 수도 있는 장면이었다.
헨리의 백 폰 두 개가 잡히지만, 그렇게 유도하는 것이 겜빗의 함정이었다.
철학자는 눈을 뜨기 전 잠깐 마음먹었던 전략의 겜빗을 헨리가 역으로 실전에서 펼쳐 보여주고 있었다.
마음을 읽었나? 하는 의미로 철학자는 살짝 웃고 있었다.
그럼 오늘은 겜빗에 겜빗으로?
철학자는 희미한 미소 속에 그런 생각을 잠시 품었다.
영하의 대국 중 미소 띤 모습을 처음 본 기정은 안심이 되었다. 오늘은 유난히 명상이 길어 시간 안배를 걱정하던 참이었다.

맨 처음 대국엔 2분여 명상하더니 길어지면 3분 남짓도 했다.
그게 가장 긴 명상시간이지만 영하가 눈을 뜰 때까지 초조하고 안절부절못한 마음이었으나 그러려니 했었는데 오늘은 5분여를 소비하고 있었다.
그런데 친구는 명상시간을 살피더니 슬며시 미소를 짓는다.

오늘은 동양적인 지략으로 서양의 전략을 깨볼까?
바둑에 성동격서「聲東擊西」라는 유명한 전술이 있다.
소리 성(聲) 동녘 동(東) 칠 격(擊) 서녘 서(西)
동쪽에서 먼저 소란을 피운 다음 서쪽을 공격한다는 뜻이다.
목표의 반대쪽을 먼저 치는 공격 전술을 이르는 말이다.
직역하면 〈동쪽에서 소리 지르고 서쪽을 공격한다〉
상대를 속이며 공격하는 전술로 체스에 갬빗이 있다면 바둑엔 성동격서가 있다.

-아! 하나 더 있다.

서양 체스의 오프닝에 수많은 갬빗이 존재한다면?
동양 바둑의 정석엔 수많은 속임수가 내재 되어 있다.
바둑은 그만큼 수수가 길고 변화가 많기 때문이다.

동양 바둑의 전술엔 앞의 성동격서와 도남의재북(圖南意在北)의 지략이 존재한다.
지금 남쪽을 공격하지만, 실상은 북쪽을 공격하려는 의도이다. 반대쪽인 남쪽을 먼저 공격한 후 더 약한 북쪽의 말을 공격하여 이득을 더 취하려는 전술이다. 약한 말을 직접 공격하는 것보다 반대쪽에 세력을 만들고 공격하는 것이 성공률이 더 높다.

어릴 적 바둑을 배울 때 자주 사용하던 전술이다.
물론 실력 있는 상대도 호락호락 당하고만 있진 않았다.
그런 까닭에 한 수마다 여러 의미가 담긴 공방이 펼쳐진다.
처음엔 갬빗을 떠올렸는데, 상대가 갬빗으로 나오자 철학자는 바둑의 전술을 대비하면서 얼굴에 미소가 살짝 번진 것이었다.
기정은 영하의 그런 얼굴을 보면서 안심하고 있었지만, 입회인 겸 관전자들은 철학자의 미소에 어리둥절한 모습이었다. 특히 그동안 철학자의 여러 대국을 보아오던 보스는 한 번도 보지 못한 모습에 당황스럽기까지 한 속내를 감추고 있었다.
지금 벌어지는 4라운드는 철학자 vs 헨리의 대국에 모든 관심이 쏠리고 있었다. 철학자 승리라면 3승으로 승자 승 원칙에 의해 우승이 결정되며, 헨리가 승리하면 5라운드에서 결정된다.
5라운드에서 헨리 vs 앙리. 철학자 vs 제임스 겨루기가 끝나야 우승자를 알 수 있는 구도로 짜인다.
그런 상황이라 제임스 vs 벤자민 대국은 주목을 받지 못했다.
입회인들은 특히 철학자의 대국 태도에 일거수일투족, 눈동자가 조금 움직이는 것까지 유심히 관찰하고 있었다. 지금 벌어지는 우리들의 리그도 어쩌면 철학자에 대해 의심의 눈초리가 가져온 경기라고 할 수 있었다. 그동안 한 번도 볼 수 없었던 변칙적인 베팅도 서로 암묵적으로 진행했다.
강릉 경기를 진행하는 보스 케빈은 철학자가 홀로 AI 인공지능 체스프로그램으로 연구한 실력이라고 장담하지만, 그는 철학자의 후원인이다. 더욱 놀라며 의심스러운 건 선수인 철학자와 매니저인 진이 50만 불을 베팅했다는 사실을 뒤늦게 안 뒤였다. 보스와 기정을 제외하면 모두 한결같이 헨리의 승리를 기원하는 마음일 것이다.

흑 퀸이 백 폰을 잡으면 정형적인 블랙마 디머 갬빗에 들어가며 헨리의 공격적인 오프닝에 빨려 들어가는 진행이 된다.
철학자는 본인의 좌측 라이트가 나간 쪽 룩 앞의 폰을 한 칸만 전진시켰다.
이미 폰 하나를 더 잡고 있기에 서두를 필요가 없었다.
백의 퀸이 흑 폰을 잡으며 중앙으로 나왔으므로 백은 퀸사이드 캐슬링을 할 것으로 철학자는 내다봤다.

방어도 공격도 아닌 행마로 대응하며 바둑의 성동격서 지략으로 맞서보기로 작정했다. 그런 전술로 상대가 캐슬링한 반대쪽의 폰을 한 칸만 전진했다.

헨리는 철학자가 캐슬링도 생략하며 AI 인공지능처럼 예리하게 공격적인 수법을 구사하는 것으로 정평이 나 있으므로 화끈하게 공격적인 수법으로 맞대응하는 전략을 구상했다. 조금쯤의 기물 희생을 각오하고 요소를 선점하여 상대의 행마가 움츠러들게 만들려는 의도였다.

서로 치열한 공방의 한 수 한 수가 체스판 위에서 칼춤을 추고 있었다.

그런 가운데 헨리의 공격이 잘 먹히지 않으며 서로 손해 없는 바꿔치기만 치르고 있었다. 그러나 그 과정을 자세히 살펴보면 헨리는 비숍으로 철학자의 라이트를 잡으며 바꿔치기했고, 폰과 폰이 서로 잡고 잡히는 접전이었다.

철학자는 수세에 몰리는 듯하면서도 헨리 진형의 한쪽을 주로 공격하고 있었다. 그러면서 다른 쪽의 흑 폰 하나가 딴청부리듯 한 칸씩 밀고 올라갔다. 그 폰은 당장 어떤 쓸모가 있는지조차 모르게 슬슬 올라가고 있었다. 저 멀리서 양 비숍이 교묘하게 그 폰을 보호하고 있었다.

이러한 대국 양상은 평소 철학자가 본인이 개발한 AI 인공지능 체스프로그램과 대국할 때 자주 나오는 모양이었다.

철학자는 AI와 대국할 때는 수비형으로 수수가 길게 가려고 의도하지만, 사람과의 대국에서는 그 반대의 양상으로 AI가 공격하던 형태로 진행했었다.

오늘 헨리와의 대국 양상은 철학자가 평소 AI와 대국하며 진행하던 그런 형태로 나아가고 있었다. 약간 다른 점은 바둑에서의 성동격서 전술로 한쪽을 크게 공격하는 척하면서 다른 쪽을 노린다는 점이다.

설명을 이렇게 하고 있지만 앞서 철학자와 대국하며 스러져간 상대들이 당한 수법과 유사했다. 시간이 흐른 후 별 볼 일 없을 것 같이 전진하던 폰이 퀸으로 변신한다거나 상대의 룩 또는 퀸과 바꿔치기하는 대이변을 연출하며 승리를 쟁취하는 전략이다.

한 수 노는 것 같은 수법을 구사할 땐 상대의 파상적인 공격을 잘 방어하는 실력이 뒷받침해야 가능하다.

철학자는 AI와의 대국에서 그런 공격을 막아내는 수수가 점점 길어지며 실력이 향상되었다.

오늘 헨리와의 대국도 결국 그런 양상으로 흘러갔다.

철학자는 비숍을 아끼고 아껴 폰 하나를 보호하며 전진시켰다.

룩의 움직임은 상대의 눈길을 끌며 방어에 집중하도록 만들지만 멀리 있는 비숍은 비교적 덜 주목받는다.

몇 수 진행하면서 한가한 듯이 한 칸씩 올라간 흑 폰이 결국 백 진영의 2선에 닿자 다급해진 백은 그 폰을 룩으로 잡고 그 룩은 상대의 흑 비숍에 의하여 전사하는 장면이 되었다.

드러내지 않으려고 애쓰고 있지만, 헨리는 흑 비숍을 쳐다보며 침통한 표정이 스며든 얼굴까지 감출 수는 없었다.

타임아웃제의 초시계에 남은 시간은 헨리가 더 많았다.

대국자가 원하면 차를 갖다 주는 나는 관전자 중 유일하게 카페 안을 마음껏 돌아다닐 수 있었다.

커피를 한 잔 더 주문하는 헨리에게 커피를 주며 살펴본 그의 얼굴엔 그늘이 드리워져 있었다.

커피를 홀짝거리며 체스판 위를 이리저리 살피는 그의 눈빛에도 우울함이 스며 있었다면 내가 지나친 표현일까?

비숍 하나가 내리누르는 무게가 얼마나 무거운지 헨리는 느끼고 있었다. 비숍이 며칠에 걸친 대한민국 강릉에서의 이번 경기를 끝낼 수 있기 때문이었다.

헨리는 비숍 전에 한가롭던 폰 하나가 이 상황을 연출한 것이 경이로웠다.

철학자는 조금의 여유만 있으면 헨리의 킹이 캐슬링으로 숨어있는 좌측을 공략했다. 헨리는 당연히 킹을 지키기 위하여 흐름대로 좌측을 공고히 했다. 그런데 흑의 철학자가 승기를 잡는 바꿔치기는 우측에서 이뤄졌다.
공격을 잘한다는 것은 수비를 잘한다는 것으로 귀결된다.
수비를 잘한다는 것은 공격을 잘한다는 것으로 귀결된다.

-공격이 날카로운 철학자를 상대로 공격적인 전략으로 둔 것이 잘못된 것일까?
-아니라면 철학자는 원래 수비를 잘하는 축에 속했던 것일까?
-철학자가 AI와 대국할 때 공격적인 수법으로 두었을까?
-어쩌면 철학자와 대국하고 패퇴한 상대들은 철학자에 대하여 간과한 부분이 있다는 느낌은 무엇일까?
-철학자에겐 contradiction-모순(矛盾)이 깃들어 있을까?
-러시아의 알렉산드르는 그 모순을 알아보고 체스의 철학자라고 별칭을 헌정한 것일까?

"philosopher-contradiction (필로소퍼 콘트라딕션)"

헨리는 그렇게 외치며 철학자에게 악수를 청했다.

옆에서 대국 중이던 제임스와 벤자민이 깜짝 놀라서 고개까지 돌리며 헨리를 쳐다보았다.

-뭐라는 거야? 모순이라고?
-승부에 대해 어떤 반박을 하겠다는 거야? 뭐야?

제임스와 벤자민은 혹 모를 다음 말을 들으려고 귀 날을 쫑긋 세웠으나 헨리는 철학자와 악수한 손을 잡고 흔들고만 있었다. 둘은 그런 모습을 보면서 본인들의 체스 대국은 잠시 잊은 채 모순이란 말에 대해 분석에 들어갔다.

살짝 찡그리던 헨리가 웃으며 악수를 청할 때 하던 말을 철학자도 음미해보고 있었다. 수학자라면 (contradiction) 모를 수 없는 단어였기에 못 알아들은 척 앉아서 상념에 들었다.

서양의 모순과 달리 동양의 모순(矛盾)은 중국 전국시대 초나라 무기 상인이 창과 방패를 팔면서 한 말이 시초였다.
"예리한 이 창은 어떤 방패라도 단번에 뚫을 수 있습니다. 그리고 이 막강한 방패는 어떤 창이라도 막을 수 있습니다."
그렇게 외쳤을 때 구경꾼이 말했다.

"그렇다면 그 창으로 그 방패를 찌르면 어떻게 되는 거요?"
그 질문에 말문이 막힌 무기 상인은 서둘러 도망가버렸다.

헨리가 만일 동양적인 사고의 의미로서 철학자에게 말했다면 "철학자는 어떤 방패라도 단번에 뚫을 수 있는 창을 갖고 있으며, 어떤 창이라도 막을 수 있는 방패도 갖고 있다." 라는 의미로 해석할 수 있었다.
헨리는 체스 고수이므로 전투의 공방을 의미하는 창과 방패로서 그런 말을 했다면 동양적 모순을 알고 있었다는 것이다.
모순된 말을 모순이 아닌 것처럼 말하는 것은 체스의 공방에서 철학자는 완벽했다는 것을 인정하는 게 아닐까?
철학자는 본인이 본인에 대해 해석하고 그 해석이 말도 안 된다는 것을 깨닫고 피식 웃음을 입에 물었다.
헨리는 기물 몇 점을 체스판 위에 다시 가져다 놓고 혼자 흑백으로 공격과 방어를 하며 복기에 열중하고 있었다.
복기할수록 철학자의 월등한 실력을 입증하는 수들만 드러났다.
옆에는 아직 제임스와 벤자민이 대국 중으로 승패는 별 의미가 없지만 서로 자존심 대결로 시간을 들이며 열중하고 있었다.
세계적인 선수들이 대국 중인데 소란을 피울 수 없어 관전자들은 철학자의 승리와 우승에 손뼉도 제대로 쳐줄 수 없었다.

철학자가 앉아 있는 상태에서 그런 관전자를 천천히 일별할 때 눈이 마주친 기정이 오른손 엄지를 척 들어 올리고 있었다. 기정의 얼굴이 왠지 단풍이 든 것처럼 붉게 물들어 있었다. 보스는 철학자의 우승 기쁨을 표출하지 못하고 자꾸만 입술을 오므리는 건 그런 얼굴을 보고 있는 철학자만의 생각일까? 이때 제임스가 벤자민에게 악수로 기권하며 오늘 경기는 끝나고 4인의 대국자는 다 같이 일어날 수 있었다.

목요일 4라운드까지 끝난 전적.
1라운드 헨리 o vs x 제임스. 앙리 o vs x 벤자민
2라운드 제임스 x vs o 앙리. 철학자 o vs x 벤자민
3라운드 헨리 무 vs 무 벤자민. 철학자 o vs x 앙리
4라운드 철학자 o vs x 헨리. 제임스 x vs o 벤자민
5라운드 철학자 vs 제임스. 헨리 vs 앙리

철학자 3승
앙리 2승 1패
헨리 1승 1무 1패
벤자민 1승 1무 2패
제임스 3패

벤자민만 1~4라운드까지 4판 소화하고 1승 1무 2패의 전적으로 5라운드 휴식 차례였으며, 나머지 4인은 3판을 치른 결과였다.

출전선수 중 가장 나이 어린 영국의 제임스는 경험 부족인가? 4라운드까지 3패로 승률이 가장 저조했다.

4라운드를 마친 후 내일 5라운드를 남기고 후원인과 선수들이 카페에 둘러앉아 차를 마시며 잠시 회의에 들어갔다.

"오늘 4라운드가 끝나며 승자 승 원칙에 의하여 우승자가 정해졌습니다. 다들 아시죠?"

보스는 철학자가 대국을 남겨놓고 우승하였기에 대놓고 기뻐할 수 없는 상황이라 다 알고 있는 사실을 주지시키고 있었다.

잠시 나지막이 수런거리기만 할 뿐 누구도 대답이 없었다.

"리그전이 다 끝나기도 전에 우승자가 나와 허탈한가 봅니다. 모두 말없이 저만 쳐다보십니다. 이번 경기는 순위를 가리는 게 아니라 우승자 한 명만 뽑는 경기였습니다."

보스는 새삼스레 뒷말을 이어갔다. 우리들의 리그는 늘 그랬다. 5라운드에서 앙리가 헨리에게 승리하고, 철학자가 제임스에게 패배하더라도 동률인데 승자 승으로 앙리에게 승리한 철학자가 우승이다. 그리고 3승의 철학자가 3패의 제임스한테 패한다고 생각하는 사람은 아무도 없다. 그 내용을 보스가 모두에게 말하며 확인받는 절차에 지나지 않았다.

이렇게 회의하는 것은 우승자가 나온 상태에서 내일 무의미한 대국을 해야 하는가?

의사를 타진해 보는 것이었다.

선수들은 모두 철학자와 대국하고 싶은 마음에 멀리 대한민국의 강릉까지 왔다고 첫날 의사를 밝혔기 때문이다.

"전 내일 대국을 기권하겠습니다."

내일 철학자의 상대인 제임스가 가장 먼저 기권을 선언했다.

서로 눈치 보며 회의를 진행할 것 같아 가장 중요한 당사자로서 서둘러 나선 느낌이 짙었다.

"제임스는 체스 철학자와 대국해보고 싶다고 하지 않았나요?"

보스가 조금쯤 심각한 얼굴로 물었다.

기쁨을 억누르기 위하여 엄청나게 노력하는 보스였다.

"사실 그런 마음으로 대한민국까지 왔습니다. 선수 중 실력도 가장 약하고 지금 기분으로는 체스를 두고 싶지 않습니다."

제임스는 전의를 상실한 상태에서 무의미한 체스를 두고 싶지 않다고 의사표시를 명확하게 밝혔다.

"잘 알겠습니다. 그럼 제임스의 대국 포기로 철학자의 우승은 결정되었습니다. 이제 다른 한 판이 남았는데 우승과는 관계가 없지만, 내일 둘 수는 있습니다."

보스는 우승자를 확정하고 5라운드 대국 예정인 앙리와 헨리를 한 번씩 쳐다보았다.

"보스. 우선 저의 소감 한마디 해도 되겠습니까?"

헨리는 앙리를 한번 쳐다보고 조금 망설이는 듯하더니 말했다.

"당연하죠. 하고 싶은 말 얼마든지 하세요."

열댓 명이 일제히 헨리를 주시하게 되었다.

"저는 이번 경기에 철학자와 대국하면서 문득 떠오른 단어가 하나 있는데 (contradiction) 모순입니다."

"아, 전 아까 대국 중 잘못 들었나 했는데, 모순이 틀림없네요. 그게 체스 대국과 어떤 연관이 있는 거죠?"

미국의 벤자민이 매우 궁금했다는 표정으로 불쑥 나섰다.

일제히 벤자민을 한번 쳐다본 후 다시 헨리를 주시했다.

"영어권에선 앞뒤가 이치에 맞지 않으면 (contradiction)이라며 반박한다는 의미로 사용합니다."

여기까지 말한 헨리는 잠시 멈추고 주위를 둘러보았다.

헨리의 소감에 가만히 귀 기울여 듣고 있던 나는 한 분야에서 공감하는 분위기를 감지할 수 있었다. 모두 헨리의 다음 말을 기다리며 카페는 거짓말처럼 고요한 정적이 흘렀다. 숨소리조차 없었다. 체스에 의하여 모인 사람들은 승부가 끝난 뒤 승자와 패자는 사라지고, 체스 고수의 한마디 말도 놓치지 않고 새기려고 존중하는 자세를 풀지 않고 숨죽여 경청하고 있었다.
어느 분야든 고수를 존경하는 태도는 한결같았다.
물론 나만의 착각이거나 바람일 수 있었다.

"동양에서는 창과 방패에 대한 역사가 전해지는데, 무기 상인이 말하길, 어떤 방패도 뚫을 수 있는 창이 있고, 어떤 창이라도 막아낼 수 있는 방패가 있다고 외쳤습니다. 이때 듣고 있던 한 사람이 그렇다면 그 창으로 그 방패를 찌르면 어떻게 되느냐? 고 반박하는 말에 말문이 막혀 도망갔다는 고사입니다."
헨리는 다시 말을 멈추고 숨 고르기를 좀 길게 가져갔다.
영하는 여기까지 듣고 헨리가 "(contradiction)" 라고 말했을 때 동양적 모순의 창 모(矛) 방패 순(盾)의 원래 의미를 알았다고 이해했다.
"세계의 체스계에서 명성이 널리 알려진 러시아의 알렉산드르가 왜 체스의 철학자라 했는지 전 오늘 패배하며 깨달았습니다. 전 철학자에게 체스의 모순이라는 별칭을 선사하겠습니다."
헨리는 다시 말을 멈추고 아주 천천히 한 사람 한 사람 표정을 살피고 있었다.

-체스의 모순(창과 방패)?

-아니 뭐야? 동서양에서 앞뒤 이치가 맞지 않는다고 반박한다는 설명까지 하고선 체스의 모순이라는 건 또 뭐야?
-모순으로 말장난하자는 건가?
-체스의 철학자에게 체스의 모순이라는 별칭을 헌정한다고?
사람들이 웅성거리기 시작했다.
보스도 의아하게 생각했다.
영하는 그 의미를 알고 있었기에 가만히 있었다.
기정은 옆에 앉아 있는 영하의 표정을 읽으며 어떤 의미인지 이미 알고 있다고 짐작하며 그 의미를 유추해내고자 고심했다.
"제가 질문 하나 할 건데 다들 비웃지는 마십시오, 헨리. 혹시 철학자가 동양의 모순된 그 창과 방패 둘 다 갖고 있다는 의미로 말하는 건 아니겠죠?"
앙리가 머뭇거리며 나섰다.
짝짝짝. 짝짝짝. 짝짝짝.
헨리는 느닷없이 손뼉을 치고 있었다. 그것도 여러 번.
"맞습니다. 세계에서 나름대로 명성이 있는 수준급의 GM들이 철학자와 겨루며 공격적인 수법 방어적인 수법 등을 사용했지만 아무도 승리를 따내지 못했습니다. 오늘 저도 대국하며 느낀 건 철학자는 날카롭게 공격도 잘하는데, 방어도 잘한다는 겁니다. 전 여기서 착안하여 동양적 모순을 선사하는 겁니다."

후련하다는 표정의 헨리는 그 의의를 마무리했다.

모르겠다던 사람들도 이젠 이해가 간다는 얼굴이었다.

"하하하. 재미있고 멋진 역 발산 의미가 담겨있는 별칭입니다. 다시 말하면 철학자는 한 손에는 세상에서 가장 예리한 창을 들었고, 다른 한 손에는 어떤 창도 막아낼 수 있는 막강한 방패를 들고 있다는 설명입니다."

보스가 이때다 싶어 호탕하게 웃으며 꼭꼭 감싸고 있던 우승의 기쁨을 만끽하며 발산하고 있었다.

"체스의 철학자, 그리고 체스의 모순이라… 체스계에 전례가 없던 찬사들입니다."

앙리가 설마? 하던 표정에서 이해가 된다는, 수긍하는 표정을 나타내고 있었다.

"저도 별 의미 없는 대국은 원하지 않습니다. 앙리는 어떻게 생각하는지 묻고 싶습니다."

헨리는 별로 우울하지도 않은 덤덤한 얼굴로 대국을 포기했다.

"상대가 의미 없는 맥 빠진 대국을 원치 않는데 제가 두자고 우기는 것도 이치에 어긋난다는 생각입니다. 저도 내일 대국은 포기하고 대한민국의 아름다운 동해안 풍경을 즐길까 합니다."

앙리도 선선히 물러섰다.

"알겠습니다. 그럼 오늘 아무 이의 없이 토론을 마치며 내일 동해안 관광코스를 준비하겠습니다. 그럼 제가 선출한 철학자의 우승을 축하합니다."

짝짝짝.

보스는 간결하게 회의를 끝내고 우승 축하 박수를 보냈다.

"체스 실력이 대단합니다."

"한 수 잘 배웠습니다."

"혼자 연구한 실력이 그 정도라니 놀랍습니다."

"이번에 왜 체스의 철학자인지 똑똑히 알게 되었습니다."

"우승 축하합니다. 체스 철학자."

"체스의 모순."

"모순의 체스 철학자."

요란한 박수 소리와 함께 누가 누구랄 것 없이 한마디씩 축하해 주고 있었다.

영하와 기정은 축하의 말들이 쏟아지는 가운데 '체스의 모순'이라는 말이 뚜렷이 들렸다. 체스 최강의 창. 최상의 방패. 오늘의 우승으로 또 하나의 별칭을 얻는 걸까?

그런 생각이 스쳐 갈 때 누군가 '모순의 체스 철학자.'라고 외치고 있었다.

평범한 축하 말은 모두 흘러들어도 그 말의 의미를 되새겨볼 때 영광이 아닐 수 없었다.

서로 대치되며 이치가 맞지 않는 경우인데, 변증법적 철학으로 풀어보면 높은 수준의 사고(思考)로 진리를 찾아간다는 의미가 내재 된 건 아닐까?

-모순된 철학?
-철학적 모순?

"고맙습니다."
영하가 일어나고 기정이 함께 일어나 몸을 돌려가며 허리 숙여 여러 번의 인사를 했다.
영하와 기정은 일어나지 않을 수 없었다.
세계적인 체스 최고수들이 의미 깊은 최상의 찬사를 보내주고 있었다. 비록 흘러가는 고수의 물결 위에 올라선 선수들이지만 자국의 체스챔피언을 한때나마 지낸 인물들이었다.

나와 아내는 주방 쪽에서 그 모습을 지켜보며 둘이 앉을 때까지 물개박수를 멈추지 않았다.
세계적으로 점점 더 강자들이 도전해오는데 무승부 한번 없이 그 강자들을 모두 물리친다는 게 정말 경이로웠다.

6월 중순의 금요일 아침.

어제까지 긴장감 속에 경기를 벌인 후원자와 선수들은 홀가분한 마음으로 오죽 한옥마을 한가운데의 사물재 앞에 모여들었다.

오늘은 편한 마음 편한 복장으로 강릉 관광을 한 후 저녁 무렵 서울로 올라가기로 일정을 짰다.

지난번 입구까지 간 후 걷지 못했던 바다부채길을 걷기로 했다. 동해안에서도 절경을 이루고 있는 헌화로를 드라이브한 후 다시 카페 앞의 민속 막국수로 와서 비빔, 물 막국수와 감자옹심이, 옹심이칼국수, 동동주 등 여러 종류의 강릉 토속 음식을 골고루 주문하여 맛보기로 했다.

동해안에서 이름난 강릉의 절경을 걷기와 드라이브로 감상하고, 음식을 시식하러 오면 얼추 시간이 맞을 거라고 여행전문가인 카페 주인장의 권유를 보스가 기꺼이 받아들였다.

오후엔 선교장에 들러 우리나라 옛 사대부의 99칸 상류 주택을 보여준 후 경포호수를 한 바퀴 돌아오는 마차를 태워주라고까지 일러주었다.

헌화로 가면 유래까지 설명해주라고 일정을 짜주면서 기정에게 말했고, 기정은 보스에게 일정에 관해 설명했다.

가장 가까이 가볼 만한 곳 오죽헌은 강릉에 내려온 다음 날인 일요일에 이미 산책 겸 다녀왔기에 오늘 일정에서 뺐다.

11. 용도가 다른 인공지능

기정과 영하는 카페 앞의 민속 막국수에서 그들이 음식을 주문하는 것까지 거들어주고 카페로 가기 위해 밖으로 나왔다.
이때 앙리가 재빨리 따라 나와 카페 주차장 부근에서 둘의 앞을 가로막았다.
"철학자. 어떤 AI를 사용했지?"
기정과 영하는 어이가 없는 눈길로 앙리를 쳐다보았다.
"철학자. 내 거보다 더 성능이 좋은 AI를 빨리 알려줘."
앙리 스스로 AI를 사용했다는 걸 실토하고 있었다.
"앙리. 넌 남을 이기며 명성을 얻고 부를 쌓는 것이 대단하다고 생각하겠지. 방법이야 어떻든. 그래서 AI를 사용하는 거고, 너와 밖에서 너를 돕는 자와 AI까지 동원하여 다른 사람을 이기는 것이 행복할까? 아마 시간이 지나면 후회할 거야."

기정이 나서서 영하가 말할 법한 말로 지적했다.

"진. 왜 그렇게 생각하지? 다들 어떡하든 방법이야 무엇이든 남을 이기려고 해. 어떻게든 명성을 쌓고 부를 축적하려고 하지. 괜히 고고한 척하지 마. 너희도 AI를 사용하잖아."

앙리는 표정이 일그러지며 말투가 거칠어졌다.

"맞아. 앙리. 나도 AI 즉 인공지능을 사용해."

이번엔 영하가 직접 말했다.

"거봐. 너도 AI를 사용하여 타인을 이기면서 안 그런 척 고고한 척하고 있잖아. 나한테만 빨리 알려줘."

앙리는 어려운 문제를 풀어낸 것처럼 의기양양했다.

"앙리. 난 말이야, 내가 개발한 AI 인공지능 체스프로그램과 늘 겨루며 연구한 걸 다른 사람과 대면 대국에서 이용한다는 거지, 너처럼 AI의 직접적인 도움을 받는 게 아니야."

넌 문제를 엉터리로 풀었어, 하는 말투로 영하가 말했다.

"뭐라고? AI 인공지능과 겨루면서 배운 걸 사람들과 대국하며 활용한다고?"

앙리는 믿을 수 없다는 얼굴로 소리쳤다.

"너처럼 제삼자와 송수신하면서 AI의 도움을 받는 게 아니야. 그게 진정한 실력이고 가슴을 쿵쾅거리게 만들기도 하지. 때론 은은한 기(氣)로 전해지며 고요한 감성으로 나를 행복하게 해.

너의 방식대로 기계가 동원되어 상대를 이기며 느끼는 행복하곤 차원이 다를 거야."
영하 특유의 담담한 어조로 실력과 감성과 행복을 설명했다.
디마와 설전을 벌이던 상황과 비슷했다.
다만 폭력이 없을 뿐이다.

이들에게 AIQ(감성+지혜)는 아예 생각지도 못하는 존재이다.
진정으로 추구해야 할 행복은 그런 불미스러운 행위로 얻는 것이 아니라고 말해도 이들은 귀담아들으려고 하지 않는다.
어려운 문제를 푸는 과정에서 고뇌 속에 희열을 느끼려고 하는 것이 아니라 고통 없이 단박에 희열을 취하려고 하는 사고에서 비롯된 어긋난 행복을 얻으려고만 하고 있었다.
지식이 나에게로 와 고뇌와 희열이라는 감성적 과정을 거쳐서, 지혜로 체화되어야 비로소 진정한 행복이 되는 걸 스스로 방해하고 있었다.
문화적으로 참된 형성과정을 거쳐야 스스로 존중할 줄 알게 되며 그 가치가 하늘을 찌르고 남을 만큼의 가치를 지니고 있다는 것을 깨닫지 못하고 있었다.
그렇게 형성된 참다운 가치는 하늘을 쳐다보면 파란 하늘에도 들어있고, 떠가는 구름에도 들어있으며, 흐르는 냇물에도 담겨있으며, 내 앞에 보이는 온갖 나무에도 들어있다. 내가 눈을 떠도, 눈을 감아도 다가오는 모든 것에 그런 가치가 들어있다.
그 가치가 늘 다가오며 건네는 말을 알아들어야 하는데, 참다운 가치는 외면하고 물질만 차지하려는 헛된 노력만 하고 있었다.
물질 만능 시대라 그리한다 해도, 그리하여 물질에 의미를 부여한다 해도 결국 진정한 의미는 찾지 못한 것이다.

AI(인공지능)과 ChatGPT(챗지피티) 위에는 AIQ(감성적 지혜)가 최고라는 걸 알려고 노력하지 않는다.

AIQ는 영하가 AI 인공지능과 IQ 인간지능의 결합으로 탄생한 '감성적 지혜' 라는 의미로 만든 특별한 합성어다.

바둑으로 치면 8단 격의 좌조(坐照)에 도달하여 앉아서 만물을 참되게 바라볼 줄 아는 실력이다.
만일 한 단계 위의 입신(入神)에 이르고자 하는 노력이 없다면 나의 마음속 신비한 존재는 느끼지 못하는 지경으로 그들은 7단 이하의 실력과 감성이라고 할 수 있다.
체스 실력도 체스에 대한 마음도 그 경지에서 멈춰선 까닭이다.
그건 고난 앞에서 멈추고 고뇌의 사색을 하지 않기 때문이다.

그저 **뺏**으려는 고심만 가득한 형상이다.

영하가 이런 생각과 이렇게 말할 수 있는 것은 카페를 운영하는 바둑 스승과의 대화에서 얻은 것이다.

"현인이 말하길, 진정한 부자는 가진 것이 많은 사람이 아니라 향유 할 수 있는 것이 많은 사람이다. 강가의 맑은 바람, 산간의 밝은 달처럼 재물을 허비하지 않아도 즐길 수 있고, 그 안에서 기쁨을 얻을 수 있다면 그 누구보다 만족감이 클 것이고 그만큼 마음이 풍요롭다. 라고 설파했어."
욕심을 버리고 내 갈 길을 가는 사람의 마음이라고 바둑 선생님은 말해주었다.

영하는 지금 그 과정과 그 경지에 도달하기 위하여 묵묵히 걸어가고 있는 느낌이며, 정도가 아닌 사도로 도달하고 싶은 마음은 추호도 없었다. 수학을 좋아하게 된 것도 진실에서 진리를 탐구하고 싶어서 더 연구하고자 하는 것이다.

앙리는 멍한 상태로 흔들리는 눈동자는 영하의 얼굴을 살피고 있었다.

"이 시대에 가슴 뛰는 AIQ의 감성으로 명성을 쌓고 부를 축적한다는 허무맹랑한 논리로 현 상황을 회피하려고 하지 마. 내가 치트를 실토하면서까지 얻고자 하는 건 성능이 우수한 AI야."
앙리는 눈꼬리가 올라가며 갑자기 복싱 자세를 취했다.
"뭐야? 폭력으로라도 AI를 뺏겠다는 거야?"
"그래. 내가 원하는 걸 받아가야겠어. 이번 경기에서 우승해야 하는 데 나보다 뛰어난 너의 인공지능에 굴복했으므로 다음엔 다른 경기에서 그걸로 우승하려고 해. 철학자가 출전하는 경기엔 사용하지 않는다고 약속할게."
"앙리. 여긴 막국수 집에서도 다 보이고 카페에서도 다 보이는 장소야. 얼른 그 자세를 풀어."
기정이 나무랐다.
앙리는 주위를 살피더니 다시 대화하는 자세로 돌아왔다.
"앙리. 대국 때마다 인공지능으로 이기면 상대는 가만있겠어? 우리 모두 나중엔 AI에게 지배당할 거라는 예상은 안 해봤어? 왜 좀 더 멀리 보지 않고 눈앞의 꿀만 빨려고 하지?"
기정은 차분한 말투로 복합적인 의미를 담아 말했다.
미래엔 체스 경기에 출전하는 선수 모두 인공지능으로 무장할 것이다, 라는 경고를 하고 있었다.
"그때는 그때고, 지금은 누가 인공지능으로 대국하는지 몰라.

나도 당하지 않고 이기기 위한 최선의 수법이야."
"앙리. 정말 실망이다. 위대한 인류의 문화유산이며 인간지능이 무아지경으로 즐길 수 있는 체스를 기계로 장난쳐서 이기려고만 들다니. 앙리. 집에 가서 곰곰이 생각해 봐. 젊은 날 재물에 눈멀어 속임수를 써서 탐하다 나이 들면 크게 후회할 거야."
영하는 바둑 스승한테 전해 들은 얘기를 담담히 전하고 있었다.
"왜 후회하는데?"
"인생을 헛살았다고 분명 후회할 거야."
"그러니까, 왜 헛살았다고 후회하는지 그 이유를 말해봐!"
앙리는 자신이 모르는 뭔가를 찾고자 했다.
"지금 앙리가 가장 잘하는 게 뭐야?"
"그거야, 당연히 체스지."
"그럼 지금 앙리가 가장 아끼는 건 뭐야?"
영하의 이번 물음에 앙리는 잠시 주춤거렸다.
"그것도 역시 체스지."
"그럼 앙리가 지금껏 살면서 가장 공들여 공부한 건 뭐야?"
"그것도 역시 체스겠지."
"그것 봐. 지금 본인이 가장 공들이고/ 가장 열심히 공부하고/ 가장 아끼고/ 세상에서 가장 잘하는 게 체스라고 답하잖아."
"그래서? 그게 어쨌다는 거야?"

내가 가장 잘하는 거로 부를 쌓겠다는 게 잘못인가.
앙리의 표정과 태도는 그렇게 묻고 있었다.
"가장 좋아하는 걸 스스로 시궁창에서 가지고 놀고 있는 거야. 나이 들어서 남은 게 무엇인가 되돌아봤을 때 너의 추한 모습에 후회하지 않겠어?"
앙리는 비로소 철학자를 지그시 정면으로 쳐다보았다.
철학자의 눈동자에 비친 본인의 모습을 찾고 있는 눈치였다.
기정과 영하는 앙리와의 문답에서 그가 왜 인공지능의 힘으로 무조건 이기려고 하는지 알게 되었다.
그는 다른 선수처럼 별도로 전공한 직업이 없었다.
오직 체스 경기에서 승리하는 수입으로 생활하고 있었다.
그게 집중할 수 있는 장점도 될 수 있지만 큰 단점도 된다.

-부정하게 모은 재물이 나이 들어서 많은들 행복할까?
-나이 들어서 그런 걸 따질 필요 있을까?
-그때는 그때고 지금은 지금이다.
-당길 수 있을 때 무지막지하게 당겨 놔야 후회가 없지 않을까?

철학자 눈동자 속에서 비추어지는 앙리는 갈등과 상념이 충돌을 일으키며 선악이 교차하고 있었다.

남이 나를 속이고, 나는 남을 속이고, 또 내가 나도 속이는 데, 나의 능력껏 챙기겠다는데, 먼 훗날에 인생을 되돌아보며 후회하느냐 마느냐, 지금 내가 갈등을 겪어야 할까?

"난 조금이라도 더 젊을 때 명성도 쌓고 부도 축적하려고 해. 사실 이 세계에서 언제 퇴출당할지 모르잖아."
영하와 기정은 앙리의 말을 들으며 누구에게 들은 듯한 말이라는 생각이 들었으나 선뜻 기억나지 않았다.
앙리는 정상급의 체스 실력이지만 별도의 직업이 없어서 미래를 불안해하고 있었다.
한 분야를 전공하여 자기 직업이 있는 자와 없는 자의 확연히 다른 인성을 앙리가 나타내고 있었다.
"앙리. 그럼 하나 물어보자?"
영하는 앙리 눈에 눈동자를 고정하고 담담하게 말했다.
"뭘?"
"너의 치트가 다른 선수에게 안 들키고 얼마나 지속할까?"
영하는 정말 걱정된다는 표정과 음성으로 물었다.
앙리는 영하를 빤히 쳐다보는데 그 눈동자가 흔들리고 있었다.
"앙리. 체스를 두며 눈에 보이는 것만 믿나, 눈에 안 보이지만 몇 수 뒤를 믿나?"

"당연히 몇 수 뒤를 생각하지."
"그렇다면 앙리의 인공지능 사용이 언제까지 들키지 않고 대국 가능하다고 생각해?"
반어법은 아니지만, 본인의 잘못을 느끼게끔 유도하고 있었다.
앙리는 대답이 궁해지며 다시 한번 눈동자가 흔들렸다.

"앙리, 혹시 시지프스 신화를 아는가?"
이번엔 기정이 불쑥 질문했다.
영하의 질문에 대답도 못 하는 난처한 곤경에 빠진 앙리를 다른 길로 인도하려는 의도였다.
"시지프스 신화라면 신을 속인 인간이 죽지도 못하고 영원히 벌을 받는다는 그 신화를 말하는 건가? 진?"
앙리는 가시밭길에서 빠져나온 얼굴로 기억을 더듬었다.
"맞아. 시지프스 신화 탄생은 알고 있군. 그 체스가 저 카페에 전시되어 있었는데 보았는가?"
"카페에서 시지프스 신화 체스를 본 기억이 나. 그런데?"
앙리는 신화 체스 얘기는 지금 왜 하는지 의아했다.
"신을 속이고 자신을 잡으러 온 신을 가두기도 하였으나, 끝내 잡혀가서 그런 죽지도 못하는 형벌을 받게 된다는 것을 일깨워 주고 싶어서야."

기정은 담담하게 보충 설명하듯 말했다.

앙리는 기정을 바라보며 생각에 잠기고 있었다.

철학자는 AI 인공지능을 사용하지 않는다는 게 확실했다.

기정이 시지프스 신화 체스를 왜 말하는지 느끼고 있었다.

이때 점심 식사를 마친 체스 경기 일행들이 주차장으로 하나둘 내려오고 있었다.

기정과 영하는 카페에 가 선생님께 헌화로 관광을 잘 마쳤다는 인사도 못 하고 일단 앙리와 함께 그들에게 다가갔다.

"무엇이 앙리를 이 세상에서 지탱하게 하는지 잘 생각해 봐. 돈은 살아가는 데 분명 필요하지만, 부정한 방법으로 돈만 좇아서는 인생이 행복하지 않다는 걸 나중에 느끼게 될 거야."

영하는 어눌한 척하며 영어로 길게 말했다.

기정도 그 말의 의미를 음미하며 가만히 듣고 있었다.

영어가 어눌한 척하는 영하가 앙리에게 의미 전달의 어려움이 따른다면 보충 설명해주려고 귀 기울였으나 또박또박한 정확한 영어 표현이었다.

"철학자. 정말 궁금해 묻는데, 나와 나이 차이가 별로 없잖아. 그런데 너는 그런 걸 젊은 나이에 어떻게 체득했어?"

앙리는 학생이 선생님께 어렵게 질문하는 태도를 보였다.

"그런 대화를 좋아하시는 어릴 때 바둑 스승님이 계셔. 요즘도 그런 대화를 가끔 해. 돈만 많이 버는 게 인생의 목표는 아니다. 내가 좋아하는 걸 순수하게 즐기며 살라고 조언해주시지."

"정말? 넌 대단한 스승님께 제대로 바둑과 인생을 배웠네."

앙리의 놀라움과 함께 식당에서 내려온 일행과 합류했다.

"앙리와 무슨 대화를 하느라고 점심도 안 먹었어요?"

영하와 기정이 다가가자 보스가 궁금해한다.

"체스 선수끼리 체스에 대해 소감을 나눴습니다. 보스."

기정은 별거 아니라는 투로 넘어갔다.

"하하하. 앙리도 우리들의 리그에서 우승한 실력자인데 철학자한테 패하고 분함을 느끼나 보네."

보스는 앙리의 치팅을 모른 척 넘어가 주었다.

"하하. 그런가요? 보스 소화도 시킬 겸 오후 관광 예정이었던 선교장까지 여기서 걸어갈까요?"

"걸어가면 얼마나 걸리죠? 진."

"천천히 걸어도 20분이면 충분합니다."

"그럼 진이 앞장서세요. 내가 일행한테 말할게요."

일행은 오죽헌 입구를 지나 메타세콰이어길에 들어섰다.

"오. 강릉에도 이런 길이 있었네요. 멋지네요."

기정은 -전에 디마와 폭력으로 한바탕하던 곳입니다. 라는 말을 하려다 목구멍으로 다시 삼켰다.

푸릇한 잎새가 나무마다 만연한 메타세콰이어길에서 풍경 사진도 찍고 서로 어울려 인물사진도 찍느라고 일행은 분주했다.

보스와 기정, 영하는 그런 모습을 뒤에서 지켜보고 있었다.
"철학자, 진. 내가 머릿속으로 잠깐 계산해봤는데 이번 경기에서 우승하여 두 분이 받는 베팅 상금이 어마어마해요. 최상위급 선수들이 출전하므로 여기에 오진 않았지만, 의외로 많은 숫자의 후원자가 베팅했어요. 그 자료는 나중에 명확히 보여줄게요. 미리 축하드리는 겁니다."
보스는 이런 기쁨을 전해주려고 기회를 노리고 있었는지 매우 뿌듯한 음성이었다.
"모두 보스의 추진력 덕분이죠. 고맙습니다. 보스"
기정은 깍듯이 인사했다.
"별말씀을. 내가 철학자와 진에게 더 고맙지요."
보스는 일행을 지켜보며 눈치껏 축하를 주고받았다.
영하는 출전료, 우승 수당, 상여금, 배당액 등 어쩌면 보스보다 더 많은 돈을 챙길 수 있지만, 기정과 둘이 분배한다.
이번에 둘 다 올인하여 젊은 나이에 배당액이 엄청난 건 맞다.
일행은 사람을 바꿔가며 사진찍기에 여념이 없었다.
기정은 영하를 한 번 쳐다보고 눈으로 신호를 보냈다.

"보스. 시간이 될 때 드릴 말씀이 있습니다."

기정은 작심하고 보스를 향해 말했다.

"그래요. …어떤?"

보스는 기정의 굳은 얼굴에서 심상치 않은 기운을 느껴야 했다. 조금 전까지의 화기애애한 분위기는 간 곳 없고, 어떤 결심이 선 태도가 역력했다.

"친구가 앞으로 이런 체스 경기는 안 하겠다고 선언했습니다. 저보고 보스께 대신 전해달라고 했습니다."

기정은 비장함과 미안함을 갖춘 태도로 말하고 있었다.

보스는 놀라워하며 기정과 옆에 서 있는 영하를 살폈다.

"그래요? 지금껏 한 번도 패배한 적이 없는데 갑자기 왜 그런 작심을 한 거죠? 진."

도무지 이해할 수 없다는 의아함을 드러내는 보스의 물음이다. 방금 어마어마한 베팅 상금을 받게 되었다고 얘기했는데, 미처 단 한 걸음도 떼기 전, 이젠 그런 일은 없을 거라는 선고였다.

"지난번 인도의 아미뜨도 그렇고 이번의 프랑스 앙리도 그렇고 철학자를 이기기 위하여 AI 인공지능을 사용하는 것이 너무 못마땅한 겁니다. 보스는 우리들의 리그는 절대 인공지능을 사용하지 않는다고 장담했지만 두 번이나 드러났습니다."

보스에게 따지는 태도는 아니지만, 불만을 말하고 있었다.

"음. 나도 지난번 아미뜨 일은 몰랐소. 이번 경기에도 철학자가 예리하게 관찰하여 알려주지 않았다면 모르고 지나갔을 거요. 철학자가 경기에서 우승하고 앙리의 치팅에 대해 발설하지 않아 다른 후원인과 선수들은 모르고 넘어갈 겁니다. 내가 나의 친구 제프리와 상의하여 이 문제를 잘 해결할 테니 철학자가 다시는 출전하지 않는다는 선언 같은 건 안 했으면 좋겠습니다. 진."
보스는 얼굴도 음성도 우울한 빛을 감추지 못하고 있었다.
앞으로 또 경기가 어떻게 전개될지 알 수 없었지만, 보스에겐 마른하늘에 날벼락 같은 전언이었다.
보스 - 케빈은 서울에서 근무하는 동안 철학자에게 도전해오는 선수들은 누구든 모두 받아 줄 심산이었다.
철학자가 경기에서 한 번 정도 패배한다 해도 이번까지 그동안 챙긴 상금이 엄청났다.
그러면서 마음속으로는 패배를 허용치 않았다.
경기만 벌어지면 결정적인 장면에서 경이롭고 절묘한 수로 이겨가는 철학자가 질 리 없다는 자신감이 넘쳤다.
"보스 이번에 친구와 전 그동안 우리들의 리그 경기를 뛰면서 벌었던 수당, 상여금 등과 우리 둘이 저축했던 전 재산을 털어 베팅했습니다. 왜 그런지 아십니까?"
"글쎄…요? 아마 우승할 자신이 있어서 그런 게 아닐까요?"

"우승할 자신이 있다고 늘 우승할 수 있나요?"

"꼭 그런 건 아니겠지만 다른 선수보다 실력이 월등하면 자신 있게 베팅도 할 수 있겠지요. 안 그런가요? 진."

"그런 이유보다 우린 금전적으로 그리고 심정적으로도 우리의 모든 걸 베팅한 겁니다. 이기든 지든 이번 경기가 끝나면 이런 경기는 더는 하지 말자는 결심을 미리 한 겁니다."

말하는 기정의 표정에서 비장함이 뿜어져 나왔다.

"이런 경기란 어떤 경기를 의미하는 거죠?"

한 가닥 기대해도 되는 의미인가, 보스는 다급했다.

"암암리에 인공지능이 등장하는 경기를 말하는 겁니다."

"그 건은 앞으로 반드시 시정 한다고 약속할 수 있어요. 진."

보스가 자신감을 보일 때 일행이 앞으로 걸어가고 있었다.

메타세콰이어길은 앞에 가면서 안내할 필요가 없는 곧은 길이 뻗어 있었다.

보스는 기정이 하는 말을 안 들은 것처럼 딴청부리듯 빠른 걸음으로 일행에게 다가가고 있었다.

"보스. 우리 결심이 그렇다는 걸 알고 계십시오."

기정은 쐐기를 박듯 그렇게 말하며 보스 뒤를 따라갔고 영하도 말없이 뒤따랐다.

둘은 얼굴을 한 번 마주치며 시원하다는 표정을 짓고 있었다.

서로 고맙지

보스 일행이 선교장을 관람하고 한옥마을로 되돌아와 짐을 챙겨 금요일 오후 서울로 떠났다.
이번엔 영하, 기정, 미래, 다은이 카페를 방문했다.
"미래, 다은은 강릉에 언제 다시 왔어?"
내가 반가워 소리쳤다.
"지금 오는 길이에요. 사범님."
언제 다시 만날지 모르는, 언제 다시 강릉을 방문할지 모르는 터라 미래와 다은을 강릉으로 불러 인사차 모두 몰려온 것으로 짐작되었다.
"선생님. 사모님. 올봄에 너무 신세를 많이 졌습니다."
"사범님. 정말 고마웠습니다. 영하가 계속 우승한 것도 사범님께서 두루두루 신경 써주신 덕분입니다."
영하와 기정은 우리 부부에게 진심 어린 고마움을 표했다.
"신세랄 게 뭐야. 난 덕분에 장소만 제공하고 비용도 두둑이 받아 챙겼는데, 내가 김 박사한테 고마워해야지."
나도 진심으로 고맙다고 했다.
"그래. 김 박사 덕분에 우리도 제법 챙겼어."
아내도 옆에 서 있다가 고마움을 전했다.

"별말씀을요. 선생님. 사모님. 대국하는 중 차 시중드시느라고 고생하셨습니다."

영하는 다시 꾸벅 인사한다.

영하는 나이든 바둑 선생님이 커피, 차 등 세세한 것까지 심부름하는 모습에서 미안함을 느꼈을지도 모른다.

"뭔 소리야. 차 장사가 차 파는 건 당연한 거지. 하하하."

애초부터 나이, 체면 따위 챙기려고 했으면 카페 영업을 하지 않았을 것이다.

"선생님. 저기… 거절하지 마시고 저희 성의를 받아주십시오."

영하는 그렇게 말하며 봉투 하나를 내민다.

"이게 뭐야?"

겉장에 고맙습니다, 라는 굵은 글씨의 봉투에 나는 놀랐다.

"선생님께서 좋은 작품, 좋은 해설, 좋은 지도까지 해주신 덕분에 제가 경기 출전료도 챙기고 베팅까지 하여 예상치 못한 많은 돈을 얻게 되었습니다. 카페에서 정신적으로 안정하며 대국할 수 있었기에 모든 걸 얻을 수 있었습니다. 여긴 저와 이 친구의 성의가 들어있습니다. 제발 거절하지 마시고 그동안 월요일에 쉬시지도 못한 사모님과 좋은 시간 보낼 때 쓰십시오. 저와 제 친구의 간절한 부탁입니다."

영하가 몇 번이나 허리를 숙이며 봉투를 내밀었다.

"사범님. 사모님. 제발 거절하지 마십시오. 약소하지만 그동안 월요일에도 괴롭힌 대가라고 생각하시고 다음 휴무일 때 좋은 시간 보내십시오."

기정 역시 간절하고 고마운 마음을 담아 인사하고 있었다.

"그래. 알았어. 그럼 내가 아내와 잘 쓸게. 고마워."

젊은이들의 고맙다는 성의 표시를 더 거절할 수 없었다.

"사모님. 그동안 너무 고마웠습니다."

"내가 해준 게 뭐 있다고 나보고 고맙다고 그래."

"저희도 인사드릴게요. 사범님. 사모님."

다은과 미래가 작별인사한다.

"동해안으로 놀러 오면 우리 카페에 꼭 들려야 해."

아내가 두 여자의 손을 한 번씩 잡으며 아쉬워했다.

"네. 그동안 우리 오빠들 잘 보살펴주셔서 너무 고맙습니다. 미국에 들어가도 카페 바체프 생각이 많이 날 것 같아요."

미래는 한 번 더 예쁘게 인사한다.

덕담을 나누며 다 같이 천천히 걸어서 주차장까지 간 후 넷은 다은이 운전하는 차를 타고 떠났다.

그렇게 넷이 떠난 후 아내가 봉투를 열어보고 깜짝 놀란다.

봉투 안엔 우리 카페의 일 년 매출에 버금가는 금액의 수표가 동그라미 행진하고 있었다.

12. 모순의 딜레마

23년 2월 중순. 카페 바체프

영하와 기정이 앙리를 앞에 두고 원탁에 둘러앉아 있었다.

지난해 6월 말, 5인 리그전이 끝나고 8개월여 만의 대면이다.

앙리의 표정이 무엇인가를 갈망하고 있었으며, 대국할 때처럼 변장한 영하와 기정은 난처하고 심각했다.

"앙리. 우린 체스 경기의 출전료가 탐이 나서 보스의 선수로 체스 대국을 한 게 아니야."

기정이 차분한 음성으로 나지막이 말했다.

"그럼? 뭐야? 경기에 한 번 출전하면 최소한 일반 직장인의 일년 치 월급과 맞먹는데 그게 탐난 게 아니라고?"

앙리는 말도 안 되는 소리 하느냐고 약간 비웃는듯한 표정을 하고 있었다.

앙리의 말에 기정과 영하는 머릿속으로 재빨리 계산해 보았다. 그동안 그런 대비 식 계산을 해본 적이 없었다. 둘 다 직장을 다녀본 적이 없었기 때문이다. 기정만 잠깐 수학학원에서 강사 노릇을 했을 뿐이다.

오만 불을 환전하면? 놀랍게도 중견 직장인의 연봉과 엇비슷한 금액임을 새삼 알게 되었다.

"앙리. 여기 철학자와 난 한 번도 직장생활을 해본 적이 없어. 부모님 덕분에 공부만 하고 지냈어."

기정의 말에 앙리는 다음 말이 떠오르지 않았다.

생활이 절실하여 돈이 필요해야 돈 욕심으로 훅 달려들 텐데 부모덕에 공부만 했다니 말문이 막혔다.

"그럼. 지난해 봄 우리들의 리그에서 사상 처음으로 왜 선수 베팅은 했지? 50만 불이라는 적지 않은 금액을? 지금 철학자는 앞뒤가 안 맞는 논리로 내 제안을 거절하고 있어."

지난해 봄 강릉 경기에서 둘이 50만 불을 베팅하고 우승하여 엄청난 금액을 단번에 벌어들인 사실을 참가자는 알고 있었다. 정확한 액수는 알 수 없지만, 최소 서너 배 뻥튀기했을 것으로 추정할 수 있었다.

"그때 경기 전 우린 결심했던 거야. 부정적인 면이 있는 이런 경기는 우리의 모든 걸 걸고 마지막으로 하자. 이기든 지든."

체스 철학자와 매니저 진은 핵심적인 제안은 운만 떼고 경기 자체부터 참가하지 않겠다고 철벽을 치고 있었다.

프랑스에서 대한민국 강릉까지 날아오고 달려왔는데 첫 장부터 넘기지 못하고 있었다. 앙리는 모든 권한을 일임하고 강릉으로 등 떠민 선수 여럿의 얼굴이 떠올라 난감한 지경이었다.

"어쩌면 사회의 복잡미묘한 갈등 거리가 전혀 없이 오직 순수함만으로 수를 생각해내기 때문에 대국 때마다 그런 경이롭고 절묘한 수가 나올 수 있다고 생각해. 그저 존경스러울 뿐이지. 철학자의 그런 환경과 그런 순박한 재능을 미처 못 따라가는 우리 같은 선수도 좀 이해해줬으면 좋겠어."

앙리는 이제 읍소하듯 하소연하고 있었다.

"아무에게도 발설하지 않았지만, 당신은 지난해 봄 경기에서 비겁하게 AI 인공지능을 사용했어. 오직 우승하기 위하여. 그런 당신을 어떻게 믿고 경기하고, 무얼 믿고 그런 협상을 하지?"

기정이 앙리의 가장 아픈 곳을 파고들었다.

앙리는 치팅하여 경기에서 우승했으면 통쾌한 웃음을 날리며 "세상은 다 그래!" 라고 큰소리라도 칠 텐데… 지금 초라한 자신을 돌아보며, 자신을 믿지 않는 둘을 설득할 수 없다는 걸 뼈저리게 느끼며 다른 카드를 꺼냈다.

앙리는 고심 끝에 앉은 자리에서 휴대전화를 꺼냈다.

영하와 기정도 가끔 들어왔던 카카오톡의 보이스 톡 신호음을 앙리는 울리고 있었다.

"오. 앙리. 철학자와 매니저 진과의 얘기는 잘 끝났어?"
앙리의 휴대전화에서 대뜸 그런 내용이 튀어나왔다.
앙리가 일부러 휴대전화를 스피커로 전환해 놓고 있었다.
그렇게 말하는 음성과 영어 발음으로 영하와 기정은 그 사람이 다름 아닌 러시아의 디마 임을 단숨에 눈치챘다.
"아니야. 디마. 한 발짝도 진전이 없어서 도움 요청하는 거야. 철학자는 이제 체스 경기를 안 하겠대."
"아니, 왜? 늘 우승하면서."
"출전 선수가 AI 인공지능을 사용하기 때문이래."
"뭐? 누가 언제 어떤 경기에서 인공지능을 사용했는데?"
디마는 그런 내용을 전혀 모르는 듯 음성이 좀 올라갔다.
통화를 듣고 있는 영하와 기정은 어이가 없었다.
디마는 본인의 치팅에 대해 시치미를 떼고 놀라워했다.
"그건 말을 안 하는데 우리들의 리그에서 경험했대."
앙리는 시치미떼고 그렇게 말했다.
능글맞게 입가에 미소를 띤 채 영하와 기정의 기색을 살폈다.
앙리와 디마는 본인 둘 다 치팅 했지만 서로 시치미를 뚝 떼며 대화하고 있었다.

"음. 철학자는 자신이 개발한 AI 체스프로그램으로 연구하여 인공지능과 인간지능의 결합체인 AIQ 감성 지혜로 우승했지만, 누군가 AI로 치팅했기 때문에 다시는 우리들의 리그에는 참여하지 않겠다, 그런 뜻이네."

기정과 영하가 다 듣고 있는 줄 모르고 디마는 과정과 결론을 혼잣말로 말하고 있었다.

켕기는 구석이 있으므로 스스로 얼버무리고 있었다.

"앙리. 옆에 매니저 진이 있나? 내가 통화할 수 있을까?"

디마는 협상에 진전이 없어 도움을 요청했다는 걸 염두에 두고 앙리 근처에 영하와 기정이 있을 것으로 짐작하는 투였다.

"기다려봐. 통화를 원하는지 물어볼게."

앙리는 그렇게 말하며 기정에게 눈으로 묻는다.

기정은 석연찮았으나 이 협상에 대해 매듭지어야 했다.

앙리가 비밀스레 기정에게 전화해 철학자 거주지로 알고 있는 강릉에서 만나자며 프랑스에서 날아온 것은 중차대한 의미로 받아들여야 했다.

"디마. 오랜만이오. 어쩐 일입니까?"

기정은 전화 받으며 놀란 듯한 반응을 보였다.

"오. 진. 반갑습니다. 잘 지내고 있죠?"

"잘 지냅니다."

기정은 디마와 살갑게 안부를 주고받을 사이는 아니었다.

카페 안에 손님은 아무도 없었는데 갑자기 영어로 대화 소리가 한쪽에서 울리고 있었다.

"진. 앙리한테 현 상황을 들었죠?"

"대충 들었소."

"그런 상황인데 아예 경기 자체를 안 하겠다는 겁니까?"

"그렇습니다."

"특별한 이유라도 있습니까?"

"보스는 우리들의 리그에서는 절대 인공지능 사용이 없다고 장담하지만, 우리가 겪은 상대는 분명 AI를 사용했습니다."

기정이 여기까지 말하고 잠시 반응을 기다렸다.

기정과 통화하는 디마도 뜨끔한 말이며, 옆에서 듣는 앙리도 뜨끔할 것이다. 둘은 분명 인공지능을 사용했다.

디마는 말이 없었고, 앙리도 숨을 죽이고 있었다.

"진. 누군가의 부정행위도 물리치고 우승했는데, 이번 한 번만 여러 선수를 위하여 철학자가 경기에 출전하게 해주십시오."

디마는 잠시의 정적을 깨고 사정 조로 나왔다.

앙리를 의식해서인지 사과 한마디 없었다.

"디마. 철학자는 그런 부정한 경기에 출전할 이유가 없습니다. 그렇게 절실하면 그런 모의한 선수끼리 경기를 벌이면 되는데 왜 굳이 철학자를 넣으려는 거요?"

"진. 지난해 경기 후 철학자가 두문불출할 때 우린 유럽에서 두어 번의 경기에 참여하여 우승을 다투었어요. 이기고 지며 결국 나눠 먹기가 되었지요."

디마는 차분하게 이어갔다.

"그래서요?"

"우린 출전료를 받고 참가하여 우승한다면 성과급으로 조금 더 받는 정도죠. 그런데 후원인은 엄청난 상금을 챙겨가잖아요. 재주는 곰이 부리고 돈은 사람이 채가는 거죠."

디마의 음성이 조금 격해지고 있었다.

"디마. 그건 당연한 거 아닌가? 후원인은 선수를 출전시키고 미니멈으로 베팅해도 상당한 액수인데 패배하면 그 돈을 몽땅 날리는 거잖아요?"

기정이 본의 아니게 후원인 편에서 반박하는 상황이 되었다.

"그건 맞죠. 하지만 서너 번 잃어도 한 번에 찾을 수도 있고, 잃는다 해도 그들에겐 그리 큰돈도 아닙니다. 우린 경마장의 경주마에 불과해요. 죽어라 뛰고 얻는 건 보잘것없다는 거죠."

디마는 왠지 억울하다는 면을 강조했다.

"선수로 출전시켜주는 것만도 고마운 것 아닌가요?"
"그건 맞지만, 어디든 오라면 가야 하고 그때마다 시간도 어렵게 빼야 합니다. 우리가 대한민국 강릉에 갈 때도 그랬어요. 그런 노력과 우리의 체스 실력에 따른 출전료가 미흡하다는 게 모든 선수의 공통된 생각입니다."
각국의 체스 챔피언급 선수들 실력에 따른 대우가 미흡한 것을 적시하고 나왔다.
"디마. 내 친구 철학자가 출전한다면 뭐가 달라지나요?"
기정이 말을 돌리지 말고 핵심을 말하라고 했다.
"진. 우리도 한탕 크게 한 번 먹어야 하지 않겠어요?"
디마는 갑자기 음성을 낮추었다.
기정의 대답을 듣자고 묻는 게 아니었다.
앙리도 기정과 영하도 숨을 죽이고 디마의 다음 말을 기다렸다.
"철학자 실력이 우리보다 더 우위에 있다는 것을 알고 있어요. 철학자한테 패한 선수가 영국에서 리그전 할 때 각자의 기보를 복기하면서 연구하고 서로 피드백도 해줄 때 느낀 겁니다."
"그래서?"
"이번엔 변형 체스로 리그전을 해보자고 할 겁니다."
디마는 낯선 듯한 단어를 꺼냈다.
"변형 체스? 피셔 랜덤 체스를 말하는 건가요?"

듣는 영하도 대화하는 기정도 잠시 생각해야 했다.

"그렇소. 진. 피셔 랜덤 960 체스 우린 어떤 체스 방식이든 철학자가 우승할 거라고 믿어요. 철학자가 우리 기획대로 응해준다면 우리도 후원인들 모르게 베팅을 하겠다는 거요."

"흠. 철학자가 지금 우리들의 리그에 출전하는 어떤 선수보다 실력이 우위니까, 변형 체스 리그전을 벌이고 참가선수 모두 철학자에게 베팅하겠다는 의도로 보면 되나요?"

기정은 영하의 얼굴을 살피며 말했다.

영하도 그런 물음에 동조하듯 고개를 한 번 주억거렸다.

"그렇소. 진. 우리도 강릉에서 철학자에게 배운 거요."

디마의 말에 기정과 영하는 웃어야 할지 어떤 변명이라도 해야 할지 난감해졌다.

철학자가 선수들에게 하나의 전례와 기회를 준 격이었다.

"디마. 궁금한 거 하나만 묻겠는데, 이런 기획엔 누구누구가 가담하는 거요?"

"음. 대표적인 선수로 러시아의 알렉산드르도 들어있소."

"알렉산드르? 디마가 알렉산드르를 알아?"

기정은 빠르게 한 그 질문이 잘 못 되었다는 걸 금방 깨달았다.

디마도 알렉산드르도 체스 최정상급의 러시안이다.

모른다는 게 더 이상했다.

"물론. 나하고 같은 과는 아니었지만, 모스크바 대학 선배요. 체스도 나보다 고수고, 이번 기획하는 경기에 초대받고 기꺼이 응해주셨지. 알렉산드르는 매우 순수한 분이야. 러시아 내에서 인류학에 대해 깊은 연구로 인해 젊지만 존경받는 분입니다."
기정과 영하는 디마가 모스크바 대학을 졸업했다는데 놀라고, 알렉산드르 성품에 대해 '역시'라며 품위가 다르게 느껴지던 리그전 할 때의 분위기를 떠올렸다.
"알렉산드르가 인류학을 연구하는 사람이라고?"
기정이 놀라며 묻는다.
"지금 모스크바 대학에서 촉망받는 젊은 교수요."
으음. 듣던 영하는 본인도 모르게 옅은 신음이 새어 나왔다.
영하에게 체스 철학자라는 별칭을 헌정한 러시아 체스 선수.
"디마. 같은 러시아인 말고 다른 선수는 없소?"
기정은 아직 못 믿겠다는 투로 한 번 더 나갔다.
"음. 캐나다의 헨리도 함께 자리했었고, 기꺼이 응했소."
"캐나다의 헨리 선수도 진짜 가담하는 게 맞나요, 디마?"
기정은 화들짝 놀라며 확인했다.

-체스의 모순이라는, 동양적 사고로 알고 보면 엄청난 의미가 들어있는 별칭을 헌정한 헨리 선수도!

영하도 매우 놀라워하며 다시 한번 신음을 토하고 있었다.
"그렇소. 진. 당신 친구에게 체스의 철학자라고 찬사를 보냈던 알렉산드르도, 양손에 막강한 창과 방패를 들고 있다는 의미로 체스의 모순이라고 찬사를 보낸 헨리도, 체스의 AIQ에 대해서 설명을 듣고 찬사를 보낸 나도, 모두 그 기획에 동참합니다. 또 궁금한 건 없는 건가요. 진?"
디마의 설명에 기정과 영하는 할 말을 찾지 못하고 있었다.
둘이 서로 얼굴을 쳐다보며 잠시 말이 없었다.

-설마 이들이 이런 기획을 하려고 사전에 찬사를?

둘은 석연찮은 의심이 언뜻 스치지만, 의도하여 잠재된 찬사는 아니라는 느낌이 강하게 다가왔다.

"진. 더 궁금한 게 없다면 우리 선수들을 대표하여 그 자리에 있는 앙리와 상의하시오. 우리가 어떤 의도로 이런 기획을 했고, 세계 각국의 어떤 선수가 그 경기에 참여하는지 다 결정되었으며, 철학자만 승낙하면 후원자들이 우릴 찾게 할 것이오. 부디 우리 선수들에게도 멋진 기회를 한번 주길 바랍니다."
그 말을 남기고 디마의 음성은 여운을 남기며 사라졌다.

"어차피 우린 저들의 소모품에 지나지 않아. 성적을 못 내면 도태되어 조용히 사라지는 거야. 저들이 늘 일회용 취급하듯이 우리도 저들을 이번에 일회용으로 한 번이나마 우리 자존심도 세우고 우리의 시간과 노력 속에 쌓아 올린 실력으로 대가라도 좀 더 챙기자는 의미일 뿐 다른 의미는 없어요."
앙리는 마치 오래도록 사귄 친구에게 자신의 비밀 하나를 살짝 꺼내 놓듯이 조곤조곤 설명하고 있었다.

앙리의 저들이란 후원인이다. 구구절절이 맞는 말이다.
후원인 입장으론 지극히 당연하다. 참가만 해도 이기든 지든 출전료를 받으며, 우승하면 포상금까지 챙기는 선수들.
출전료를 지급해야 하는 후원자 쪽은 상황이 너무 다르다.
출전료라는 경비는 어쩌면 미미하다. 선수를 출전시키면 최소베팅이 오십만 불이며, 최대 베팅이 일백만 불이다.
자기 선수를 출전시키지 않으면 일십만 불 베팅으로 희희낙락 즐길 수 있다. 우리들의 리그는 일 년에 세 번 이상 벌어진다. 작은 액수의 베팅으로 즐기는 후원인을 아예 발을 들여놓지 못하게 1년에 한 번 이상은 선수를 출전시키게 강제성을 두었다. 후원인 자격을 유지하려면 어떻든 좋은 체스 선수를 발굴하여 일 년에 한 번쯤은 내세울 수 있어야 한다.

패배했을 때 손실을 줄이기 위하여 선수 출전료를 최소한으로 지급해야 한다. 우승할 보장이 있다면 높은 출전료를 지급하며 섭외해올 수도 있으나 눈에 띄게 월등한 체스 실력자는 없다.
지금까지 출전 선수가 베팅한 적이 단 한 번도 없었다.
대한민국에서 벌어진 경기에서는 철학자가 매니저와 제법 큰 액수를 베팅한 것도 놀라운데 그 선수가 우승했다.
온갖 재화가 가득한 비밀의 문 하나가 열리는 놀라운 광경을 선수들은 체험하고 목격했다.

"선수는 어릴 때부터 체스를 좋아하고, 시간 들여 수련하여 오늘의 실력을 갖추었어. 진정한 체스인이지. 후원자는 재력을 활용하여 긴장감 속에 최상의 체스 경기를 목전에서 관전하는 재미를 누리고 있어. 우린 그들보다 재력은 부족하지만, 체스 실력이 우월하고 대부분 직장이 있는 사람들이야. 재력가들이 우리에게 기회를 부여하고 출전 수당을 주는 건 매우 고맙지만, 재력가들에 끌려다니는 건 금전적 횡포라는 생각에 씁쓸하지. 그리고 체스의 논리로 현 상황과 우리 의도를 파악해야 해."
앙리는 선수로서 설명하고 있었다.

-체스의 논리?

대화하는 영하도 듣고 있는 기정도 그 부분이 궁금했다.

"체스의 논리라고 했나? 내가 잘 못 들은 건 아니지?"

기정이 갸웃거렸다.

"맞아. 체스의 논리. 엇비슷한 체스 실력이라면 그날의 운에 의해 승패가 나뉠 수도 있어. 우린 철학자의 실력을 인정했어. 체스의 논리, 혹은 체스의 승부로 비유하자면 월등한 실력자가 우승하고 우린 금전적 월등한 재력가의 금전을 나눠 갖는 거지. 체스의 논리적 비약이야. 실력과 재력에서."

앙리의 설명은 논리정연했다.

영하와 기정은 웃어야 하는 건지 우울해야 하는 건지 헷갈린다. 논리상으로 맞는 것도 같고 억지 논리인 것도 같았다.

"세상살이가 재미있는 것은 한 명이 여러 명 바보 만들기는 어렵지만 여럿이 바보 하나 만들기는 쉽지. 세상 이치가 모호하며 재미있는 현상이야. 상위자 여럿이 머리 맞대어 연구해도 최상위자 한 명을 못 당하는 이치가 체스의 논리에 들어있어. 내 말 뜻을 이해한다면 양심의 가책을 느낀다거나 정의롭지 못한 일에 낄 필요 없다는 고리타분한 생각을 접을 수 있겠나? 기획된 이벤트성 경기가 열린다면 후원자를 위한 것이 아니라 여러 경기에 출전하며 수고한 선수를 위한 거라고 보면 돼."

앙리는 기정과 영하가 더 생각할 틈을 주지 않고 논리정연이 아니라 논리 모호한 세상 이치를 다시 들이댄다.

이때 앙리의 휴대전화에서 카톡의 보이스톡 소리가 들렸다.
앙리는 발신자를 확인한 후 싱긋 웃으며 스피커로 전환했다.
"앙리. 철학자가 거절 의사를 나타낸다며? 철학자 성품이면 그럴 거야. 디마와 통화한 후 진전은 좀 있었나?"
영하와 기정은 정확하지 않은 영어를 구사하는 듣던 음성인데, 정확히 누군지 알 수 없었다.
"알렉산드르. 지금 설득 중이지만 아직 별다른 진전은 없어요. 스피커폰이니까, 지금 철학자에게 하고 싶은 말 해도 돼요."
앙리는 노골적으로 응원을 부탁했다.
디마가 구원을 요청한 느낌이었다.
전화상이지만 알렉산드르의 등장으로 선수들이 연계된 상황을 명확하게 알 수 있었다.
"철학자. 그리고 진. 오랜만입니다. 반가워요."
"알렉산드르. 진입니다. 저도 반갑습니다."
"알렉산드르. 철학자입니다. 저도 반갑습니다."
강릉에서 며칠간 경기를 치르며 승부보다는 우정을 다진 듯한 분위기가 떠올라 둘은 그렇게 번갈아 인사했다.

"철학자. 진. 내가 잠깐만 현 상황에 대해 말할게요. 우리처럼 평범한 체스 선수들은 어차피 조만간 용도폐기 됩니다. 이번의 경기가 평범한 체스로는 마지막일지도 몰라요."

알렉산드르는 놀라운 얘기를 하고 있었다.

용도폐기는 뭐고, 평범한 체스 경기의 마지막은 또 뭔가.

"뭐라고요? 알렉산드르. 체스 선수로 용도폐기 될 수 있으며 마지막 경기일 가능성이 있다는 겁니까?"

설득하기 위한 것인가. 다른 의미가 있는 것인가.

"그렇습니다. 진."

"알렉산드르. 어떤 근거로 그렇게 단정하는 거죠?"

"앞으론 오로지 체스만 두는 경기는 지양하고 다른 판을 짠다는 겁니다. 우리 같은 평범한 체스 선수는 쓰임새가 없어지니 폐기 처분하는 거로 이 세계에서는 소문이 쫙 퍼졌어요."

"그 말뜻을 이해 못 하겠는데 나와 내 친구가 알기 쉽게 설명해주면 안 될까요? 알렉산드르."

영하도 고개를 갸웃거리고 있었으며, 기정도 이해하기 어려운 말을 알렉산드르가 하고 있었다.

"체스계에도 AI가 침범하여 세기의 소송전이 벌어지고 있다는 건 알고 있겠죠. 이젠 두뇌 플레이만 하는 것이 아니라 두뇌와 신체가 함께 강하게 싸워야 하는 시대가 왔다는 겁니다."

"알렉산드르. 두뇌와 신체가 함께 싸운다고요?"
"그렇습니다. 진. 회원제로 운영되는 지금의 우리들의 리그는 사라집니다. 거기에 더하여 홍행몰이로 세계의 자산가, 도박사 누구나 베팅할 수 있는 경기로 진행될 겁니다. 그런 세계적인 흐름은 누구보다 디마가 가장 잘 알고 있습니다. 이벤트성의 변형 체스로 경기가 열리면 우린 고별무대가 될 수도 있습니다. 우리 선수들도 나름대로 고심하여 기획한 경기이므로 철학자가 협조해주셨으면 좋겠습니다. 전 이만 물러갈 테니 앙리와 좋은 대화 속에 좋은 결과가 있길 바랍니다."
알렉산드르 역시 알쏭달쏭한 여운을 길게 남기고 사라져갔다.

"그런데 왜 이번 경기에 모두 그렇게 목을 매는 거지? 갑자기 그 이유가 궁금해지는데, 진실을 말해줄 수 있나?"
옆에서 별말 없이 듣고만 있던 영하가 불쑥 끼어들었다.
"음. 이제야 가장 핵심적인 얘기를 하네. 그건 이번에 경기가 열린다면 그간 없었던 베팅규정에 예외 조항을 하나 달았어."
앙리는 이미 모든 게 기획되고 설계되어 있다는 의미로 말했다.
"베팅에 예외 조항이라고? 그럼 뭐 무제한 이거나 평소보다 두세배의 베팅액수로 확대한다는 건가?"
영하는 놀라움을 표현하고 있었다.

"오. 철학자. 엄청난 촉이야. 맞아. 무제한이지. 말은 그래도 사실 그래 봐야 두 배 혹은 세 배 정도로 추정하고 있어. 또 하나 특이한 것은 변형 체스로 하는 승부라 어느 선수에게나 자유롭게 베팅할 수 있다는 거야."
앙리의 설명에 영하와 기정은 머릿속으로 정리가 필요했다.
"그렇다면 케빈도 철학자에게 베팅하겠지만 다른 선수한테도 베팅할 수도 있다는 건가?"
기정의 의문이었다.
"맞아. 케빈이 전략적으로 그럴 수도 있어. 가령 철학자에 20만 불 베팅하고, 그런 변형된 체스 승부에 강한 선수에게 더 많은 베팅을 할 수도 있는 자유가 주어지는 거지."
앙리는 씨익 웃고 있었다.
나는 더 많은 걸 알고 있어, 하는 얼굴이었다.

변칙적인 이벤트성 승부, 자유로운 베팅규정 속에 깜깜이 경기. 디마. 알렉산드르. 앙리의 설명을 종합적으로 파악하면 이들은 이미 구체적인 논의를 끝낸 상황이었다.
지난해 봄 경기 후 기정에게 보스가 두어 번 연락해왔었다.
앞으로 그런 경기는 불참한다고 보스에게 통보한 터였다.
철학자가 칩거 중이라는 말로 계속 거절해왔었다.

케빈이 빠진 자리에서 그들끼리 우리들의 리그전을 진행하면서 철학자를 무너뜨릴 방법을 모색한 것일까?
누가 이런 착상을 했을까?
후원자 중 누군가?
선수 중 누군가?
보스는 이런 이벤트성 경기 추진상황을 알고 있을까?
타국의 경기에 보스는 철학자 외 다른 선수를 출전시켰을까?
기정과 영하에게 여러 궁금증이 파도처럼 밀려왔다.

"앙리. 하나 물어보자. 예전에도 이렇게 사전 모의하여 승패를 담합으로 우승자를 미리 뽑은 적이 있었나?"
철학자가 진지한 표정으로 앙리를 쳐다보았다.
"아니. 단 한 번도 없었어."
"그럼 오늘은 왜?"
"철학자. 너의 실력이 종이 한 장이라도 우리보다 우월하니까, 헛수고말고 금전이라도 좀 댕기려는 거야."
앙리도 진지하게 철학자를 보고 말했다.
출전 선수 모두 매니저 진 계좌로 본인이 보낼 수 있는 금액을 입금하고 그 액수만큼 철학자에게 베팅하기로 하고 앙리가 온 거였다. 경기가 끝난 후 액수의 지분만큼 나누면 되는 것이다.

피셔 랜덤 체스(Fischer Random Chess)

미국의 체스 세계 챔피언인 바비 피셔가 창안한 변형 체스이다. 연구된 수만 암기하게 되어 창의성이 희박해진 것을 타파하고자 발명하였다고 한다.

2019년부터 FIDE에서 월드 챔피언십을 개최하고 있다.

규칙 : 본래의 체스와 거의 동일. 폰 뒤의 모든 말을 플레이어가 일정한 규칙으로 임의 배치가 가능하다는 특징이 있다.

말을 놓는 방식만 960가지이며 각 배치는 1부터 960까지 번호가 붙어있다. 참고로 표준 체스의 배치 번호는 518번이다.

배치 규칙 : 한 진영에서 비숍은 반드시 서로 다른 색 타일에 배치해야 한다. 킹은 두 룩 사이에 놓여야 한다. 미리 캐슬링 된 상태로 배치할 수 없다.

캐슬링 : 캐슬링이 특이하다. 킹을 구석으로 보내고 룩을 가운데로 이동시키는 건 같으나 일반적인 체스의 캐슬링과 같은 결과가 나와야 한다. 포지션에 따라 캐슬링 불균형이 크다.

첫 턴에 캐슬링이 가능하며, 최악의 경우 기물 5개를 전개해야 하는 경우 캐슬링을 포기한다.

♤표준 체스보다 불균형적인 세부 사항은 적시한 사항보다 훨씬 많지만 생략하고 핵심적인 부분만 기재.

"철학자와 직접 대면 대국한 선수들은 철학자가 AI를 사용하지 않으며 본 실력이 막강하다는 걸 다들 인정하고 있어. 그런데 후원자 중 일부는 아직도 미심쩍어하면서 어떻게든 이겨보려는 의지를 드러내고 있어. 우리 선수들은 그걸 기회로 삼는 거야. 우리처럼 평범한 표준 체스를 두는 선수들은 곧 도태될 거야. 후원자들은 이런 평범한 체스 경기에 싫증 내고 있어. 흥행을 위해 새로운 체스 경기를 기획하고 누구나 베팅할 수 있는 경기를 벌인다는 거야. 그런 소문이 지하세계에 파다하게 퍼졌어."

앙리가 하는 말은 아까 알렉산드르의 판박이였다.

지하 체스계를 구미가 당기는 도박사들에게 오픈하며 경기를 좀 더 흥미롭게 진행한다는 의미였다.

영하와 기정은 놀라움의 연속이었다.

체스 같은 정적인 두뇌 플레이에 더하여 신체를 타격할 수 있는 동적인 신체 플레이도 접목하여 승부를 가린다?

"앙리. 당신이 알고 있는 걸 다 얘기해줄 순 없는가?"

영하는 머릿속이 복잡해져서 앙리에게 직접 물었다.

"이 카페 바체프의 안팎을 유심히 잘 살펴봐. 그럼 앞으로의 역동적인 세계 체스계 흐름이 보일 거야."

앙리는 문득 생각난 듯이 말했다.

"뭐라고? 이 카페에서도 체스계의 흐름이 보인다고?"

기정과 영하는 소리치며 카페의 안팎을 둘러보았다.

카페 방문은 벌써 열 번도 넘었다. 역동적인 체스계의 흐름? 우린 왜 그런 분위기를 전혀 느끼지 못했을까?

자괴감이 밀려오며 유심히 살폈으나 별다른 느낌은 없었다.

바둑과 체스 유물은 문화적인 면에서 충분히 그 가치가 있다는 걸 알겠는데 체스계의 흐름이라…?

"힌트 하나 더 줄까? 앞으로는 세계의 지하 체스계도 정중동을 중시한다는 거야."

앙리는 다시 한번 의미심장하게 체스의 정중동을 가져왔다.

영하와 기정은 앙리의 말에 말려들 필요가 없다고 느꼈다.

"음. 체스의 그랜드 마스터(GM)는 고귀한 존재야. 우리나라는 GM이 단 한 명도 없어. 그런 훌륭한 실력과 고귀함을 갖추고 왜 부정한 방법을 기획하는 거지?"

영하가 직접 왜 GM의 고귀함을 저버리라며 따지듯 물었다.

"철학자. 모순의 실력으로 모순된 역설로 상황을 탈피하려면 안 돼. 막강한 창과 방패를 하나씩 들고 우리를 희생시켰잖아. 체스 철학자. 체스 모순. 체스 감성 지혜 등의 찬사를 받으면서. 그럼 체스 선수들을 위해 한 번쯤 도와주어야 하는 것 아닌가? 철학자에게 어떤 희생을 치르라는 것도 아니고, 평소 경기하던 대로 대국하고 이겨가면 되는 거야. 매우 단순한 합의라고."

앙리의 반발이었다.

모순(矛盾)을 갖춘 체스 실력으로 지금껏 열린 경기에서 모두 승리하고 우승을 차지했다.

그 우승 밑에는 세계 GM들의 눈물겨운 희생이 있었다.

모순의 역설로 현 상황에서 혼자만 벗어나려고 한다는 건 혼자 모든 걸 챙겨 달아나는 비겁한 짓이라는 앙리의 논리였다.

영하도 기정도 혼란스러워 어떤 말도 꺼낼 수 없었다.

미처 생각지 못한 부분이다. 이번 기획 경기에 참여하는 선수는 그동안 우리들의 리그에서 나눠먹기식 우승을 해왔다. 철학자의 독식으로 선수는 굶주리고 외면당한다는 논리가 숨어있었다.

"철학자의 보스인 케빈도 곧 본국으로 영전한다는 소식이야. 그때부터 우리 경기는 체스뿐만이 아니라 두뇌와 신체가 어우러지는 경기로 전환될 거야. 그러기 전에 한 번만 모두에게 기회를 달라는 거야. 우리끼리는 경기 가능성이 희박한데, 철학자가 중심이 되면 기획된 경기가 열릴 수 있어."

그들의 저의를 생각해내려는 기정과 영하를 향해 왜 철학자가 결정해야 하는지에 대해 앙리가 설명을 덧붙였다.

"내가 저번 경기 때 이 카페에서 바둑판 및 바둑 기물을 실컷 구경했어. 그때 몇 가지 깨달은 게 있어."

침묵을 지키는 둘에게 앙리가 다시 말했다.

"그래? 몰랐던 바둑을 알면서 깨달은 게 있다고?"

"맞아. 바둑의 고수는 상대방에게 좋은 자리를 내준다는 거야. 예로 한 수에 10점 만점이라면 본인은 10점을 차지하고 상대에겐 9점짜리를 내준다는 거지."

"그건 바둑의 포석에서 그럴 수 있지. 바둑의 고수일 경우에 그렇게 판을 짤 수 있지."

기정은 바둑 고수답게 부분을 설명했다.

"그렇지. 포석에서 그런다고 했어. 진. 체스에서는 그 바둑의 포석과 유사한 부분이 어딜까?"

디마는 싱긋이 웃고 있었다.

웃으며 자신의 화법으로 기정을 끌어들이고 있었다.

그 웃음은 디마 특유의 비웃는 듯한 웃음이 아니라 재미있다는 표정에 나타나는 웃음이었다.

"체스는 판을 처음부터 짜나가는 오프닝이라 할 수 있지."

기정은 바둑과 비교하여 체스의 경우를 말하고 있었다.

"그렇지? 그런 게 배려야. 나도 좋은 자리. 너도 좋은 자리. 미세하나마 내가 더 고수이니까 좀 더 좋은 자리. 어때? 진은 바둑 고수이며 체스도 고수라고 들었어. 고수끼리 새로운 판을 처음이자 마지막으로 딱 한 번만 짜는 배려를 하면 안 될까?"

앙리는 집요했다.

승낙할 때까지 여러 예를 가져다 설득할 태세였다.
바둑까지 끌어와 비유하고 있었다.
앙리가 선수 대표로 강릉까지 왜 왔는지 여실히 보여준다.

러시아 디마. 알렉산드르. 캐나다 헨리. 프랑스 앙리. 미국 벤자민. 영국 제임스. 인도 아미뜨. 강릉을 거쳐 간 선수들이다.
그 외 우리들의 리그에서 활약하는 선수지만, 강릉 방문을 안 했던 선수까지 참여하는 변형 체스 리그전이라고 한다.
철학자가 중심이 되어 딱 한 번만 동참해 달라는 부탁이었다.
영하와 기정은 눈 감고 불로소득을 얻는 기회이기도 하다.
부정한 방법의 체스 경기를 기피 하려고 지난번에 올인 후 손을 털었는데, 이번엔 본인의 양심까지 속여야 한다.

"철학자. 진. 우린 이번 기획 경기 이외에 어떤 경우로 만나든 미래에 꼭 다시 만나게 될 거야. 그 막강한 창과 방패를 땅속으로 묻기 전에. 그건 내가 확실하게 보장하지."
앙리는 진지한 태도로 예언 같은 발언을 하고 있었다.
"물론 만날 수도 있겠지. 그런데 다음 만남이 어쨌다는 거지? 다음에 만나면 우리 사이에 어떤 사건이라도 발생한다는 건가? 친구와 내가 앙리에게 크게 신세를 진다든가 하는 일 말이야?"

기정은 묻지 않을 수 없었다.

체스 외 어떤 상황이 발생한다는 건가.

세계 체스계 흐름에 대해서 이들은 먼 앞날을 내다보고 있었다.

"그런 날이 반드시 올 거야. 체스인으로 난 철학자를 존경해. 두 분은 나나 디마의 도움이 필요한 상황에 봉착하게 될 거야. 세계는 밝은 권력과 어두운 권력이 존재해. 다른 말로 세력이라고 하자. 권력과 재력이 연결고리로 필요한 부분을 공유하는 건 세계 어디나 마찬가지야. 돈에는 맑은 돈 검은 돈이 따로 없어. 그저 돈일 뿐이지. 다시 말하면 깨끗한 돈 더러운 돈의 구별이 필요 없다는 거야."

논리적으로는 맞지만, 도덕적으로 어긋나는 말을 앙리는 길게 의미심장하게 늘어놓았다.

기정과 영하는 도울 수 있을 때 돕자는 취지로 받아들였다.

긴 설명을 둘은 말없이 음미하고 있었다.

"철학자. 하나만 물어보자. 왜 대국 때마다 초시계가 돌아가면 눈을 감는 거지?"

생각에 잠긴 영하에게 앙리는 매우 진지한 태도로 물었다.

"나는 늘 홀로 AI 체스프로그램으로 연구하고 있어. 대화하고 피드백도 얻어. 그럴 때 시간을 재고 있겠나, 안 재고 있겠나?"

"인공지능과 대국하는 거라면 당연히 시간을 안 재겠지."

"그럼 답은 나왔지?"

"그게 무슨 답이 되는 거지?"

"초시계를 켜놓아야 나의 뇌파가 이 대국은 시간 안배를 해야 하는 걸 인식하게 된다는 거야."

"그럼 눈을 감는 이유는?"

"어둠 속에서는 내가 보고자 하는 것만 빛줄기로 볼 수 있어. 눈을 감으면 그 어둠 속에 내가 보고자 하는 것만 볼 수 있고 생각하고자 하는 부분만 생각할 수 있어."

어눌한 발음의 영하는 이 정도면 설명이 될까? 하는 얼굴이다. 앙리는 왠지 싱긋 웃는다.

"그럼 나와 선수들이 부탁하는 답도 거기에 들어있네."

이건 또 무슨 뚱딴지같은 소리인가.

"뭐라고? 내가 말한 데 너희가 원하는 답이 들어있다고?"

"그래. 후원자들도 쾌감과 이익을 위해 우릴 활용하고 있어. 우린 어둠 속의 한 줄기 빛처럼 우리 것만 챙기면 되는 거야. 누가 순수한 체스인인가 아닌가 따질 필요가 없어."

앙리는 이제 같은 비유를 들이대며 설득하려고 했다.

"어디에든 무엇이든 좋은 것과 나쁜 것은 공존하게 되어있어. 철학자는 사회생활이 짧은 탓에 그런 경우를 겪어보지 않은 것 같은데, 그게 세상이야. 밝음과 어둠이 교차하는 음양의 법칙이 인간에게도 따라다니는 거야. 슬기롭게 챙기면서 대처하는 게 가장 인간다운 거고."

앙리는 세상 풍파를 오지게 겪은 말투로 영하를 설득했다. 자연적 음양의 법칙 같은, 현 상황에 맞는지조차 모를 모호한 비교를 구사하고 있었다.

둘은 말로는 앙리를 당할 수 없다는 결론을 내렸다.

"설마 만나서 설명을 듣자마자 철학자의 의사 결정을 바라고 여기까지 온 건 아니겠지?"

영하와 기정은 참가 여부에 고심해 볼 필요를 느끼고 있었다.

"지금 확답을 받으려고 한 건 맞아. 사실은…쉽게 승낙할 줄 알았어. 너무 좋은 조건이므로."

앙리는 좀 떨떠름한 표정으로 버벅거리기까지 하고 있었. 얼씨구나 하고 승낙을 기대하고 온 앙리나 그를 보낸 선수들도 영하의 순수함을 간과한 기획이었다.

"어떠한 경기라도 아예 불참하려는 생각에서 조금 진전되었어. 경기 참여는 고민 후 통보해 줄게. 프랑스로 돌아가 있어."

영하는 마침표를 찍었다.

앙리는 설득했다는 기대감을 안고 일어설 수밖에 없었다.

"너와 난 지금 세상을 사람답게 살아가는 법을 배우는 걸까? 아니면 지혜로운 악행을 배우는 걸까?"

앙리가 카페를 나간 후 기정이 푸념하고 있었다.

"야. 지혜로운 악행이 어디 있냐? 그냥 나쁜 짓이겠지."

"우리… 혹 어떤 불상사를 가져올지 모르니까 결정하기 전에 사범님께 먼저 상의해볼까?"

기정이 영하 앞으로 상체를 숙이며 나지막이 제안했다.

"선생님께? 그건 왜?"

영하는 기정에게 물으며 잠깐 생각했다.

"사범님은 체스에 관한 건 모를 수도 있지만, 바둑 쪽은 온갖 경험이 쌓인 분이잖아. 마침 여긴 사범님 카페고, …어때?"

"아니야. 이건 시간을 갖고 우리 양심에 먼저 물어야 해."

"사범님은 앙리가 강릉까지 찾아온 이유를 물을걸."

"우린 체스 경기를 안 하려고 하는데 저쪽에서 자꾸 하자고 한다며 일단 선생님께 조언을 구하는 건 보류하자."

이 상황을 말하는 순간 선생님은 심적 부담을 안게 될 것이다. 영하는 우선 그게 싫었다.

둘이 그런 대화를 소곤거릴 때 선생님이 다가왔다.

"앙리는 갔어? 프랑스에서 강릉까지 혼자 무슨 일로?"

나는 드문드문 지나가며 듣던 대화의 퍼즐을 맞추고 싶었다. 영하는 계면쩍어하는 표정이었고, 기정은 얼굴에 미소가 가득한 채 돌아가는 상황에 대해 실토했다.

"음. 두 사람은 자강두천이란 우리나라 신조어를 알지?"

나는 불현듯 생각나는 단어가 떠올라 웃고 있었다.

"네. 사범님. 들어 봤습니다. 게임 등에서 자존심 강한 두 천재가 싸운다는 의미로 쓰인다고요."

입국 후 국내에서 군 복무를 마친 기정이다.

"저번에 헨리가 체스의 모순이라는 역설적인 찬사를 보낼 때 난 불현듯 그 단어가 떠올랐어. 자강모순. 오늘 상황을 들으니까 자강모순이 아니라 타강모순이 맞네. 도구로서, 두뇌로서 그리고 흥행으로서 막강한 걸 인정하잖아. 내 조언을 기대하지 말고 두 사람의 감성에 귀 기울인 후 결정할 일이야."

나는 체스계에서 영하의 존재를 인정하는 것에 대해 기뻤다. 한편으론 내색하지 않았으나 앙리가 남긴 말이 마음에 걸렸다. 영하는 말없이 밖을 내다보며 생각에 잠기고, 기정은 두 손으로 찻잔을 만지작거리며 그 찻잔에서 눈길을 떼지 않고 있었다. 카페엔 나와 그 둘만 앉아 있었는데, 없는 듯 정적이 흐른다.

"우리의 체스 철학과는 안 맞아. 이번 제안은 거절할 거야."

영하는 단호한 어투로 의지를 드러냈다.

"그래. 나도 그 제안을 거절하고 싶었어."

기정은 손을 내밀어 악수를 청했다.

나는 미소를 보내주었다.